AF189819

Hurenkinder

Von Lilly Frost

Herstellung und Verlag:
Books on Demand, Norderstedt

lilly.frost@gmx.at
www.lilly-frost.at

Hurenkinder

Von Lilly Frost

Herstellung und Verlag:
 BoD – Books on Demand, Norderstedt
ISBN 9783750468498

lilly.frost@gmx.at
www.lilly-frost.at

Buchbeschreibung:

Elli wacht ohne jede Erinnerung an die vergangene Nacht im heruntergekommenen Zimmer einer Pension auf. Neben ihr liegt ein Mann, den sie nie zuvor gesehen hat. Tot. Mit eingeschlagenem Schädel. Sie gerät in Panik und läuft nach Hause, ohne die Polizei zu verständigen. Hat sie den Mann getötet? Erst allmählich begreift sie, dass ihre Vergangenheit sie einholt und droht, ihr mühsam aufgebautes Leben und alles, was ihr etwas bedeutet, zu zerstören.

Über den Autor:

Lilly Frost wurde 1973 in Salzburg geboren. In ihrer Heimatstadt, wo sie auch heute lebt, studierte sie Kommunikationswissenschaften. Seit über elf Jahren ist sie im Bereich der Öffentlichkeitsarbeit tätig. Ihre Leidenschaft, das Schreiben, entwickelte sich schon in frühester Jugend. "Hurenkinder" ist ihr zweiter Roman. 2019 erschien bereits "Der Schattenmann - Tödlicher Eid".

Hurenkinder

Bibliografische Information der Deutschen Nationalbibliothek
Die Deutsche Nationalbibliothek verzeichnet diese Publikation in der Deutschen Nationalbibliothek, detaillierte bibliografische Daten sind im Internet
über http://dnb.dnb.de abrufbar

© 2020 Lilly Frost
Herstellung und Verlag
BoD- Books on Demand, Norderstedt

Titelfoto: Elke Resl
Lektorat: Philip Macek

ISBN 9783750468498

Für Mike

August 2000

Die Schmerzen kamen in Wellen. Sie begannen leise, fast sanft, konzentrierten sich auf einen Punkt in ihrer Mitte, um dann mit voller Wucht in jeder Faser ihres Körpers zu explodieren. Elli krallte ihre Finger in die Bettkante und verzog das Gesicht. Schweiß lief ihr über die Wangen und verklebte ihre Haarsträhnen.

„Atme!", flüsterte Kathrin, die neben ihr kauerte und ihre Hand umfasste. „Ein, aus, ein, aus!"

Gerade, als Elli ihr sagen wollte, sie möge sich zum Teufel scheren, verebbte der Schmerz und sie sank erschöpft in das weiche Daunenkissen, das Kathrin ihr hinter den Rücken gestopft hatte.

„Du machst das großartig!", behauptete ihre Freundin und tupfte ihr die Schweißperlen von der Stirn.

„Ich weiß nicht, ob ich das schaffe!", jammerte sie und nahm einen Schluck aus der Wasserflasche, die auf dem Nachtkästchen stand.

„Natürlich schaffst du das", erklärte Kathrin und massierte die verkrampften Schultern ihrer Freundin. „Millionen von Frauen vor dir haben das hingekriegt. Warum solltest gerade du das nicht können?"

Elli zuckte entmutigt die Schultern. „Ich weiß auch nicht. Ich habe ein ungutes Gefühl, als würde irgendetwas schiefgehen."

Kathrin strich ihr über das erhitzte Gesicht. „Was soll denn schiefgehen?"

Sie seufzte. „Hast du vergessen, was mit Svetlana und

Annika passiert ist?"

Kathrin schüttelte den Kopf. „Nein, habe ich nicht. Aber die beiden haben Sergej ihre Schwangerschaft lange Zeit verschwiegen. Du hast ihm gleich reinen Wein eingeschenkt. Das ist etwas anderes."

Elli setzte an, etwas zu erwidern, aber die nächste Wehe rollte so heftig an, dass ihr die Luft wegblieb. Sie umklammerte Kathrins Arm, bis diese wimmerte. Ein Schrei bahnte sich den Weg nach oben, aber sie unterdrückte ihn, aus Angst, Sergej zu verärgern. Sie keuchte, als die Wehe endlich verebbte.

„Sergej hat Svetlana und Annika einfach rausgeschmissen. Kannst du dir das vorstellen? Wenige Stunden nach einer Niederkunft? Das ist doch unmenschlich!"

„Soweit ich weiß, wollten die beiden weg", erwiderte Kathrin.

„Aber doch nicht gleich nach der Geburt!", rief Elli lauter als beabsichtigt. „Außerdem hat er Svetlana das Kind weggenommen."

Kathrin starrte sie entgeistert an. „Wie kommst du denn darauf? Das ist doch Unsinn!"

„Nein. Ich weiß es genau. Ich habe das Baby schreien gehört, Stunden, nachdem Svetlana das Haus verlassen hatte."

Kathrin tätschelte Ellis Wange. „Da hast du dich sicher getäuscht. Du darfst dich nicht aufregen. Du musst dich auf die Geburt deines Babys konzentrieren."

Sie öffnete die Lippen, um etwas zu erwidern, aber der Schmerz zwang sie zu schweigen. Sie presste die Lippen aufeinander, stützte sich zu beiden Seiten am Gestell des Bettes ab und atmete gegen die Welle an, die über sie hereinbrach.

Das Baby schien sie zu zerreißen. Wie es ihm wohl gehen mochte in dem engen Geburtskanal? Ob es genauso viel Angst hatte wie sie? Als der Schmerz schier unerträglich wurde, schrie sie: laut, schrill, wie ein verwundetes Tier. Sie konnte kaum glauben, dass dieses Geräusch aus ihr gekommen war. Augenblicke später streckte Sergej den Kopf zur Tür herein.

„Wie geht es voran?"

Kathrin nickte. „Sie ist erschöpft, aber sie macht das toll!"

Elli war so müde, dass sie zwischen den Wehen kurz einnickte, bis der nächste Schmerz sie unsanft aus ihren wirren Träumen zerrte. Kathrin schob die Decke beiseite und tastete zwischen ihre Beine.

„Es ist gleich soweit", erklärte sie. „Ich kann das Köpfchen fühlen."

Elli lächelte matt und wappnete sich für die nächste Wehe. Sie fühlte, wie das Baby kämpfte, wie es versuchte, aus ihr herauszugleiten. Wenn sie ihm nur helfen könnte. Sie musste ihre Kräfte sammeln und ihr Baby nach unten schieben. Sie durfte jetzt nicht aufgeben.

„Du musst pressen! Jetzt!", rief Kathrin, die sich zwischen ihren Beinen postiert hatte.

Elli ritt auf einer Welle aus Schmerz, Angst und Schweiß. Ihre Hände waren klatschnass und trotz der Anstrengung eiskalt. Sie hatte das Gefühl, das Baby würde ihr aus den Händen gleiten, sobald sie es halten durfte. Ihr Unterleib schien zu bersten. Auf diesen Schmerz war sie nicht vorbereitet. Sie war sicher, das Kind würde sie entzweireißen. Und plötzlich hörte es auf. Als hätte jemand eine unsichtbare „Aus"-Taste gedrückt, verschwanden Schmerzen und Anstrengung in dem Augenblick, in dem das schönste

Geräusch, das sie je gehört hatte, ihre Ohren füllte: das Schreien ihres Babys. Elli lächelte.

„Es ist ein Mädchen", erklärte Kathrin, wickelte das Kind in ein Handtuch und legte es ihr auf den Bauch.

Das Baby war wunderschön mit großen neugierigen Augen, einer winzigen Stupsnase und einem Mündchen, das nach ihren Brüsten suchte.

„Lina", flüsterte Elli und küsste ihre Tochter auf die Stirn.

Kathrin nahm eine alte Polaroidkamera vom Nachttisch und machte ein Foto. Sie wedelte mit dem Bild in der Luft, bis es trocken war, und reichte es der frisch gebackenen Mutter.

„Zur Erinnerung", erklärte sie und lächelte.

Im selben Augenblick öffnete sich die Tür zum Zimmer und Sergej trat ein. Er bedeutete Kathrin, den Raum zu verlassen.

„Herzlichen Glückwunsch!"

Sergej betrachtete das kleine Bündel, das sich friedlich an ihre Brust kuschelte. „Ein hübsches Baby."

Elli beobachtete jede von Sergejs Bewegungen. Etwas in seiner Stimme machte ihr Angst. Der Unterton? Die Art, wie er sie angrinste? Annika und Svetlana spukten in ihrem Kopf herum.

„Zeit, dich von deiner kleinen Tochter zu verabschieden", erklärte Sergej und griff nach ihrem Kind.

„Was? Nein! Was hast du vor?" Sie presste das Baby an sich und hielt schützend ihre Hand vor das Kind.

„Du hast doch nicht gedacht, dass du sie behalten kannst, oder?", fragte Sergej und seine Stimme dröhnte durch den kleinen Raum wie ein Presslufthammer.

Ihre Lippen zitterten. Sie spürte, wie eine Träne ihren Nasenrücken entlanglief und von ihrer Lippe auf die Bettdecke tropfte. Sergej streckte die Hände nach dem Baby aus. Instinktiv drehte Elli sich mit Lina von ihm weg. Ob sie es schaffen konnte, aus dem Zimmer zu entkommen? Ihre Beine zitterten und sie fühlte warme Flüssigkeit, die aus ihrem Körper lief. Vielleicht konnte sie das Überraschungsmoment nutzen, wenn sie schnell genug war? Linas Geruch drang ihr in die Nase und erfüllte sie mit einer Liebe, die sie nie zuvor für jemanden empfunden hatte. Und mit Furcht. Nie zuvor hatte sie jemanden schützen wollen wie dieses kleine duftende Wesen, das alles war, was sie je gewollt hatte. Als Elli die Beine über den Bettrand schwang, klammerten sich Sergejs Finger um das warme Bündel. Ihr Herz drohte zu bersten. Sie drückte die Kleine an sich. Sie schrie, bis sie heiser war. Jemand kam herein, entriss ihr das Bündel und legte es in eine Decke gewickelt in ein Maxi-Cosi. Das Kind war noch ungewaschen. Sie hatten sich vorbereitet. Von langer Hand geplant. Sie hatten nie vorgehabt, sie ihr Kind großziehen zu lassen. Elli tobte, schrie, drohte, zur Polizei zu gehen. Die Schmerzen bei der Entbindung verblassten, verglichen mit dem, was sie jetzt fühlte. Durch den dichten Tränenschleier war ihre Sicht eingeschränkt. Sie hörte nur ihr Baby schreien. Es schrie nach ihr. Nach seiner Mama. Ellis Herz zerriss. Sie würde dieses Haus verlassen. Sie würde sie alle anzeigen. Sie würde ihre Tochter wiederbekommen. Dann krachte ein Schuss. Sie sank erstaunt auf die Matratze zurück. Ihre Brust brannte. Der Schmerz war nichts im Vergleich zu dem Schmerz, der in ihrem Inneren tobte. Ihr letzter Gedanke galt ihrem Kind. Sie schickte ein Stoßgebet nach oben und betete dafür, dass es ihrer Tochter

11

gut gehen möge. Das war alles, was sie sich wünschte. Dann versank sie in gnädige Dunkelheit.

Elli

Als Elli aufwachte, spürte sie sofort, dass etwas nicht stimmte. Das Kopfpolster fühlte sich fremd an. Es raschelte neben ihrem Ohr, als wäre es mit Styroporkugeln gefüllt. Sie blinzelte und zuckte zusammen. Das grelle Licht schmerzte in ihren Augen. Sie brauchte einen Moment, um ihre Lider zu öffnen. Ihr Kopf tat weh. Wie viel hatte sie gestern getrunken? Sie versuchte, sich aufzusetzen, sackte aber gleich wieder in sich zusammen. Der Raum drehte sich. Sie schloss die Augen, versuchte, das Karussell anzuhalten. Durch ihre halbgeöffneten Lider nahm sie einen purpurfarbenen Samtvorhang wahr. Billige Bettwäsche, die an einigen Stellen Flecken hatte. Ein Kunstdruck an der Wand, von der eine Tapete mit braunem Rautenmuster abblätterte. Die 1970er grüßten erbarmungslos. Elli stützte sich auf ihrem linken Arm ab und wartete, bis der Schwindel verebbte.

Wo zum Teufel bin ich?, fragte sie sich, als ihr Blick über das Bett wanderte, den Kleiderschrank, dessen rechte Tür offenstand und einen Haufen Kleidung, der achtlos auf dem beigen Plüschteppichboden lag. Sie erkannte ihre Lederjacke und die geblümte Bluse, die sie gestern getragen hatte. Ihr Puls beschleunigte. Sie schwang die Beine aus dem Bett, wartete einen Moment, bis sich das Unwohlsein gelegt hatte und inspizierte das Nachtkästchen neben sich. Ihr Mobiltelefon lag dort. Daneben 300 Euro in bar. Was ging hier vor? Wo war sie? Sie drückte sich vom Bett hoch und warf einen Blick aus dem Fenster. Schienen. Züge. Menschen, die von A nach B hetzten. Obdachlose. Sie erkannte, die Gegend, auch

13

wenn sie sie nie aus dieser Perspektive gesehen hatte. Sie war in der Nähe des Bahnhofs. Sie atmete erleichtert aus. Sie war zu Hause. In Salzburg. Das war gut! Das war ... Elli stutzte. Aus den Augenwinkeln nahm sie etwas im Raum wahr, das sie nicht gleich zuordnen konnte. Ein Schuh. Ein brauner Lederschnürer. Teuer. Fein säuberlich poliert. Definitiv nicht ihrer. Sie hatte gestern weiße Sneaker getragen. Ein Blick über ihre Schulter bestätigte ihre Erinnerung. Die Turnschuhe thronten unübersehbar auf ihrer Levi´s. Elli atmete tief ein, machte einen Schritt, dann noch einen, bis ihr Blick über das Bettende fiel. Im Bruchteil einer Sekunde verarbeitete ihr Hirn das skurrile Bild: Am Boden lag ein Mann, reglos, in einem grauen Anzug mit einer Seidenkrawatte. Sein Gesicht war zerschmettert. Ein blutiger Brei aus Fleisch. Sie wich einen Schritt zurück, schluckte die Spucke hinunter, die sich mit einem Mal wie ein Binnensee in ihrer Mundhöhle gesammelt hatte. Ihr Herz raste. Wer war dieser Mann? Wo war sie? Und vor allem: Was hatte sie hier mit ihm gemacht?

Sie setzte sich auf die Bettkante. Der Plüschteppich kitzelte ihre nackten Fußsohlen. Sie hörte ihr Blut in den Ohren rauschen. Sie starrte den Mann an. Kannte sie ihn? Vom Gesicht war wenig übrig. Sie versuchte, etwas an ihm zu erkennen, das ihr bekannt vorkam. Vergeblich. Das, was einmal sein Gesicht gewesen war, war großteils zertrümmert. Die Nase neigte sich wie ein Häufchen Faschiertes in einem unnatürlichen Winkel nach links. Elli bemerkte, dass er volle, geschwungene Lippen hatte. Sie schauderte. Der Schock setzte so plötzlich ein, dass sie es erst merkte, als ihre Knie unkontrolliert gegeneinanderschlugen. Ihr Blick fiel auf ihre nackten Oberschenkel, die von Hämatomen übersät waren. Erst jetzt spürte sie, dass ihre Scham sich wund anfühlte. War sie angegriffen worden? Vergewaltigt? Von diesem Mann? Einem Mann, den sie noch nie gesehen hatte. Sie presste ihre Knie gegeneinander, um das Zittern zu kontrollieren. Als das nichts nützte, sprang sie auf. Die Kopfschmerzen zwangen sie im selben Augenblick in die Knie.

Ganz langsam richtete sie sich auf. Und mit einem Mal war da ein Gedanke, der viel schrecklicher war, als der Anblick des erschlagenen Mannes und der Tatsache, dass er mausetot war: War sie das gewesen? Hatte sie den Mann getötet? Sie presste eine Hand vor den Mund, um nicht laut loszuschreien. Was war passiert? Warum erinnerte sie sich an nichts? War sie fähig, einen Menschen zu töten? Sie hastete in dem kleinen Raum auf und ab, sorgfältig bemüht, weder den Mann noch sein Blut in irgendeiner Weise zu berühren. Sie musste nachdenken. Sie musste hier weg. Sie musste ...

Es klopfte an der Tür. Elli erstarrte in der Bewegung. Ihr Herz schlug so laut, dass sie überzeugt war, der Besucher müsse es hören. Und jetzt?

„Hallo!"

Erneutes Klopfen.

„Hören Sie, es ist mir scheißegal, dass Sie eine Nutte zum Vögeln bei sich haben. Ich brauche das Zimmer in einer halben Stunde. Also, sehen Sie zu, dass Sie fertig werden, ja?" Die Stimme klang kratzig und ungewöhnlich tief. Nach zwei Packungen Zigaretten am Tag. Und nach reichlich Whiskey.

Elli schluckte. Ihre Hände zitterten. Was sollte sie jetzt nur machen?

Energischeres Klopfen. „Hey! Wenn Sie hier nicht in 30 Minuten raus sind, rufe ich die Polizei. Haben wir uns verstanden?"

Elli atmete langsam aus. Hatte sie die ganze Zeit die Luft angehalten? „Schon gut, schon gut! Wir sind gleich weg. Keine Polizei. Hören Sie?" Sie klang ruhiger, als sie sich fühlte.

„30 Minuten. Sonst klärt ihr das direkt mit den Bullen."

„Alles klar. Wir wollen keinen Ärger", erwiderte Elli und dachte, dass sie den bereits hatte, ob es ihr passte oder nicht. Vor der Tür entfernten sich schwere Schritte und trampelten über eine knarrende Treppe in das untere Stockwerk. Elli hastete ins Bad und schüttete sich kaltes Wasser ins Gesicht. Sie zitterte noch immer, aber die Schockstarre fiel von ihr ab. Sie musste etwas unternehmen, wenn sie nicht auf direktem Weg ins Gefängnis wandern wollte. Sie schlüpfte in ihre Kleidung und Schuhe. Dann suchte sie im Bad nach etwas, womit sie ihre Fingerabdrücke entfernen konnte. Sie fand ein paar Putztücher im Unterschrank des Waschbeckens. Was hatte sie alles angefasst? Sie hatte keine Ahnung. Akribisch wischte sie über die Armaturen im Badezimmer, den Duschkopf, die Türklinke, das Nachtkästchen und über alle Flächen, die sie möglicherweise angefasst hatte.

Einen Moment lang überlegte sie, Alex anzurufen. Sie würde wissen, was zu tun war. Aber Alex war nun einmal Polizistin. Wie sollte sie ignorieren, dass Elli im selben Raum mit einem Toten aufgewacht war? Das machte sie zur Hauptverdächtigen. Elli verwarf den Gedanken. Sie musste alleine zurechtkommen. Etwas, woran sie sich im Laufe der Jahre gewöhnt hatte.

Als sie alle Griffe und Flächen abgewischt hatte, nahm sie ihr Handy vom Nachttisch, ließ es in ihre Handtasche gleiten und hängte ihre Lederjacke über ihre Schultern. Sie warf einen letzten Blick auf den toten Mann, öffnete mit Hilfe des Putztuches die Zimmertür und spähte nach draußen. Die Stille dröhnte in ihren Ohren. Sie atmete tief ein und schlich die Treppen hinunter. Der Tote blieb allein auf dem Plüschteppich am Fußende des Bettes zurück. Daneben lag eine kleine Metallstatue, an der sein Blut klebte. Hätte Elli den Toten aus einem etwas anderen Winkel betrachtet, hätte sie die Mordwaffe vermutlich entdeckt. Und vielleicht hätte sie sogar realisiert, dass sie sie vor vielen Jahren schon einmal gesehen hatte.

Alex

Der Anruf kam ungelegen. Einen Moment lang überlegte sie, ihn zu ignorieren. Es war Freitagabend. Sie hatte frei und freute sich auf die Palatschinken ihrer Oma. Die weltbesten Palatschinken aus Freilandeiern des benachbarten Biobauern und feiner, selbstgemachter Marillenmarmelade. Denen konnte sie nicht widerstehen. Außerdem freute sich ihre Oma seit Tagen auf ihren Besuch. Alex hatte ein schlechtes Gewissen, dass sie es nicht öfter schaffte, sie zu besuchen. Wer auch immer versuchte, sie zu erreichen, war hartnäckig. Alex seufzte und drückte auf ihrer Freisprechanlage auf „Anruf annehmen".

„Wild", meldete sie sich, während sie sich ein Nimm-2 in den Mund stopfte, um ihren sinkenden Blutzuckerspiegel in Schach zu halten.

„Alex!", keuchte jemand in den Hörer. „Ein Glück, dass ich dich erreiche!"

Alex verdrehte die Augen. Fragte sich nur, für wen.

„Paul. Was gibt´s?"

„Ein Toter in einer Pension. In der Nähe vom Hauptbahnhof."

Alex verzog das Gesicht. „Und was hab ich damit zu tun?"

„Du bist meine beste Ermittlerin. Ich weiß, dass es dein freies Wochenende ist. Ich würde dich nicht fragen, wenn ich eine brauchbare Alternative hätte."

Alex rümpfte die Nase. Paul Wagner war der Leiter der Mordkommission und ein Chef, wie ihn sich so manche Abteilung wünschen würde. Er hatte im vergangenen Jahr einiges mitgemacht, als ein pädophiler Psychopath nicht nur ein paar junge Mädchen missbraucht und ermordet hatte, sondern er beinahe Bea verloren hätte, die Witwe seines ehemaligen Partners, Max Klein. Wie viel Bea ihm bedeutete, war Alex erst klar geworden, als die schreckliche Geschichte längst überstanden war. Mittlerweile waren Paul und Bea ein Paar und Alex freute sich über deren gemeinsames Glück. Sie wusste, dass er sie nicht bitten würde, wenn er eine andere Option hätte. Sie hasste sich dafür, dass sie ihm nichts abschlagen konnte.

„Reden wir von Mord?"

„Allerdings", bestätigte Paul. „Wenn der Besitzer der Pension nicht übertrieben hat, ist nicht viel vom Gesicht unseres Opfers übrig."

Alex atmete aus. Sie dachte an die Palatschinken und die Enttäuschung ihrer Oma, wenn sie absagte. Ihr Magen knurrte. Ihre Stimmung sank.

„Alles klar. Schick mir die Adresse auf mein Diensthandy. Wer vom Team kommt noch?"

Paul schwieg einen Moment zu lange.

Alex schlug mit der Hand gegen das Lenkrad und betätigte unfreiwillig die Hupe.

„Nicht dein Ernst, Paul!"

„Es tut mir echt leid, Alex. Wie gesagt, ich habe sonst niemanden."

„Was ist mit dir?", erkundigte sich Alex.

„Bea hat heute Geburtstag. Ich habe Karten für die Festspiele. Medea." Er zögerte. „Aber ich muss sie nicht begleiten, wenn ..."

„Vergiss es!", erwiderte Alex und wendete ihren Seat Ibiza an der nächsten Kreuzung. „Ich werde schon fertig mit dem gelackmeierten Affen."

„Danke, Alex! Ich schulde dir was", entgegnete Paul. Sie hörte seine Erleichterung förmlich.

„Ja", erklärte sie. „Und ich werde dich bei Gelegenheit daran erinnern."

Alex warf einen Blick auf ihr Diensthandy. Ein dumpfes „Klonk" hatte soeben eine neue Nachricht angekündigt. Sie gab die Adresse der Pension in ihr Navi ein und rief ihre Oma an, die - wie erwartet – ihre Enttäuschung hinunterschluckte und ihr viel Erfolg bei den Ermittlungen wünschte.

Sie erreichte die Pension wenige Minuten später. Als sie den Seat parkte und die Autotür öffnete, schlug ihr die dunstige Augustluft entgegen. Die Luft flirrte in der Hitze. Die Schwüle und die dunklen Wolkentürme im Gebirge verkündeten ein bevorstehendes Gewitter. Theo war bereits da. Er lehnte betont lässig an der Mauer neben dem Haupteingang der Pension und telefonierte geschäftig. Als er Alex entdeckte, hob er lässig die Hand und bedeutete ihr, dass er nicht mehr lange brauchen würde. Trotz der Temperaturen trug er Sakko und Krawatte. Alex nickte ihm zu und betrat die Pension. Es roch muffig nach abgestandenem Kaffee und Zigaretten. Der Eingangsbereich war dunkel. Ein brauner Teppichboden dämpfte Alex´ Schritte. Sie blieb an der Rezeption stehen. Ein nahezu glatzköpfiger Mann saß, in die Kronen Zeitung vertieft, in einem Kunstledersessel. Ein enges Hawaiihemd spannte über seinem Bauch. Dazwischen quollen dicke Hautfalten hervor. Alex verzog den Mund und räusperte sich. Der Mann zuckte zusammen.

„Ja, bitte?"

„Alex Wild. Mordkommission."

Der Mann schmiss die Zeitung auf ein Kopiergerät im hinteren Teil der Rezeption und sprang auf.

„Walter Maurer", erklärte er eifrig und streckte Alex eine kräftige Hand mit kurzen Fingern entgegen. „Ich habe angerufen. Wegen der Leiche."

Alex nickte nur, machte aber keine Anstalten, die Hand zu nehmen. Theo erschien neben ihr und ließ sein iPhone in die Innentasche seines Sakkos gleiten.

„Theo Bergmann", stellte er sich vor und nahm die Hand des Mannes entgegen anstelle seiner Kollegin. „Ich hatte noch ein wichtiges Telefonat."

„Klar doch!", murmelte Alex. „Mit einer vollbusigen Blondine vermutlich." Sie musterte ihren Kollegen von der Seite. Bevor er etwas erwiderte, wandte sie sich an Herrn Maurer: „Welches Zimmer?"

Der Mann nickte eifrig und ging vor. „Das Zimmer ist oben. Wenn Sie mir folgen möchten."

Die Luft in dem Raum war genauso muffig wie unten. Auf dem beigen Plüschteppich lag die Leiche eines Mannes mittleren Alters. Genau konnte sie es nicht abschätzen. Vom Gesicht war nicht viel übrig. Theo pfiff durch die Zähne und kniete sich neben den Toten.

„Da hat jemand ganze Arbeit geleistet. Dürfte ein wenig dauern, bis wir wissen, wer das ist", meinte Theo.

„Waren Sie hier, als der Mann, der das Zimmer gemietet hat, angekommen ist?", fragte Alex Herrn Maurer.

„Ja. Ich bin praktisch immer hier." Er lächelte gequält. „Der Mann hat sehr spät eingecheckt."

„Dann haben Sie seine Daten?"

21

Der Mann zögerte. Er fuhr sich mit der Hand über das Haupt, als fände er dort eine volle Haarpracht.

„Ich habe seinen Namen", erklärte er zaghaft.

„Hat er Ihnen einen Ausweis gezeigt?"

Herr Maurer presste die Lippen aufeinander. „Ich fürchte …"

Alex seufzte. „Das heißt, Sie haben keine Ahnung, wer dieser Mann ist."

Herr Maurer wand sich wie ein Fisch im Netz.

„Sie sind aber misstrauisch."

Alex starrte ihn an. „Jahrelange Erfahrung. Offenbar war jemand hinter ihm her. War er allein?"

„Ja. Er hat alleine eingecheckt."

Alex spazierte durch den Raum. Neben dem Kopf der Leiche glitzerte etwas Metallenes, das fast zur Gänze unter das Bett gerollt war. Es war eine kleine, aber schwere Metallstatue, an der eingetrocknetes Blut klebte. „Wenigstens haben wir die Mordwaffe. Mit etwas Glück finden wir daran brauchbare Fingerabdrücke."

„Die Spurensicherung ist gleich da", erklärte Theo. „Paul hat sie unmittelbar nach Herrn Maurers Anruf angefordert."

Alex ging zum Nachtkästchen und runzelte die Stirn.

„300 Euro. Und Sie sind sicher, dass der Tote kein Mädchen dabei hatte?"

Herr Maurer schwitzte. „Das habe ich Ihnen doch gesagt. Er war allein. Wir sind kein Stundenhotel."

Alex lachte. „Nehmen Sie es mir nicht übel, aber das ist ziemlich genau das, wofür diese Pension genutzt wird."

Herr Maurer schnaubte. Er trippelte von einem Fuß auf den anderen. Ein schrilles Klingeln unterbrach die angespannte Stille.

„Ich mache auf. Wahrscheinlich ist das Ihre Spurensicherung", erklärte Herr Maurer.

Alex und Theo warteten, bis die Spurensicherung ihre Arbeit erledigt und alles dokumentiert hatte. Die Metallstatue wanderte für das Labor in einen Plastikbeutel.

„Hey, Alex!", rief Lukas, ein Kollege der Spurensicherung. „Das solltest du dir mal ansehen."

Er hielt einen BH aus schwarzer Spitze in die Höhe, der in den Spalt zwischen die beiden Matratzen des Doppelbettes gerutscht war.

„Wenn der nicht schon länger hier liegt, dann war unser Toter doch nicht allein hier", schlussfolgerte Theo und zwinkerte Alex zu.

„Ich will mir lieber nicht vorstellen, dass der schon länger hier liegt", erwiderte Alex. „Das würde bedeuten, dass die Bettwäsche nicht regelmäßig gewechselt wird. Das wär echt grauslich."

Lukas grinste. „Was erwartest du, wenn du so ein Etablissement besuchst?"

Alex verzog den Mund. „Hast du sonst noch was für uns, bevor wir uns verziehen?"

Lukas nickte. „Ich kann euch sagen, wer unser Toter ist", erklärte er und hielt ein Portemonnaie hoch, das der Mann in seiner Hosentasche bei sich trug.

Alex schlüpfte in ein Paar Plastikhandschuhe, unter denen ihre Hände sofort zu schwitzen anfingen.

„Stefan Vogt", las sie vom Führerschein und runzelte die Stirn. Der Name sagte ihr etwas, aber sie kam nicht drauf, woher sie ihn kannte.

„Das ist doch dieser Staranwalt", warf Theo ein. „Der Typ vertritt nur die High Society in Salzburg. Unter 1000 Euro die Stunde führt der nicht einmal ein Telefonat."

„Jetzt jedenfalls nicht mehr", schlussfolgerte Alex und fixierte das Geld auf dem Nachttisch mit den Augen. „300 Euro für eine Nutte sind für den Typen nicht einmal Trinkgeld."

„Da hast du Recht. Wir sollten dringend herausfinden, wen Stefan Vogt gestern getroffen hat."

Alex nickte geistesabwesend. In ihrem Magen rumorte es. Und nicht nur vor Hunger. Irgendetwas gefiel ihr hier ganz und gar nicht. Seit Jahren hatte sie immer wieder so etwas wie Vorahnungen. Sie hasste dieses Gefühl von nahendem Unheil. Noch mehr, weil es fast immer recht hatte.

Elli

Elli drückte eine Kopfschmerztablette aus der Blisterfolie und schluckte sie mit reichlich Wasser. So hatte sie sich früher gefühlt, wenn sie eine halbe Flasche Whiskey geleert und dazu Koks geschnupft hatte. Sie machte sich einen doppelten Espresso, um die Nebelschwaden in ihrem Gehirn zu vertreiben. Sie legte ihre Finger an die schmerzenden Schläfen und versuchte sich zu erinnern, was gestern passiert war. Sie hatte bis kurz vor 18:00 Uhr im Altenpflegeheim gearbeitet. Ein normaler Tag wie jeder andere. Eine ältere Dame aus dem zweiten Stock hatte einen Krampfanfall erlitten, aber das kam gelegentlich vor.

Sie hatte mit Herrn Moser seine Übungen gemacht, bevor sie ihre Arbeitsstätte verließ. Herr Moser war ein alter Herr, der nach einem Schlaganfall kaum sprechen und seine rechte Seite nicht bewegen konnte. Die Heimleitung dachte zudem, dass er an Demenz litt. Elli war sich nicht so sicher. Sie sah in seinen Augen, dass er mehr verstand, als andere zu merken schienen. Außerdem verständigte er sich mithilfe kleiner Notizen mit ihr. Das Schreiben kostete ihn große Mühe, weswegen er Elli nur dann Nachrichten übermittelte, wenn es ihm wichtig war. Da er stark zitterte und mit der linken Hand schreiben musste, obwohl er Rechtshänder war, führte dies meist zu einem krakeligen Gewirr aus Linien und Strichen, die an die Handschrift eines Fünfjährigen erinnerten. Aber Elli hatte gelernt, das Gekrakel zu entziffern. Sie führte die Tasse zum Mund und hielt inne. Er hatte ihr gestern eine Nachricht geschrieben. Oder war das vorges-

25

tern gewesen? Sie erinnerte sich, dass sie ihm eine Tasse Pfefferminztee gebracht hatte. Dann hatte sie ihn in seinem Rollstuhl in die Bibliothek geschoben. Dort las sie ihm regelmäßig vor. *Narziß und Goldmund* von Hermann Hesse. Eines von Herrn Mosers Lieblingsbüchern. Er hatte sie mit dem Zeigefinger in die Seite gepikst. Ein sicheres Zeichen, dass er ihr etwas mitteilen wollte. Elli trug deswegen stets einen kleinen Notizblock und einen Kugelschreiber in der Jacke ihrer Pflegeuniform.

Ein Mann hat nach Ihnen gefragt. Das hatte Herr Moser auf die erste Seite des Blocks gekritzelt. Ein Pfleger? Oder einer der Ärzte? Doch dann hatte Herr Moser dazugeschrieben: *Ein böser Mann.* Elli fragte sich, wieso er den Mann so einschätzte. Vielleicht hatte die Heimleitung recht und Herr Moser lebte bereits in einer Fantasiewelt, in der er Realität und Hirngespinste nicht unterscheiden konnte. Noch während sie ihn fragen wollte, wieso er dachte, der Mann sei böse, war er eingenickt. Die Worte des alten Mannes jagten ihr einen Schauer den Rücken hinunter.

Was sollte sie jetzt nur tun? Zur Polizei gehen? Alex anrufen? Sie tastete nach ihrem Handy und runzelte die Stirn. Vier Anrufe in Abwesenheit. Alle von Lisi Kronreif. Mit ihr hatte sie sich nach der Arbeit in der Altstadt getroffen. In einem Lokal am Rudolfskai. Sie wählte Lisis Nummer. Der Anruf ging sofort auf die Mobilbox. Sie versuchte es ein weiteres Mal. Vergebens. Elli runzelte die Stirn. Sie würde es später noch einmal versuchen. Lisi konnte ihr vielleicht helfen, herauszufinden, was gestern Abend geschehen war.

Sie war in diesem Lokal gewesen, einer dunklen Spelunke, durch die dicke Rauchschwaden waberten. Offenbar hielt man in manchen Bars nichts von der Tatsache, dass Raucher- und Nichtraucherbereiche in Salzburg getrennt werden mussten. Lisi war wenige Minuten nach ihr gekommen. Sie hatten ein Bier bestellt und sich über die geplante Radiosendung unterhalten. Lisi war Radiomoderatorin und dazu bereit, Elli bei der Suche nach ihrer Tochter zu helfen. Elli hatte Lisi eher zufällig in ihrem Yogakurs kennengelernt. Irgendwann waren sie ins Gespräch gekommen und als Lisi von Ellis vermisster Tochter erfahren hatte, hatte sie ihr angeboten, ihre Radiosendung *Vermisst – Ohne jede Spur* für die Suche zu nutzen. Gestern hatten sie sich getroffen, damit sich Elli die Sendung vor der Ausstrahlung anhören konnte. Lisi hatte ihr die Aufzeichnung auf einem USB-Stick mitgebracht. Irgendwann hatte sich Lisi entschuldigt, um die Toilette aufzusuchen. Der Kellner hatte ihr in der Zwischenzeit ein frisches Bier hingestellt.

„Von dem Herrn da hinten", hatte er erklärt.

Elli hatte die Augen zusammengekniffen und versucht, den Mann auszumachen. In der dunklen Gaststätte hatte sie ihn nicht erkennen können. Die Dunkelheit und der Rauch hatten sein Gesicht fast vollständig verschluckt. Sie hatte bemerkt, dass er einen Anzug mit Krawatte getragen hatte. Sie hatte den Bierkrug gehoben und ihm zugeprostet. Sie erinnerte sich, wie die herbe Flüssigkeit ihre Kehle hinuntergelaufen war. Danach wusste sie nichts mehr. Bis zu dem Moment heute, als sie in einem Zimmer aufgewacht war, in dem sie nie zuvor gewesen war. Ein Zimmer, in dem ein Toter lag. Sie schauderte. Ihr war kalt. Sie wickelte sich in eine Decke, die neben ihr auf der Couch lag.

Sie sprang auf und lief in ihrem Wohnzimmer auf und ab. Was war gestern passiert? Hatte ihr jemand K.o.-Tropfen in das Bier geschüttet? Hatte sie den Mann getötet? Warum sollte sie das tun? Sie kannte den Kerl gar nicht. Oder etwa doch? In ihrem Kopf drehte sich alles. Die Gedanken füllten ihr Gehirn wie geschreddertes Papier. Jedes Mal, wenn sie glaubte, einen zu fassen, merkte sie, dass sie nur einen nutzlosen Fetzen vor sich sah. Sie spürte ihr Herz in ihrer Halsschlagader klopfen. Was sollte sie jetzt tun? Zur Polizei gehen? Und damit riskieren, in einem Mordfall verdächtigt zu werden? Dann würde sie ihre Tochter nie finden. Was sollte sie gegen die Anschuldigungen vorbringen? Sie wusste selbst nicht, was passiert war. Sie rutschte an der Wand neben dem Bücherschrank zu Boden. Sie fühlte sich, als habe jemand die Welt angehalten. Wo war sie da nur hineingeraten? Sie ließ den Kopf auf ihre angezogenen Knie sinken und weinte.

Alex

Der Geruch von frischen Semmeln und Kaffee holten Alex aus ihrem Traum. Die Sonne kitzelte sie in der Nase, bis sie herzhaft nieste. Sie blinzelte und erkannte das Gästezimmer im Haus ihrer Oma, in dem sie gelegentlich übernachtete. Sie schob die geblümten Gardinen zur Seite und öffnete das Fenster. Selbst am frühen Morgen war die Luft warm und drückend. Es war ungewöhnlich heiß in Salzburg, selbst für einen Augusttag. Alex machte das Bett und schlüpfte in ihre Jeans, bevor sie barfuß die Treppe hinunterhuschte. Ihre Oma stand an der Küchenanrichte und summte leise vor sich hin. Ihre kurzen grauen Locken wippten im Takt mit. Das schlichte grüne Kleid schmiegte sich an die zarte Gestalt ihrer Großmutter. Sie wischte ihre mehligen Hände an ihrer weißen Schürze ab.

„Guten Morgen, Lexi!", begrüßte ihre Oma sie und umarmte sie herzlich.

Alex drückte sie kurz. Niemand sonst durfte sie so nennen, aber ihre Großmutter ließ es sich nicht nehmen, den Spitznamen am Leben zu erhalten, den ihre Mutter ihr gegeben hatte, als Alex ein kleines Mädchen war.

„Tut mir leid wegen gestern", entschuldigte Alex sich für ihre Verspätung. „Da machst du extra deine einzigartigen Palatschinken und dann komme ich erst mitten in der Nacht."

Ihre Oma lächelte. „Jetzt bist du ja da! Ich habe Semmeln gebacken. Möchtest du welche?"

Alex nickte dankbar und ließ sich auf die Eckbank fallen. Der Tisch war mit Gebäck, frischer Butter und Marmelade sowie Frühstückseiern gedeckt. Ihre Oma schenkte Kaffee in einen Becher ein. Alex atmete den Duft ein und nahm einen großen Schluck.

„Hast du gut geschlafen?", fragte ihre Oma und setzte sich neben ihre Enkelin.

„Wie ein Stein", log Alex, die versuchte, sich an die Fetzen des Traumes zu erinnern, der verhindert hatte, dass sie die Tiefschlafphase erreichte.

„Du solltest öfter bei mir übernachten. Ich freue mich so, wenn ich für jemanden kochen kann. Und du bist sowieso allein in deiner Wohnung, seit ..."

Alex' Oma beendete den Satz nicht. Er hing in der Luft wie eine Gewitterwolke, die sich jeden Augenblick entladen würde. Alex entschied sich, in die Offensive zu gehen.

„... seit Elli weg ist."

Ihre Oma sah sie an. „Alex, sie ist nicht weg. Ihr habt euch getrennt."

„Als ob ich das nicht wüsste", fauchte sie schärfer als beabsichtigt.

Oma tätschelte Alex' Hand.

„Bitte entschuldige! Ich wollte dich nicht anfahren!"

„Das weiß ich doch!" Die Augen ihrer Oma blitzten durch die zentimeterdicken Brillengläser. „Wenn du darüber reden möchtest, du weißt, ich bin eine gute Zuhörerin."

Alex lächelte und nickte. Es gab nichts zu bereden. Elli und sie hatten sich getrennt. Offenbar hatte Elli eine völlig andere Vorstellung von ihrer gemeinsamen Zukunft als sie. Alex hatte bis zu ihrem Streit nicht geahnt, dass Elli keine Kinder wollte. Für Alex war immer klar gewesen, dass sie sich mit der richtigen Frau eine eigene Familie wünschte. Ihr war klar, dass sie als lesbisches Paar mit Anfeindungen und Unverständnis rechnen mussten, wenn sie sich für ein Kind entschieden. Sie hatte längst gelernt, damit zu leben, dass sie als Typ polarisierte und jeder Zweite Schwierigkeiten hatte, zu akzeptieren, dass sie Frauen liebte. Doch das war ihr egal. Die andere Hälfte der Menschen kam mit ihrer sexuellen Ausrichtung zurecht und sie legte ohnehin keinen Wert darauf, *Everybody's Darling* zu sein. Umso mehr schmerzte es sie, dass die Frau, die sie liebte, deutlich gemacht hatte, dass ein Kind für sie nicht infrage kam. Sie hatten beide viel durchgemacht und sich gegenseitig dabei unterstützt, die Vergangenheit zu verarbeiten. Alex hatte stets gedacht, nichts könnte Elli und sie auseinanderbringen. Sie erinnerte sich genau an den Tag, an dem sie über das Kinderthema gesprochen hatten. Bis die Diskussion in einen Streit ausartete, in dem Worte fielen, die eine tiefe Wunde in ihr Herz gegraben hatten. Jetzt war Elli weg, aber die Verletzung war geblieben. Wie eine tiefe Narbe meldete sie sich von Zeit zu Zeit und erinnerte sie daran, welche Macht Worte hatten. Und wie sehr sie Elli vermisste. Manches blieb besser ungesagt. Alex seufzte.

In diesem Moment fiel ihr ein, wovon sie vergangene Nacht geträumt hatte. Von einem Baby. Einem Mädchen. Ein glucksendes kleines Wesen mit großen Augen und einem Schmollmund. Sie lächelte. Eine Tochter, wie sie sich immer gewünscht hatte. Die Bilder prasselten auf sie herein wie plötzlicher Hagel. Von dem Baby. Von Elli. Ellis Angst. Ihre Schreie. Blut. Viel Blut. Die Bilder verschwammen vor ihren Augen. Ihr war schwindlig. Sie hatte die Luft angehalten. Ihre Lunge schmerzte. Sie atmete tief ein, wie eine Ertrin-

31

kende, die kurz die Oberfläche erreichte. Sie versuchte, zu verstehen, was sie da sah. Die Bilder anzuhalten. Genauer hinzusehen. Doch sie verblassten, ebenso unmittelbar, wie sie aufgetaucht waren. Alex schluckte. Ihre Kiefer schmerzten vor Anspannung. War das der Traum von letzter Nacht? Sie war nicht sicher. Er fühlte sich real an. Zu real. Es machte ihr Angst. Die Härchen in ihrem Nacken stellten sich auf. In diesem Augenblick wusste sie, was sie beunruhigte. Das war kein Traum. Sie hatte nicht geträumt. Das, was sie gesehen hatte, war Realität.

Iwan

Iwan beobachtete die Untersuchungen der Polizei aus sicherer Entfernung. Zuerst hatte die hübsche, aber burschikose Polizistin die Pension betreten, gefolgt von einem wichtigtuerischen Typen im Designeranzug, dessen Haare mit so viel Gel fixiert worden waren, dass seine Frisur aussah wie in Schuhcreme getunkt. Kurze Zeit später war die Spurensicherung eingetroffen. Vier Personen in einem weißen Schutzanzug mit einer ganzen Ladung an Alukoffern. Er wartete jetzt seit einer Stunde hier. Allmählich taten ihm die Füße weh. Der Schweiß lief ihm in kleinen Bächen Rücken und Wangen hinunter. Er tastete nach einem Taschentuch und wischte sich übers Gesicht. Warum zum Teufel dauerte das so lange?

Er zündete eine Zigarette an und zog daran, bis seine Lungen brannten. Warum führten sie Elli nicht ab? Es war eindeutig, dass sie den Anwalt umgebracht hatte. Der Typ hatte sie vergewaltigt. Zumindest hatte er es so aussehen lassen. Er hatte einen Dildo besorgt, den er nicht gerade sanft in ihre Körperöffnungen geschoben hatte. Obwohl sie kaum ansprechbar war, hatte sie sich heftiger gegen den Übergriff gewehrt, als er ihr zugetraut hätte. Im Kampf hatte er ihr eine Reihe blauer Flecken an Oberschenkeln und Armen zugefügt. Aber im Grunde würde das der Polizei helfen, sie als Tatverdächtige in einem Mordfall zu betrachten. Das Geld auf dem Nachttisch würde das Übrige tun. Die Polizei würde annehmen, der Anwalt hätte sich eine Nutte mit aufs Zimmer genommen. Sie würde denken, er habe sie

33

zu hart angefasst. Sie hätte sich gewehrt und den Typen erschlagen.

Vielleicht kam sie vor Gericht mit Totschlag durch. Trotzdem wäre sie einige Jahre hinter Gittern. Zeit, in der er planen konnte, wie er sie endgültig loswurde. Wäre er nicht so ein Hitzkopf und hätte die Befehle seines Auftraggebers befolgt, wäre sie es jetzt schon. Er unterdrückte einen Fluch und trat den brennenden Zigarettenstummel auf dem Asphalt aus. Warum hatte er sich nicht besser im Griff? Hätte er nicht einmal seinen Ärger hinunterschlucken können? Warum hatte er sich von dem arroganten Anwalt provozieren lassen? Der Typ hatte ihm gedroht, ihn auffliegen zu lassen. Er wüsste, in was für Geschäfte er verwickelt sei. Er hätte die längste Zeit in Salzburg sein Unwesen getrieben. Er würde dafür sorgen, dass Iwan den Duft der Freiheit für lange Zeit nicht mehr riechen würde. 20 Jahre hinter Gittern. Mindestens.

Da war Iwan eine Sicherung durchgebrannt und er hatte mit der kleinen Metallstatue auf ihn eingeschlagen, bis selbst seine Mutter den Anwalt nicht mehr erkannt hätte. Dabei wollte er die Statue eigentlich verschwinden lassen. Und das Foto. Unglücklicherweise hatte Elli es nicht dabei. Er hätte sie ebenfalls kaltgemacht, wäre der Trottel von Portier nicht brüllend vor der Tür gestanden, er hätte die Polizei gerufen, weil dieser Lärm „auf keine Kuhhaut" ginge. Er wollte so ein Pack nicht in seinem Haus. Das hier wäre ein anständiges Hotel. *Ja sicher!*

Einen Moment lang war er versucht, den dämlichen Kerl ebenfalls zu töten. Kein Verlust für die Menschheit! Dann entschied er sich, so rasch wie möglich seine Spuren zu beseitigen und das Weite zu suchen, bevor die Bullen auftauchten. Blöderweise hatte er vergessen, die Statue mitzunehmen. Er hatte das Geld auf den Nachttisch gelegt. Kurz überlegte er, die Tatwaffe einzusetzen und Elli ein für alle Mal auszuschalten. Dass sie überhaupt lebte, war ein verdammtes Wunder! Er starrte sie an und zögerte. Die Polizei würde in wenigen Augenblicken da sein. Statt seinen Auftrag zu beenden, hatte er den Dildo in der Sporttasche verschwinden lassen und war durch den Hinterausgang verschwunden. Erst jetzt wurde ihm bewusst, was für ein Idiot er doch war. Wie hatte er die Statue nur zurücklassen können? Sein Auftraggeber würde ausflippen! Er musste eine Lösung finden. Jetzt war nur wichtig, dass Elli als Mordverdächtige abgeführt und in U-Haft genommen wurde.

Er brauchte Zeit, sich um alles Weitere zu kümmern. Elli durfte seine Pläne auf keinen Fall vermasseln. Als die Polizistin mit ihrem geschniegelten Partner den Tatort verließ und kurz darauf die Spurensicherung, schluckte Iwan schwer. Er hatte Elli unterschätzt. Wieder einmal.

August 1998

Elli lief schon seit Stunden durch die Dunkelheit. Ihre Füße schmerzten. Als sie sich am Straßenrand hinsetzte, um ihre Schuhe für einen Moment auszuziehen, bemerkte sie, dass sich das Wundwasser der Blasen an Zehen und Fußballen mit ihren Socken verklebt hatte. Sie biss die Zähne zusammen und unterdrückte einen Schrei, als sie die Socken von den Füßen zerrte. Sie öffnete ihren Rucksack und holte zwei zerknüllte Pflaster aus ihrem Kulturbeutel. Damit versorgte sie die zwei schmerzhaftesten Stellen, bevor sie in frische Socken schlüpfte und sich wieder in ihre Turnschuhe zwang. Die Wunden brannten wie Säure. Elli stöhnte und stand auf. Weit würde sie nicht kommen. Vielleicht fand sie einen freundlichen Autofahrer, der sie ein Stück mitnahm.

Bisher hatte sie Glück gehabt und die eine oder andere Mitfahrgelegenheit gefunden. Sie schlenderte die Bundesstraße entlang, bis sie in rund 200 Metern Entfernung eine Tankstelle entdeckte. Dort würde sie ihre Wasserflasche auffüllen, sich eine Kleinigkeit zu essen kaufen und Kathrin anrufen. Kathrin war eine Schulfreundin ihrer älteren Schwester Anna. Als sie noch klein war, hatten die beiden ihre gesamte Freizeit zusammen verbracht. Obwohl sie fast acht Jahre jünger war, durfte sie meistens mit. Mit zehn hatte sie ihre erste Zigarette probiert. An den Hustenanfall, an dem sie fast erstickt wäre, erinnerte sie sich noch heute. Elli hatte ihrer Schwester und Kathrin versprechen müssen, niemandem zu erzählen, dass sie an einer Kippe gezogen hatte. Die Sommer mit den Mädchen gehörten zu den schönsten Erinnerungen ihres Lebens: Lagerfeuer, gegrillte Würstchen, Glühwürmchen und laue Abende an der Pegnitz.

Doch kaum war Kathrin achtzehn, verließ sie Nürnberg. Anna meinte, Kathrin habe sich in einen Kerl mit dicken Muskeln verliebt, der sie nach Salzburg mitnahm. Danach war Anna nicht mehr dieselbe. Ihre Schwester, die das Leben immer schon schwer genommen hatte, wurde depressiv. Sie geriet in die falschen Kreise, nahm Drogen und war tagelang nicht ansprechbar. Ihre Mutter war zu beschäftigt, die Familie zu ernähren, als dass sie Annas Not bemerkt hätte. Zudem war sie seit ein paar Jahren mit Holger verheiratet, einem Taugenichts, der auf Kosten ihrer Mutter lebte, und dessen einziger Beitrag zum Familienleben darin bestand, in regelmäßigen Abständen einen Wutanfall zu bekommen, bei dem er alles kurz und klein schlug. Ihre Mutter versicherte Elli, dass Holger es nicht so meinte und er eine schwere Zeit durchmache, aber sie konnte die blauen Flecken an den Armen nicht verbergen, die immer öfter unter ihren Blusenärmeln hervorleuchteten. Genau wie die Schwellungen ihres Jochbeins oder die violette Färbung ihrer Augenlider. Sie wäre gegen die Tür gelaufen, über den Staubsauger gestolpert oder die Treppe hinuntergefallen. Ihre Mutter wurde nicht müde, Ausreden für Holgers Aggressionen zu finden. Statt sich um Anna zu kümmern, die zunehmend im Drogensumpf versank, betäubte ihre Mutter ihren Schmerz und ihre Angst mit Alkohol. Anfangs hatte sie gar nichts davon bemerkt. Der Wodka roch nicht und es dauerte Monate, bis sie die halbleeren Flaschen zwischen den Polstern des Sofas und hinter Stapeln von Kleidungsstücken versteckt fand.

Elli wandte sich an die Vertrauenslehrerin ihrer Schule. Diese verständigte das Jugendamt. Holger zeigte sich von seiner besten Seite, kredenzte Kaffee und Kekse und versicherte, dass ihm die Familie mehr als alles andere am Herzen lag. Er wisse, dass seine Frau ein Alkoholproblem habe und er versprach, sich darum zu kümmern, dass sie die Hilfe erhielt, die sie benötigte. Anna war zu diesem Zeitpunkt mit ihren Drogenfreunden im Park. Wahrscheinlich setzte sie sich gerade einen Schuss oder schwebte im Rausch durch eine bessere Welt. Als sie die Mitarbeiterin des Jugendamtes darauf aufmerksam machte, dass auch ihre Schwester Hilfe brauchte, dass sie drogenabhängig war, wischte Holger ihre Bedenken vom Tisch.

„Anna geht es großartig! Sie hat wohl mal den einen oder anderen Joint probiert, aber erkannt, dass die Drogen ihr nicht guttun."

„Außerdem ist ihre ältere Tochter volljährig, soweit ich das verstanden habe", warf die Dame vom Jugendamt ein. „Damit fällt sie nicht länger in unseren Zuständigkeitsbereich, fürchte ich."

Damit war Ellis Schicksal besiegelt. Holger sorgte dafür, dass ihre Mutter ein paar Drinks hinunterkippte und sich danach auf dem Sofa zusammenrollte, wo sie sofort einschlief. Mit einem Kopfnicken bedeutete er ihr, ihm in den Keller zu folgen. Ihr Herz raste. Was hatte er mit ihr vor?

Der erste Schlag traf Elli so unvermittelt, dass sie gegen die mit Lebensmitteln befüllte Stellage krachte und einige Konserven zu Boden fielen. Einen Moment lang glaubte sie, er habe ihr Trommelfell zerstört. Sie hörte auf dem linken

Ohr nichts, außer einem Pfeifen, das anschwoll, bis sie glaubte, verrückt zu werden. Dann traf seine Faust ihren Magen. Es fühlte sich an, als wäre jegliche Luft aus ihren Lungen gepresst worden. Elli würgte. Instinktiv schlug sie nach seinen Händen. Die Antwort folgte prompt: Er trat ihr heftig gegen die Kniekehlen, sodass sie einknickte wie ein Grashalm. Sie keuchte und schnaufte, als ein weiterer Hieb sie im Gesicht traf. Der Geschmack von Eisen traf ihre Zungenpapillen, als ihr Blut von der Nase lief und sich seinen Weg zwischen die halb geöffneten Lippen bahnte.

„Wenn du so etwas noch einmal abziehst, mach ich dich alle. Haben wir uns verstanden?"

Elli rührte sich nicht, zu groß waren der Schock und die Abscheu. Er legte zwei seiner wurstartigen Finger unter ihr Kinn und zwang sie, ihn anzusehen.

„Ich kann dich nicht hören. Hast du mich verstanden?"

Sie nickte widerwillig. Holger grunzte zufrieden und schlurfte die Treppe hinauf ins Obergeschoß. Elli kauerte weiterhin auf dem Boden und versuchte sich, so klein wie möglich zu machen. Sie stellte sich vor, so winzig wie eine Ameise zu sein und in einer Ritze des Bodens zu verschwinden. Nie wieder auftauchen. Als ihre Mutter sie am nächsten Morgen fragte, was mit ihrem Gesicht passiert sei, antwortete sie, dass sie im Dunkeln gegen den Badezimmerschrank gekracht sei. Sie hasste sich dafür, dass sie genauso schwach war wie ihre Mutter, dass die Angst vor Holger sie in Schach hielt und sie nicht den Mut fand, die Wahrheit hinauszuposaunen. Was hätte es genützt? Ihre Mutter war nicht in der Lage, ihr zu helfen. Und wen sollte sie um Hilfe bitten? Das Jugendamt? Anna war ständig zugedröhnt. Sie hatte mehrmals versucht, mit ihr zu reden. Sie wollte sie überzeugen, mit ihr davonzulaufen. Ehe sie Gelegenheit dazu hatte, war es zu spät.

„Welche Ortschaft ist das hier?", fragte sie den Tankwart, als sie ihm Kleingeld für einen Schokoriegel und eine Wurst-semmel über den Tresen schob.

Der Mann starrte sie an, als wäre sie gerade mit einer flie-genden Untertasse vor seinem Geschäft gelandet.

„Du bist a Scherzkeks. Wo kummst denn her, dass'd ned amål woaßt, wost gråd bist?"

Als sie nicht antwortete, fügte er hinzu: „Rosenheim. Des då ghert zu Rosenheim."

Sie bedankte sich und wandte sich zum Gehen.

„Haben Sie ein Telefon, das ich benutzen kann?"

Der Mann zögerte.

„Ich bezahle Ihnen den Anruf."

„Is scho guad. Wånnst ned gråd ind' USÅ telefonierst, soi's ma recht sei." Er wies auf einen Festnetzapparat im hinteren Teil des Ladens.

Elli war erleichtert, dass Kathrin trotz der späten Stunde beim zweiten Klingeln abnahm. Sie erklärte Kathrin, wo sie war. Kathrin versprach, dass sie jemanden schicken würde, um sie abzuholen. Sie wartete vor dem Laden. Jetzt würde alles gut werden. Sie war in Sicherheit. Das dachte sie zumindest.

Alex

Alex und Theo parkten am Rudolfskai in der Nähe der Polizeistation Rathaus. Die dunstige Hitze lag über der Stadt wie ein Schleier aus dichtem Samt. Alex wischte sich ein paar Schweißtropfen von der Stirn. Theo schienen die tropischen Temperaturen nichts auszumachen. Anders konnte sie sich nicht erklären, dass er eine Lederjacke über einem weißen T-Shirt trug und seine Stirn wie frisch mattiert wirkte.

Sie drängten sich durch die Touristenströme, die vom Alten Markt und der Judengasse Richtung Getreidegasse strömten. An der Palmers-Filiale blieb Theo vor der Auslage stehen und bewunderte den schwarzen Spitzenbody mit Strapsen, der sich an die grazile Figur einer Schaufensterpuppe schmiegte.

„Was ist?", fragte Alex genervt.

„Ist doch hübsch, findest du nicht?" Theo deutete auf das Dessous. „Würde dir bestimmt stehen."

Alex verdrehte die Augen. „Wahrscheinlich genauso gut wie dir", gab sie zurück und fächelte sich mit einer Hand Luft ins Gesicht. „Können wir?"

„Du hast eine Laune! Wenn dir die Frauen davonlaufen, solltest du es vielleicht einmal mit einem echten Mann probieren", erwiderte er mit leicht spöttischem Unterton.

„Wenn mir jemals einer begegnen sollte, denke ich drüber nach", entgegnete Alex und tauchte in der Menge unter.

Theo beeilte sich, ihr zu folgen. Alex huschte am kleinsten Altstadthaus Salzburgs vorbei, das mit einer Breite von 1,42 Metern direkt an das Café Tomaselli grenzte. Wie meistens war das älteste Caféhaus der Stadt proppevoll. Der Duft von Espresso und Sahne wehten Alex entgegen. Automatisch sammelte sich Speichel in ihrem Mund. Dabei hatte sie erst zwei Stunden zuvor bei ihrer Oma ausgiebig gefrühstückt.

Sie überquerte den Platz und nahm wahr, wie ein älterer Herr mit Hut und Stock die Alte fürst-erzbischöfliche Apotheke verließ. Früher war sie öfter mit ihrer Oma hier gewesen, die hier spezielle, rein pflanzliche Salben und Tinkturen anrühren ließ, die sie eine halbe Stunde später abholten. In der Zwischenzeit besuchten sie die Konditorei Fürst, wo Alex eine heiße Schokolade geschlürft und sich ein Stück Topfenstrudel mit ihrer Oma geteilt hatte.

„Wieso rennst du wie eine Verrückte?", brüllte eine Stimme hinter ihr und riss sie aus ihren Kindheitserinnerungen.

„Nicht in Form, was?", fauchte sie zurück, als sie Theo hinter sich schnaufen hörte.

„Bullshit! Hier sind tausende Leute. Bei deinem Tempo kommt man nicht hinterher", verteidigte sich ihr Kollege.

Alex ignorierte seine Ausrede und steuerte auf das nächste Gässchen zu. „Hier muss es sein!"

Sie überprüfte die Adresse und lief die Stufen des alten Stiegenhauses empor, bis sie vor einer Tür stoppte, neben der ein Schild bestätigte, dass sie die Kanzlei von Stefan Vogt erreicht hatten. Eine Frau Ende vierzig in einem hellblauen Kostüm und dazu passenden Pumps öffnete ihnen.

„Inge Manz", erklärte sie und streckte Alex die Hand entgegen.

Alex und Theo betraten den Empfangsbereich, der mit einer Reihe von Kunstwerken und Skulpturen geschmückt war, und folgten der Frau in ihr Büro.

„Wir haben den falschen Beruf gewählt", flüsterte Theo Alex ins Ohr, als sie den schweren Kirschholztisch und das Sofa, ein Rolf Benz, erblickten.

Frau Manz forderte sie auf, sich zu setzen. Alex hatte das Gefühl, sie müsste erst Staub von ihren Jeans klopfen, bevor sie sich auf den teuren Möbeln niederließ.

„Wie kann ich Ihnen behilflich sein?", fragte die Frau und stellte eine Karaffe mit Wasser und zwei Gläser auf den Tisch.

„Es muss ein Schock für Sie sein, dass Herr Vogt tot ist", begann Theo.

„Das ist es in der Tat", erwiderte Frau Manz und rutschte unbehaglich auf dem Sofa hin und her.

„Wie lange sind Sie schon für Herrn Vogt beschäftigt?", wollte Alex wissen.

„Fast 10 Jahre. Davor gehörte die Kanzlei Stefans Vater, Herrn Vogt senior. Gott hab ihn selig."

„Wie war es, für Herrn Vogt zu arbeiten?"

„Großartig!", erwiderte die Frau und strahlte. „Der alte Herr war ein echter Gentleman. Von der Art gibt es heute keine mehr."

Alex unterdrückte ein Schmunzeln. „Ich meinte, Stefan Vogt. Immerhin war er in den letzten Jahren Ihr Arbeitgeber."

Frau Manz kicherte nervös. „Natürlich. Richtig! Stefan war ein anständiger Kerl. Ein begabter Anwalt und ein fairer Arbeitgeber. Ich habe gerne für ihn gearbeitet."

„Aber nicht so gern wie für seinen Vater?", warf Theo ein.

Frau Manz´ Blick schoss in seine Richtung. „Das kann man schwer vergleichen."

„Wir müssen wissen, welche Termine Stefan Vogt gestern hatte", wechselte Alex das Thema. „Können Sie seinen Kalender überprüfen?"

Frau Manz lächelte nachsichtig. „Das muss ich nicht", antwortete sie. „Ich kenne Stefans Termine."

„Und?", fragte Alex, die Geduld nicht zu ihren Stärken zählte.

„Am Vormittag hatte er einen Termin bei Gericht. Im Anschluss hat er sich mit einem Mandanten in der „Blauen Gans" getroffen. Danach war er für einige Stunden im Büro. Er musste sich auf eine größere Verhandlung vorbereiten."

„Und am Abend?", hakte Alex nach.

„Da hatte Stefan keine Termine."

„Sind Sie sicher?"

„Absolut", versicherte Frau Manz. „Allerdings hat Stefan mich nicht über seine privaten Termine informiert."

„Trägt er private Termine in seinen Kalender ein?"

Frau Manz zögerte. Dann nickte sie. „Einen Augenblick, bitte!"

Minuten später kehrte sie mit einem in Leder gebundenen Timer zurück, den sie vor Alex auf den Tisch legte. „Bitteschön! Stefan wird ihn wohl nicht mehr brauchen."

Alex blätterte durch das Büchlein, bis sie das gestrige Datum erreichte. Der Gerichtstermin und das Treffen mit seinem Mandanten waren eingetragen. Um 18:00 Uhr stand schlicht *Besprechung mit W.* sowie ein Termin um 19:30 Uhr in einem Lokal namens *Beertender*.

„Dann waren die beiden späteren Termine wohl privater Natur?" Alex hielt das lederne Buch in die Höhe, damit Frau Manz die Einträge sah.

„Davon gehe ich aus", erklärte die Frau.

44

„Kennst du das Lokal?", fragte Alex an Theo gewandt, der den Kopf schüttelte.

„Und Sie, Frau Manz? Hat Herr Vogt öfter dort verkehrt?"

Die Assistentin zuckte die Schultern. „Nicht, dass ich wüsste. Stefan hat zurückhaltend gelebt. Soweit ich weiß, ist er kaum ausgegangen."

Alex runzelte die Stirn. „Wer ist der Mandant, den Herr Vogt gestern getroffen hat?"

Frau Manz seufzte. „Ich weiß es nicht. Normalerweise hat Stefan mir immer sämtliche Daten seiner Klienten übergeben, da ich die Abrechnung vorbereite. In diesem Fall muss ich leider passen."

„Ist Ihnen das nicht komisch vorgekommen?", wollte Theo wissen.

Frau Manz starrte auf die Wasserkaraffe, als hoffte sie, dort die Antwort zu finden. „Doch", gab sie zu, „aber wissen Sie, Stefan hatte so seine Eigenheiten."

„War Stefan Vogt verheiratet?", fragte Alex.

Frau Manz schüttelte den Kopf. „Nein. Er hatte kein Händchen für Frauen."

„Das überrascht mich", gab Alex zu. „Er schien ein attraktiver Mann zu sein. Und wohlhabend war er ebenfalls. Eine Mischung, die bei Frauen gut ankommt."

Frau Manz nickte abwesend. „Mag sein. Ja. Er war in vielen Dingen anders als sein Vater."

Alex warf Theo einen vielsagenden Blick zu.

„Dürfen wir uns Stefan Vogts Kalender ausborgen?"

Frau Manz erhob sich. „Natürlich."

„Wenn Ihnen noch etwas einfällt, rufen Sie uns bitte sofort an." Theo reichte ihr seine Karte.

„Das mache ich", versicherte die Frau und begleitete die beiden Polizisten zur Tür.

„Die verbirgt etwas", bemerkte Theo, als sie aus dem klimatisierten Gebäude in die Augusthitze traten.

„Irgendetwas weiß sie", bestätigte Alex die Vermutung ihres Kollegen. „Ist dir etwas aufgefallen?"

Theo grinste anzüglich. „Du meinst, dass sie in den Vater von Stefan Vogt verschossen war?"

Alex nickte. „Und wenn du mich fragst, die konnte ihren Vorgesetzten auf den Tod nicht ausstehen."

November 1998

Elli zitterte. Ihr war von innen heraus so kalt, dass sie glaubte, ihr Blut würde gefrieren. Dabei war der Raum angenehm temperiert. Sie versuchte, das Negligé elegant von einer Schulter zu schieben, so wie Kathrin es ihr gezeigt hatte. Sergej mochte es so. Das wusste sie. Sie hatte es oft genug für ihn getan. Sich vor ihm entkleidet. Sich entblößt. Sich ihm hingegeben. Ihn geküsst. Gespürt. Auf sich. In ihr. Sie hatte ihn geliebt. Wie verrückt hatte sie sich nach ihm verzehrt. Konnte kaum warten, bis er am nächsten Abend zu ihr kam. Um mit ihr zu schlafen. Wie wohl sie sich bei ihm gefühlt hatte. Wie sicher.

Drei Monate zuvor hatte Kathrin Elli jemanden geschickt, um sie bei der Tankstelle in Rosenheim abzuholen. Es war Sergej. Als Elli ihn sah, war es gleich um sie geschehen. Er war groß und muskulös und hatte die blauesten Augen, die sie je gesehen hatte. Sein Kopf war kahlrasiert. Seine Arme von Tattoos übersät. Er repräsentierte den typischen *Bad Boy* und Elli wusste vom ersten Moment an, dass sie ihn wollte. Kathrin und Sergej nahmen sie bei sich auf, umsorgten und umhegten sie wochenlang, bis die Wunden der Vergangenheit verblassten. Kathrin hatte eine kleine Wohnung gleich neben ihrer Arbeitsstätte, wo sie fünfmal die Woche nachts tanzte. Als Elli Kathrin fragte, ob Sergej ihr Freund sei, lachte sie nur. „Mach dir keine Gedanken, Kleines! Genieße das Leben!"

Einige Wochen lang geschah nichts. Sergej kam vorbei, um mit Elli zu frühstücken, oder durch die Stadt zu bummeln. Sie liefen Hand in Hand im Regen über die Staatsbrücke, besuchten Mozarts Geburtshaus und tranken Bier aus einer Flasche an der Salzach. Eines Tages küsste Sergej sie und sie dachte: „Wenn ich jetzt sterbe, wäre ich das glücklichste Mädchen der Welt!" Sergej ließ sich Zeit. Er umwarb sie, kaufte Blumen und Mozartkugeln. Er ging mit ihr tanzen. Und eines Nachts holte er sie zu sich ins Bett. Elli war im siebten Himmel. Jetzt wusste sie, wie sich Liebe anfühlte. Sie verstand, wovon die anderen immer sprachen. Sie wollte mehr von ihm. Viel mehr. Sie wollte ihn nie mehr hergeben. Alles für ihn sein. Alles für ihn tun. Ein paar Wochen lang war ihr Leben perfekt. Sie schien überzufließen vor Liebe und Lust und lebte für die Stunden, die Sergej mit ihr verbrachte. Irgendwann fragte Sergej sie, wie sehr sie ihn liebte.

„Das weißt du doch! Ich liebe dich über alles!"

Elli strahlte und er strich ihr eine Haarsträhne hinter das Ohr.

„Du bist wunderschön, weißt du das?"

Sie lächelte zaghaft.

„Wenn ich dich um einen Gefallen bitten würde, ...". Sergej brach ab.

„Ich würde alles für dich tun!"

„Bist du sicher?"

Elli nickte eifrig.

„Du bist echt der Hammer! Du bist das wundervollste Mädchen, das ich je kennengelernt habe", flüsterte er ihr ins Ohr und küsste ihren Nacken.

Sie war Wachs in seinen Händen.

„Was für einen Gefallen soll ich ... ?"

Er legte behutsam seinen Zeigefinger auf ihre Lippen. „Nicht jetzt. Lass uns diesen Augenblick genießen. Aber bald. Ich komme darauf zurück."

Sie gab sich ihm hin, aalte sich in jeder Berührung und jeder einzelnen Schmeichelei.

Ein paar Wochen später bat Sergej Elli, für jemanden an der Stange zu tanzen. Im Nachtclub. Sie hatte Angst. Was erwartete Sergej von ihr? Warum sollte sie für einen anderen Mann tanzen? Als sie ihn fragte, brachte sein Blick sie zum Schweigen.

„Zieh das an!", herrschte er sie an.

Sie hob einen fast durchsichtigen BH und einen String auf, die kaum das Nötigste verdeckten. Ihr Herz schlug so fest gegen ihre Rippen, dass es schmerzte. Elli wandte sich an Kathrin, um ihr von Sergejs Wunsch zu erzählen. Kathrin hörte ihr geduldig zu. Sie hoffte, dass ihr die Freundin einen Ausweg zeigen würde.

„Es ist besser, du tust, was er sagt", erwiderte Kathrin leise. „Glaub mir, ich weiß, wovon ich rede."

An diesem Abend tanzte Elli das erste Mal im Club. Es war eine Privatshow. Für Sergej und einen Gast. Ein Mann mit fettigem Haar und einer Zigarre im Mundwinkel. Er schien sie mit den Blicken auszuziehen, das Wenige an Textil, das an ihren Rundungen klebte. Ihr Magen rebellierte jedes Mal, wenn sie sich an der Stange drehte. Sie spürte das kalte Metall an ihren Schenkeln und ihrem Po und die heißen Tränen unter ihren Lidern. Der Mann lachte und johlte und steckte ihr zwischendurch Geld in den Slip, wobei er nicht verabsäumte, seine Finger unter den Stoff zu schieben. Kalter Schweiß stand ihr auf der Stirn und über den Lippen.

Alles drehte sich. Wie ein Kreisel aus Rauchschwaden, Schweiß, Angst, Spotlights und dem grölenden Kerl mit der stinkenden Zigarre. Würde sie ohnmächtig werden? Sie hoffte es. Aber nichts geschah. Sergej und der Gast klatschten, als die Musik verebbte. Elli klammerte sich mit beiden Händen an die Stange, bis ihre Finger schmerzten.

„Komm her, Süße!", rief der Kerl mit der Zigarre und trommelte mit den Füßen auf den Boden. „Na, was ist mit dir?" Er lachte.

Elli taumelte rückwärts von der Bühne, wickelte sich in der Garderobe in einen viel zu großen Bademantel und brach auf dem Boden zusammen, wo sie weinte, bis sie keine Luft mehr bekam.

Alex

Alex und Theo schritten durch den gefliesten Gang der Pathologie. Obwohl Alex nicht leicht zu erschüttern war, kämpfte sie jedes Mal mit der Mischung aus Desinfektionsmittel und Verwesungsgeruch, der ihr in diesen Räumlichkeiten entgegenschlug. Sie konnte das tote Fleisch riechen, lange bevor sie den Untersuchungsraum erreichten. Sie wusste, dass sie sich das einbildete, aber der süßlich-faulige Geruch hatte sich so in ihre Sinne geprägt, dass ihr Gehirn ihn abrief, ohne dass er an Ort und Stelle wahrnehmbar gewesen wäre. Theo schien es ähnlich zu gehen. Er schlich hinter Alex her, während sein Blick von einer geschlossenen Tür zur nächsten huschte, als erwartete er jeden Augenblick, dass ein Zombie über ihn herfiel.

„Alles in Ordnung?", fragte Alex, die sich selbst zu beruhigen versuchte.

„Alles bestens", bestätigte Theo mit säuerlicher Miene. „Ich hätte aufs Frühstück verzichten sollen."

Alex grinste. Ein wenig genoss sie es, dass ihr sonst so cooler Kollege Schwäche zeigte. Sie blieb vor einer Metalltüre stehen und klopfte.

„Herein!", ertönte eine tiefe Stimme von drinnen.

Alex holte tief Luft und schwang die Tür auf. Dr. Hofer hatte die Obduktion offenbar soeben beendet. Sein Assistent vernähte gerade den Y-Schnitt auf der Brust des Toten, während der Doktor sein Diktiergerät mit medizinischen Fachausdrücken traktierte. Alex kannte Dr. Hofer schon seit ein paar Jahren. Er war ein waschechter Tiroler: stur, bodenständig, geradeheraus und mit jedem per Du, selbst wenn es sich um den Bundespräsidenten handelte.

Theo lehnte sich gegen die Wand neben der Tür. Sein Gesicht schimmerte so weiß wie der Hintergrund. Alex atmete durch den Mund. Bis heute konnte sie nicht verstehen, wie jemand freiwillig seinen Lebensunterhalt damit verdienen konnte, Tote auszunehmen, ihre Organe zu inspizieren und zu wiegen, um sie danach wieder fein säuberlich zu verstauen.

„I sig's scho, enk zwoa braucht's a bischl a Menthol, was?" Dr. Hofer kicherte und deutete auf eine Tube mit einer intensiv duftenden Paste, die auf einem Rollwagen neben dem Eingang stand.

Theo stürzte sich darauf. Alex erwog, auf die Creme zu verzichten, stellte aber fest, dass sie den Arzt nicht befragen und gleichzeitig weiter durch den Mund atmen konnte.

„Was können Sie uns zur Todesursache sagen?", fragte sie, während sie eine dicke Schicht unter ihre Nase strich.

„An Schädel ham's erm eing'schlagen, sigsch as nit?"

Alex seufzte. „Das ist recht offensichtlich. Stefan Vogt ist also an den Folgen der massiven Schläge auf den Kopf gestorben. Oder gab es andere Verletzungen?"

„So isch'es", bestätigte Dr. Hofer. „Die Schläg hab'n a schwere Gehirnquetschung mit massiven Hirnblutungen verursocht. Außerdem hot der Angreifer den Schädelknochen zertrümmert. Da hatsch kane weiteren Verletzungen mehr braucht. Der wor binnen Minuten mausetot."

„Gibt es Abwehrverletzungen?", wollte Alex wissen.

„A Fingernogel isch erm abgebrochen. I nehm on, er hot versucht, sich zu wehren."

Alex nickte. „Irgendwelche DNA-Spuren? Unter den Fingernägeln, zum Beispiel?"

Dr. Hofer schüttelte den Kopf. „Nix. Vielleicht hot euer Täter Handschuh getrag'n?"

Alex warf einen Blick auf Theo, auf dessen Oberlippe Schweißperlen lauerten. Er hatte sichtlich Mühe, sich auf den Beinen zu halten.

„Ist Ihnen sonst irgendetwas aufgefallen? Haben Sie Sperma gefunden? Scheidensekret?", fragte Alex.

„Weder noch", antwortete der Arzt. „Nit amol a Haar von wem onderen."

Alex runzelte die Stirn. „Danke. Wenn Ihnen noch etwas einfällt, rufen Sie mich bitte an."

Sobald sie den Obduktionsraum verlassen hatten, normalisierte sich Theos Gesichtsfarbe.

„Findest du das nicht seltsam?", fragte Alex ihren Kollegen.

„Was meinst du?"

„Dass weder Sperma, Scheidensekret noch Haut oder Haare an dem Toten gefunden wurden?"

Theo kratzte sich am Kinn. „Du meinst wegen des Geldes am Nachttisch. Er könnte ein Kondom benutzt haben."

Alex starrte ihn ungläubig an. „Klar. Und der Mörder hat das Ding eingepackt und mitgenommen."

„Wohl kaum", gab Theo zu. „Vielleicht ist es gar nicht zum Sex gekommen."

„Das wäre möglich, aber ich würde meinen, der Freier bezahlt die Nutte nur für erbrachte Leistung". erwiderte Alex. „Außer die Dame hat darauf bestanden, um sicherzugehen, dass er genügend Bares dabei hat."

53

Theo sperrte den Wagen auf und setzte sich hinters Steuer. „Irgendetwas ist faul an der Sache. Wir müssen die Frau finden, die die Nacht mit Stefan Vogt in der Pension verbracht hat."

Alex nickte. „Ich schau bei der Spurensicherung vorbei. Irgendetwas muss die Frau am Tatort hinterlassen haben."

Mia Stanjovic kauerte über ihrem Schreibtisch und beäugte eine Substanz unter einem Mikroskop. Ihre Mimik verriet volle Konzentration. Dennoch hatte sie Alex bemerkt, die nahezu lautlos in den Raum geschlüpft war.

„Komm näher!", rief sie, ohne aufzublicken.

„Muss ja spannend sein, was du dir anschaust", erwiderte Alex, die neben Mias Schreibtisch stehenblieb.

„Allerdings!", bestätigte Mia. „Ein Teil-Fingerabdruck von eurem Tatort. Groß genug, dass wir damit fündig werden dürften."

„Sofern die Person in unserer Datenbank ist", ergänzte Alex und setzte sich auf die Tischkante.

Mia verscheuchte sie mit der linken Hand und deutete auf einen Sessel, der an der Wand stand. Alex schnappte sich die Sitzgelegenheit und lugte über Mias Schulter.

„Ein Wunder, dass wir überhaupt etwas gefunden haben", fuhr Mia fort. „Offenbar hat jemand den Tatort gründlich gereinigt."

„Na, Stefan Vogt war´s jedenfalls nicht!"

„Anzunehmen", bestätigte Mia. „Die Kollegen meinten, der Tote wäre nicht allein in der Pension gewesen."

„Davon gehen wir aus. Wir haben einen Spitzen-BH im Bett entdeckt. Außerdem lag Bargeld auf dem Nachtkästchen."

Mia pfiff leise durch die Zähne. „Eine Prostituierte?"

Alex nickte langsam. „Sieht ganz so aus."

„Wie wär's mit einem Kaffee, während der Abdruck durch unsere Datenbank läuft?", fragte Mia und streckte sich.

„Gern", erwiderte Alex und folgte ihrer Kollegin in die kleine Mitarbeiterküche. Der Espresso war stark und dick wie Kernöl. Alex spürte, wie das Koffein ihre Lebensgeister weckte.

„Wo war der einzige Fingerabdruck, den ihr gefunden habt?", wollte Alex wissen.

„An der Tatwaffe", antwortete Mia.

Alex runzelte die Stirn. „Das ist eigenartig", meinte sie. „Würde man die nicht zuallererst abwischen? Oder mitnehmen?"

Mia zuckte die Achseln. Ein akustisches Signal verriet, dass die Suche beendet war. „Jetzt wollen wir mal sehen."

Alex folgte Mia zurück ins Labor und setzte sich.

„Wir haben einen Treffer", verkündete die Kollegin der Spurensicherung.

Alex' Puls beschleunigte. „Lass mich mal sehen."

Mia drehte den Bildschirm ihres PC so, dass Alex das Ergebnis besser erkennen konnte. Alex kniff die Augen zusammen. Ihr war bewusst, dass sie längst eine Brille benötigte, aber sie redete sich ein, dass sie hervorragend ohne zurechtkam. Das Bild, das sich vor ihr aufbaute, zeigte eine Frau mit braunem Haar, das ihr knapp über die Schulter reichte, und mokkafarbenen Augen. Am Hals hatte sie eine sichelförmige, verblasste Narbe. Alex senkte den Kopf und schluckte. Sie kannte diese Narbe ebenso wie den Hals, die Augen, den Mund, den sie so oft geküsst hatte. Sie konnte die zarte Haut der Lippen fühlen.

Alex sprang auf und stieß dabei den Stuhl um. Ihr Blick huschte von Mia, die sie besorgt anstarrte, zurück zum Bildschirm. Als bräuchte sie noch eine Bestätigung ihrer schlimmsten Befürchtung, leuchtete ihr der Name der Frau in weißen Lettern entgegen: Elena Ahrens. Alex tastete nach dem umgeworfenen Stuhl und richtete ihn auf. Ohne sich von Mia zu verabschieden, rannte sie aus dem Labor.

Elli

Es war mehr ein Gefühl, als dass sie etwas hörte. Sie spürte eine Anwesenheit. Sie fröstelte. Sie war auf der Couch eingenickt. Die Müdigkeit drückte die Lider bleiern über ihre Augen. Sie zwang sich, sie zu öffnen. Der milchige Lichtschein der Straßenlaterne drang durch die halb geöffneten Jalousien und beleuchtete das Mobiliar silbergrau. Sie tastete nach der Stehlampe und schaltete das Licht an. Die seltsame Stimmung im Raum verschwand im selben Augenblick und wich der Wärme und Vertrautheit, die Elli mit ihrem Zuhause verband. Sie schlurfte zum Fenster, um die Jalousien herunterzulassen. Der Garten erstreckte sich schwarz vor ihr, durchbrochen von einer helleren Stelle, dort, wo das Licht der Straßenlaterne den Rasen und ihre Terrasse berührte. Sie stutzte. Was war das? Sie kniff die Augen zusammen und starrte auf die Waschbetonplatten der Terrasse. Dorthin, wo jemand in die feuchte Erde getreten war und einen Schuhabdruck hinterlassen hatte. Jemand mit riesigen Füßen. Sie schluckte. Hatte sie vergessen, das Gartentor abzusperren? Das war ihr noch nie passiert.

Unwillkürlich blickte sie über ihre Schulter, als erwarte sie direkt hinter sich, einen Eindringling zu entdecken. Wer beobachtete sie? Und warum? Kurz überlegte sie, in den Garten zu gehen und sich den Schuhabdruck genauer anzusehen. Sie spähte durch die Jalousien in den Garten und versuchte festzustellen, ob der Eindringling sich irgendwo in der Dunkelheit verbarg. Hinter jedem Strauch meinte sie, eine Gestalt zu erkennen, die mit den Schatten verschmolz.

Ihr Puls beruhigte sich langsam, aber sie konnte sich nicht dazu überwinden, ihre Wohnung zu verlassen. Was sollte sie tun?

Sie wählte erneut Lisi Kronreifs Nummer. Noch bevor die Mailbox sich einschaltete, wusste sie, dass Lisi nicht erreichbar sein würde. Wie viele Nachrichten hatte sie mittlerweile hinterlassen? Warum sollte Lisi nicht zurückrufen? Vielleicht hatte sie ihr Handy verloren. Das wäre ein plausibler Grund, aber hätte sie sich nicht in der Zwischenzeit ein neues Telefon besorgt? Hatte Elli in jener Nacht etwas getan oder gesagt, das Lisi so gekränkt hatte, dass sie jetzt jeglichen Kontakt vermied? Unwahrscheinlich. Elli lief in ihrem Wohnzimmer auf und ab, um die innere Unruhe zu bändigen, die sie erfasst hatte. Zweimal huschte sie durch den Gang, der zur Haustür führte, um sich zu vergewissern, dass sie abgesperrt hatte. Ihr Bauch sagte Elli, dass nichts von Beidem zutraf. Stattdessen nagte etwas tief in ihrem Inneren: Die Gewissheit, dass Lisi sich nicht bei ihr meldete, weil sie es nicht konnte. Weil ihr etwas zugestoßen war. Weil derselbe jemand, der hinter ihr her war, Lisi jagte. Sie zuckte zusammen. Die Erkenntnis traf sie wie der Blitz. Sie musste zusehen, dass sie hier wegkam. Verschwinden. Wenigstens für eine Weile. Bis sie verstand, mit wem sie es zu tun hatte.

Elli hatte eine Cousine in München. Zwar hatte sie seit Jahren nichts mehr von Dora gehört, aber sie hatten sich immer gut verstanden. Wenn Elli sie darum bat, würde sie ihr bestimmt für ein paar Tage Unterschlupf gewähren. Elli lief ins Schlafzimmer, holte ihre Reisetasche aus dem Schrank und begann, Kleidungsstücke, Schuhe und Kosmetikartikel hineinzuwerfen. Einen Moment lang überlegte sie, ihrem Chef eine E-Mail zu schicken. Dann verwarf sie den Gedanken. Sie musste vorsichtig sein. Keine unnötigen Spuren hinterlassen. Wenn das bedeutete, dass sie sich später einen neuen Job suchen musste, dann würde sie das in Kauf nehmen. Sie bedauerte, dass sie die Suche nach ihrer Tochter aufschieben musste. Sie hatte Jahre gebraucht, um den Mut aufzubringen, nach ihr zu suchen. Jetzt, wo sie eine echte Gelegenheit hatte, sie zu finden, lief sie davon. Aber im Augenblick hatte sie keine Wahl. Und wenn Elli eins gelernt hatte, dann, dass alles seine Zeit hatte und ihre Chance kommen würde. Sie musste Geduld haben.

Sie hastete durch die Wohnung, steckte ihren Reisepass in die Tasche und hielt inne. Das Foto! Sie durchwühlte die Schreibtischschublade, bis ihr einfiel, dass sie das Bild in ihrem Nachtkästchen aufbewahrte. Sie griff nach der Aufnahme, die vergilbt und ein wenig zerknittert war. Wie lange das her war! Und doch schien es ihr, als wäre es gestern gewesen. Elli betrachtete das Foto und spürte, wie etwas sich um ihr Herz legte wie eine Stahlklammer. Sie schluchzte. Ihr Zeigefinger strich über das Gesicht ihres Babys. Sie drückte das Bild an ihre Brust und schloss die Augen. Noch immer konnte sie die Tritte ihres Babys spüren, seinen Duft riechen und die weiche Haut an ihrer Wange fühlen. So viele Jahre! So viel Traurigkeit. Sie zwang sich, den Gedanken loszulassen, und steckte das Foto in ihren Reisepass. Dann packte sie die Reisetasche und schlich ins Vorzimmer. In Gedanken ging sie durch, was sie zu tun hatte. Zum Bahnhof fahren. Ihre Cousine anrufen. Ein Zugticket kaufen. Alex bitten, nach ihrer Wohnung zu sehen. Sie würde den Zweitschlüssel dort verstecken, wo nur Alex ihn fand. Sie schlüpfte in ihre Sneaker. Das Klingeln der Haustür riss sie aus ihren Gedanken. Sie zuckte zusammen. Wer konnte das sein? Es war fast Mitternacht. Sie spähte durch den Spion und öffnete die Tür.

„Wir müssen reden", stellte Alex zur Begrüßung fest und drängte sich an Elli vorbei ins Vorzimmer.

„Ich freue mich auch, dich zu sehen", murmelte Elli und schloss die Tür.

„Du fährst weg?" Alex baute sich vor Elli auf und verschränkte die Arme unter der Brust.

„Alex, was machst du hier? Es ist mitten in der Nacht!" Elli stellte die Reisetasche neben die Garderobe und folgte ihrer Ex-Freundin ins Wohnzimmer.

Alex ließ sich auf die Couch plumpsen und starrte Elli erwartungsvoll an. „Also?"

„Also was?", wollte Elli wissen. Ihre Stimme zitterte.

„Wohin haust du ab?"

„Ich wüsste nicht, was dich das angeht", erwiderte Elli. Die beiden Frauen beäugten sich argwöhnisch.

„Willst du etwas trinken? Tee?", brach Elli das Schweigen.

„Hast du nichts Stärkeres?"

Elli hob eine Augenbraue. „Kaffee?"

„Sehr lustig!" Alex stand auf und steuerte auf die Anrichte zu, auf der je eine Flasche Whiskey und Cognac standen.

„Ich hole Gläser", bot Elli an.

Alex goss etwas Whiskey in die beiden Kristallgläser und nahm einen kräftigen Schluck. Elli tat es ihr gleich.

„Du wolltest reden?", fragte Elli, als das Schweigen zunehmend in ihren Ohren hallte.

Alex blickte ihrer Ex-Freundin in die Augen. „Du bist in Schwierigkeiten."

Elli blinzelte. Woher wusste Alex ... ?

„Wir haben deinen Fingerabdruck gefunden", setzte Alex an.

Elli presste die Lippen aufeinander.

„In einer Pension am Bahnhof."

Elli ließ den Kopf sinken.

„Auf einer Tatwaffe. Neben einem toten Mann."

Elli nickte. „Ich weiß", flüsterte sie.

„Hast du den Mann getötet?", fragte Alex.

Ellis Augen füllten sich mit Tränen. „Glaubst du, dass ich dazu fähig wäre?"

„Du würdest nicht glauben, wozu Menschen fähig sind, wenn sie ein Motiv haben."

„Also hältst du mich für schuldig", stellte Elli fest.

„Das habe ich nicht gesagt", erwiderte Alex. „Hast du den Mann umgebracht?"

Elli schüttelte den Kopf. „Ich weiß es nicht."

Alex runzelte die Stirn. „Du kannst dich nicht erinnern?"

Elli nickte. Dann erzählte sie Alex alles, was sie wusste.

„Du kennst den Mann nicht?"

„Nein. Das heißt, ich habe ihn schon einmal gesehen. Im Fernsehen. Aber persönlich habe ich ihn nie getroffen."

„Wieso hast du dann mit ihm geschlafen?", fragte Alex.

Elli starrte sie ungläubig an. „Das habe ich nicht!"

„Aber sicher weißt du es nicht, wenn du dich an nichts erinnern kannst."

Elli knetete ihre Hände. „Ich weiß, dass ich das nicht getan hätte. Nicht freiwillig."

„Weil ... ?", Alex sah sie fragend an.

„Weil ich seit unserer Trennung keinen Sex mehr hatte", stieß Elli trotzig hervor. „Weil ich nicht einfach mit wildfremden Männern ins Bett steige. Weil ... "

„Schon gut", unterbrach Alex sie und atmete tief durch. „Es ist nur so, wir haben einen BH im Bett gefunden und Bargeld auf dem Nachttisch. Es sieht so aus, als ..."

Elli schnaubte wütend. „... als hätte die ehemalige Hure sich wieder einmal einen Freier geangelt."

Alex antwortete nicht. Elli leerte ihr Glas in einem Zug und sprang auf. Alex packte sie am Arm.

„Es tut mir leid!" Sie blickte Elli direkt in die Augen und spürte einen Stich. „Ich wollte dich nicht verletzen."

Elli kniff die Augen zusammen.

„Ich fürchte nur, es ist nur genau das, was alle denken werden, wenn sie sich durch deine Vergangenheit wühlen."

Elli spürte, wie sich Tränen in ihren Augenwinkeln sammelten. Alex hatte recht. „Es gibt noch etwas, das du wissen solltest ...", erklärte sie und setzte sich. „Ich weiß nicht, ob es etwas mit dieser Sache zu tun hat, aber wenn wir schon dabei sind, reinen Tisch zu machen ..."

Alex schenkte sich und Elli nach und wartete. Und dann brach es aus Elli heraus wie eine Sturmflut, die alles mitriss, was sich in den vielen Jahren aufgestaut hatte. Sie erzählte Alex von ihrem Baby, von Lisi Kronreif und ihrem Treffen am Rudolfskai, davon, dass sie die Radiomoderatorin nicht erreichen konnte und von den Fußspuren auf ihrer Terrasse. Alex schwieg die ganze Zeit und beobachtete ihre Ex-Freundin aufmerksam. Jeder Satz, jedes Wort brannte sich auf ihrer Festplatte ein. Sie dachte an ihre Vision von dem Baby, der kleinen Tochter, die sie sich immer gewünscht hatte. Einer Tochter, der Elli das Leben geschenkt hatte. Sie schluckte ihren Schmerz und sprang auf.

„Du kommst mit zu mir!", entschied sie und klang überzeugter, als sie sich fühlte.

Elli starrte sie an. „Sollten wir nicht die Polizei rufen?"

Alex schüttelte den Kopf. „Nicht sofort. Ich muss erst ein paar Dinge klären."

Sie wussten beide, dass das ein Fehler war. Alex' Beschützerinstinkte waren stärker als ihre Bedenken. Sie ahnte nicht, dass sie Elli nicht schützen konnte.

Julia

Julia kauerte in dem großen Sessel und versuchte, sich zu entspannen. Das grelle Licht, die weißen Wände und der Geruch nach Desinfektionsmitteln erinnerten sie an ihren letzten Zahnarztbesuch. Der bloße Gedanke verursachte ein unangenehmes Ziehen in ihrem Kiefer. Sie schloss die Augen und atmete tief durch. Sie tat das für Benjamin. Als das Bild ihres besten Freundes vor ihrem geistigen Auge auftauchte, krampfte sich ihr Herz zusammen. Sie konzentrierte sich auf eine Erinnerung vor zwei Jahren, als sie gemeinsam das Electric Love Festival besucht hatten. Julia hatte ihren Eltern erzählt, dass sie bei einer Freundin übernachtete. Nicht dass zwischen ihr und Benjamin etwas gelaufen wäre – er war vielmehr wie ein Bruder für sie – aber ihre Eltern hätten nie zugelassen, dass sie ein Musikfestival besuchte, bevor sie volljährig war. Sie hatte sich nie so frei gefühlt wie an diesen drei Tagen. In einem Zelt. Ohne Dusche. Mit reichlich Bier und Leberkässemmeln. Mineralwasser zum Zähneputzen. Benjamin hatte sie gewärmt, als sie zum Beat der Musik, die die Sommerluft zum Vibrieren brachte, einschliefen. Sie lächelte.

„Bereit?", fragte eine sonore Stimme und riss sie aus ihren Erinnerungen.

Julia nickte. „Bereiter werde ich wohl nicht", erwiderte sie zaghaft.

Ein in weiß gekleideter Mann mit Glatze lachte und legte ihr ein Band um den Oberarm, das das Blut stauen sollte, um leichter eine Vene in ihrer Armbeuge zu finden.

„Na bitte, da haben wir ein schönes Exemplar", erklärte er triumphierend, während er mit zwei Fingern leicht auf ihre Vene klopfte.

Er desinfizierte die Stelle und nahm eine Nadel aus der Verpackung. Julia drehte den Kopf. Sie fürchtete, ihr würde übel werden, wenn sie zusah, wie er die Nadel in ihre Haut stach.

„Ihr erstes Mal?", fragte der Mann.

Julia nickte.

„Schon vorbei", erklärte er, während er einen leeren Beutel anhängte.

Julia beobachtete, wie die rote Flüssigkeit gemächlich in den Beutel lief. Sie stöhnte.

„Alles halb so wild, glauben Sie mir", versicherte der Mann in weiß. „Schließen Sie die Augen und denken Sie an etwas Schönes. Und ehe Sie sich's versehen, bin ich wieder hier."

Julia lächelte tapfer, als der Mann sich entfernte. Sie starrte auf einen Punkt an der gegenüberliegenden Wand, um den Beutel nicht im Blickfeld zu haben. Sie bemühte sich, die Erinnerung an das Festival wiederzubeleben, aber alles was ihr in den Sinn kam, war der Gedanke, dass Benjamin tot war. Ein sinnloser Unfall auf der Wolfgangsee Straße bei Hof. Ein Betrunkener war auf die Gegenfahrbahn geraten und hatte Benjamins Fiat mit überhöhter Geschwindigkeit frontal gerammt. Während der Alkolenker schwerverletzt überlebte, verloren die Rettungskräfte den Kampf um Benjamins Leben auf dem Weg ins Krankenhaus.

Julia zitterte. Obwohl der Unfall mittlerweile drei Monate zurücklag, fiel ihr das Atmen schwer, wenn sie daran dachte, ihren besten Freund für immer verloren zu haben. Der Notarzt erwähnte später in seinem Bericht, dass Benjamin verblutet sei. Julia hatte sich daraufhin geschworen, künftig regelmäßig Blut zu spenden, um einen kleinen Beitrag zu leisten, wenn andere Menschen aufgrund von Unfallfolgen oder nach einer Operation Blutkonserven benötigten. Beim Gedanken an den Unfall beschleunigte ihr Puls. Ihre Hände waren eiskalt. Sie musste hier raus. Sie nestelte nervös an der Kanüle, die in ihrem Arm steckte. Ich habe es geschworen. An Bennis Grab. Julia zwang sich, langsam ein- und auszuatmen. Die Panik verebbte.

Der Herr in weiß erschien wie aus dem Nichts und entfernte den Blutbeutel sowie die Kanüle in ihrem Arm. Dann streckte er ihr einen folierten Traubenzucker entgegen.

„Sie sehen aus, als könnten Sie das vertragen", behauptete er. „Und am besten essen Sie danach etwas Anständiges."

Julia stand auf, ließ sich aber gleich wieder in den Sessel sinken. Der Boden schwankte, als säße sie auf einer Schaukel und sie beobachtete, wie die Erde unter ihr vorbeisauste.

„Lassen Sie sich einen Moment Zeit", meinte der Mann. „Das erste Mal ist immer am schlimmsten."

Julia bedankte sich und schlurfte langsam zur Rezeption. Trotz ihrer Angst vor Nadeln war sie entschlossen, wiederzukommen. Für Benjamin. Eine Frau Ende Fünfzig mit hochtoupiertem kupferrotem Haar saß am Empfang und klopfte eifrig auf ihre Tastatur.

„Frau Wurm."

„Ja?"

„Ich habe noch etwas für Sie", erwiderte die Frau und reichte ihr einen Blutgruppenausweis.

Julia bedankte sich und nahm das Dokument entgegen.

„Dann bis zum nächsten Mal!", sagte die Frau mit einem Lächeln.

„Bis bald", entgegnete Julia und betrachtete den Ausweis, in dem ihre Blutgruppe mit B+ vermerkt war. Ihr Vater hatte 0-. Er spendete regelmäßig Blut und erzählte gern, dass sein Blut für alle anderen kompatibel war. Dann hatte wohl ihre Mutter dieselbe Blutgruppe wie sie. Sie hatten nie darüber gesprochen. Julia nahm sich vor, sie zu fragen, sobald sie heimkam.

Als Julia das riesige Einfamilienhaus im Stadtteil Aigen betrat, schlug ihr die Stille entgegen wie eine Ohrfeige. Sie liebte das Gebäude, fand es aber unheimlich, wenn niemand hier war. Sie verstaute ihre Sandalen im Schuhschrank im Vorzimmer und spazierte in die Küche. Weder der Schlüsselbund ihrer Mutter noch der ihres Vaters hingen an der Leiste neben der Garderobe. Sie spazierte in die Küche, schnappte sich ein Croissant aus der Brotdose und biss hinein. Auf der marmornen Arbeitsplatte lag ein Stapel Post. Daneben stand eine Kiste mit Schweppes Bitter Lemon. Genau was sie jetzt brauchte. Auf der Suche nach einem Flaschenöffner durchwühlte sie sämtliche Küchenschubladen. Bei der vorletzten hielt sie inne. Ein Ausweis, der genauso aussah wie jener, den ihr die Dame am Empfang heute gegeben hatte, starrte ihr entgegen. Julia nahm ihn heraus und setzte sich an den Esstisch.

Oben links stand Sabrina Wurm. Darunter die persönlichen Daten ihrer Mutter. Julia überflog die Daten und blieb an den Angaben zur Blutgruppe hängen. A+ stand in dicken schwarzen Lettern in der Mitte des Dokuments. Julia runzelte die Stirn. Das konnte nicht stimmen. Sie musste die Blutspendezentrale anrufen und darum bitten, ihr Blut erneut zu überprüfen. Bestimmt war jemandem dort ein

67

Fehler unterlaufen. Julia beschloss, zu frühstücken und sich gleich danach darum zu kümmern. Sie ahnte nicht, dass das Testergebnis ihr bisheriges Leben aus der Bahn werfen und ihr Vertrauen in die Menschen, die sie liebte, erschüttern würde.

Iwan

Iwan beobachtete die Polizistin, die vor Ellis Haustür stand. Verdammt! Nur eine halbe Stunde zuvor war er in Ellis Garten geschlichen und hatte bemerkt, dass sie keineswegs festgenommen worden war. Sein Auftraggeber hatte ihm ordentlich den Kopf gewaschen, weil Stefan Vogt und nicht Elli in dem Zimmer der Pension gestorben war. Er hätte die Nerven nicht verlieren dürfen, obwohl der arrogante Arsch es nicht anders verdient hatte. Warum hatte er sich auch provozieren lassen? Jetzt würde er sein Geld nicht bekommen und, Elli lief seelenruhig herum und konnte ihn jederzeit verpfeifen, wenn sie sich an den Abend erinnerte.

Außerdem war da noch viel mehr, woran sie sich womöglich erinnerte. Er musste dafür sorgen, dass sie niemandem etwas erzählte. Sein Auftraggeber hatte sehr klar gemacht, dass er kein Geld erhalten würde, wenn er Elli nicht getötet hatte. Wenn sie zumindest festgenommen und für den Mord an Stefan Vogt verurteilt würde, wäre die größte Gefahr gebannt. Vielleicht war die Polizistin hier, um Elli abzuführen. Er beschloss zu warten, bis die Beamtin wegfahren würde – mit oder ohne Elli. Iwan wickelte die Leberkässemmel aus dem Papier und biss hinein. Das Brot klebte an seinem Gaumen wie Kaugummi an der Schuhsohle. Lustlos stopfte er den Snack in sich hinein und spülte alles mit dem schalen Rest einer Flasche Bier hinunter. Der Leberkäse hockte wie ein fieser Stein in seinem Magen. Er stieg aus, ging um das Auto herum und rülpste. Eine Krähe suchte empört das Weite. Besser, dachte Iwan und hockte sich

69

wieder in den Wagen. Das Licht aus Ellis Wohnung drang schwach nach draußen. Sie war also wach. Er suchte nach einem Radiosender, der Jazz spielte. Er hatte Jazzmusik immer geliebt. Sein Fuß wippte neben der Kupplung auf und ab. Seine Lider schoben sich beharrlich über seine Augäpfel. Als er aufwachte, wusste er einen Augenblick lang nicht, wo er war. Dann dämmerte ihm, dass er Elli beschattete. Er gähnte und öffnete das Fenster. Die laue Sommerluft schwappte ins Wageninnere. Iwan inspizierte Ellis Hauseingang. Er erstarrte. Das Fahrzeug der Polizistin war weg. Iwan sprang aus dem Auto und lief über die Straße. Leichtfüßig überwand er die Gartenhecke und schlich zu Ellis Schlafzimmerfenster. Die Wohnung lag in völliger Dunkelheit. Iwan fluchte. Durch die Schlafzimmerstore erkannte er Ellis Bett, das unberührt vor ihm lag. Elli war weg.

Alex

Alex richtete das Gästebett im Wohnzimmer her. Es fühlte sich seltsam an, dass Elli wieder in ihrer Wohnung war. Vertraut. Gefährlich. Und falsch. Sie überlegte, wie lange sie ihre Ex-Freundin verstecken konnte, ohne dass jemand Verdacht schöpfte. Nicht sehr lange, vermutete sie. Elli war die Hauptverdächtige in einem Mordfall. Alex riskierte ihren Job, wenn sie nicht dafür sorgte, dass Elli sich stellte. Warum rief sie nicht gleich die Kollegen? Was erhoffte sie sich von dieser Aktion? Glaubte sie ernsthaft, sie würde den Mörder von Stefan Vogt innerhalb weniger Stunden finden?

Alex massierte ihren Nacken. Erst jetzt merkte sie, wie angespannt sie war. Zudem war sie verletzt. Elli hatte eine Tochter. Dabei hatte Alex' größter Wunsch nach einem gemeinsamen Kind zum Ende ihrer Beziehung geführt. Wieso hatte Elli ihr verschwiegen, dass sie Mutter war?

Aus den Augenwinkeln beobachtete sie, wie Elli in ein Duschtuch gewickelt ins Wohnzimmer spazierte. Sie zwang sich, wegzusehen. Elli näherte sich von der Seite. Die Feuchtigkeit ihrer Haare und ihrer Haut schlugen ihr entgegen. Alex rückte ein Stück ab und stopfte die Enden des Laken unter die Matratze der Schlafcouch.

„So, das hätten wir!", rief sie fröhlicher, als sie sich fühlte.

„Bist du sicher, dass es für dich in Ordnung ist, wenn ich hierbleibe?", fragte Elli, die sich auf das Sofa fallen ließ.

„Absolut", erwiderte Alex, während ihre Mundwinkel erfolglos versuchten, nach oben zu wandern.

„Und jetzt?", wollte Elli wissen.

„Was meinst du?" Alex starrte Elli an.

„Was ist der Plan?"

Alex seufzte. „Ich werde ein paar Dinge überprüfen. Zum Beispiel, wo Lisi Kronreif abgeblieben ist. Außerdem werde ich versuchen, herauszufinden, was mit deiner Tochter geschehen ist."

„Kann ich helfen?"

Alex schüttelte den Kopf. „Du bleibst besser in der Wohnung. Hier bist du sicher."

„Ich muss morgen zur Arbeit", warf Elli ein.

Alex verzog das Gesicht. „Am besten meldest du dich krank."

Elli setzte an, etwas zu erwidern, klappte aber den Mund wieder zu.

„Lass uns schlafen. Es ist spät und ich muss morgen früh raus." Alex wandte sich zum Gehen.

„Alex?"

„Ja?"

„Danke!"

Alex nickte, huschte ins Bad und ließ sich danach ins Bett fallen. Die Müdigkeit legte sich über sie wie eine Bleidecke. Trotzdem konnte sie nicht schlafen. Ihre Gedanken kreisten in ihrem Kopf wie die Erde um die Sonne, nur dass sie mit jeder Runde an Geschwindigkeit aufzunehmen schienen. Irgendwann döste sie ein und träumte von einem Baby, das seiner Mutter weggenommen worden war und von Elli, die wie eine Wahnsinnige auf einen Mann einschlug.

***

Als Alex ihre Wohnung am nächsten Morgen verließ, schlief Elli tief und fest. Alex fühlte sich, als hätte ihr jemand einen 30-Kilo-Rucksack um den Hals gehängt. Sie steuerte auf ihren Seat Ibiza zu, der in der Seitengasse parkte und erschrak, als sie Theo erblickte, der lässig an der Kühlerhaube ihres Wagens lehnte. Er hatte die Arme vor der Brust verschränkt und klopfte mit einem seiner Schuhe rhythmisch auf den Gehweg.

„Senile Bettflucht?", fragte Alex, irritiert davon, dass ihr Kollege ihre Pläne durchkreuzte, und schwang sich hinters Lenkrad.

„Sehr witzig! Und selbst?"

Alex ignorierte seine Frage und steckte den Schlüssel ins Zündschloss. Theo legte seine Finger auf ihre Hand und bedeutete ihr, zu warten.

„Was ist?"

„Das würde ich gern von dir erfahren." Theos Gesicht kam ihrem unangenehm nahe.

„Wovon zum Teufel sprichst du?" Alex ließ entnervt die Hand sinken.

„Davon, dass der Daumenabdruck deiner Ex-Freundin auf unserer Mordwaffe gefunden wurde." Theo beobachtete seine Kollegin genau. Alex schnappte leise nach Luft.

„Und laut unserer Labortante weißt du davon ... schon seit gestern."

Alex verschränkte die Finger in ihrem Schoß. Was sollte sie Theo sagen? Wie viel konnte sie ihm anvertrauen? Einerseits war ihr klar, dass sie ihren Job riskierte, weil sie eine Tatverdächtige bei sich versteckte. So sehr ihr Chef, Paul Wagner, sie schätzte, darüber konnte er nicht hinwegsehen. Andererseits glaubte sie Elli. Sie kannte sie. Dass Elli einen

73

Menschen tötete, war undenkbar. Alex entschloss sich, Theo einzuweihen.

„Elli hat sich vorgestern mit Lisi Kronreif getroffen, einer Radiomoderatorin, die sie in ihrem Yogakurs kennengelernt hat. Elli hat vor Jahren eine Tochter bekommen, die man ihr gleich nach der Geburt genommen hat. Was mit ihrem Kind passiert ist, ist unklar. Als Lisi ihr angeboten hat, ihr mit ihrer Sendung *Vermisst – Ohne jede Spur* bei der Suche nach ihrer Tochter zu helfen, hat Elli wieder Hoffnung geschöpft. Am Abend des Mordes hat sie sich mit Lisi in einem Lokal am Rudolfskai getroffen. Sie sollte sich die Aufzeichnung des Interviews anhören, bevor die Sendung ausgestrahlt wird."

Alex seufzte.

„Was hat das mit Stefan Vogt zu tun?", fragte Theo.

„Das weiß ich nicht. Noch nicht", fügte Alex hinzu. „Jedenfalls hat ihr ein Mann ein Bier spendiert, während Lisi die Toilette aufsuchte."

„Was für ein Mann?", unterbrach Theo sie.

Alex zuckte die Achseln. „Sie konnte ihn im Halbdunkeln nicht erkennen. Nach ein paar Schlucken von dem Bier fehlte ihr jede Erinnerung. Daran, ob beziehungsweise wann Lisi zurückkehrte, an den Mann, der sie in die Pension gebracht hat, im Grunde an den ganzen Abend."

„Wie praktisch!", warf Theo ein und seine Stimme troff vor Sarkasmus.

Alex blickte ihn wütend an. Theo hob abwehrend die Hände.

„Sorry! Ich meine ja nur ... ist schon komisch, findest du nicht?"

Alex umklammerte das Lenkrad, bis ihre Hände blutleer schienen. In ihr brodelte ein Vulkan.

„Jemand hat sie reingelegt", flüsterte Alex mühsam beherrscht.

„Das weißt du nicht!", erwiderte Theo und griff nach Alex´ Unterarm.

Sie schüttelte ihn ab wie eine lästige Fliege, die es sich auf ihrer Haut gemütlich gemacht hatte.

„Doch! Das weiß ich", entgegnete sie und ihre Stimme klang heiser. „Ich kenne Elli. Ich weiß, dass sie dazu nicht fähig wäre."

Theo setzte an, etwas zu erwidern, besann sich aber anders.

„Was denkst du, was passiert ist?", fragte er vorsichtig.

Sie schüttelte den Kopf. „Das versuche ich, herauszufinden", antwortete sie langsam. „Aber ich bin sicher, dass es etwas mit dem Baby zu tun hat, das man ihr gestohlen hat."

„Wer hat es ihr weggenommen?"

Alex drehte den Kopf und starrte Theo direkt ins Gesicht. „Ihr damaliger Zuhälter, wenn du es genau wissen willst."

Theos Augen wurden so groß wie Pflaumen. Alex sah ihm förmlich an, wie er fast an einer Erwiderung erstickte. Stattdessen pfiff er leise durch die Zähne.

„Wo ist Elli jetzt?", fragte er, als er sich gefasst hatte.

„Bei mir zuhause."

Theo verschluckte sich an seiner eigenen Spucke. „Sag mal, bist du irre? Du lässt eine Verdächtige in einem Mordfall nicht nur laufen, du versteckst sie auch noch in deiner Wohnung?"

Alex senkte den Kopf. „Ich lasse niemanden laufen. Ich versuche, mir für die Klärung des Falls Zeit zu verschaffen. Außerdem ist sie bei mir sicher. Jemand ist gestern in Ellis

Garten geschlichen und hat sie beobachtet. Auf der Terrasse waren Schuhabdrücke. Mindestens Größe 46."

Theo kratzte sich am Kopf. „Du bringst mich in eine blöde Lage", erklärte er unnötigerweise.

„Das weiß ich. Wirst du mir helfen?" Sie spähte flehentlich zu ihm hinüber, obwohl sie es hasste von seiner Gunst abhängig zu sein.

„Das geht nicht, Alex!", gab Theo zerknirscht zurück. Er fühlte sich sichtlich unwohl. „Paul wird uns ein Disziplinarverfahren anhängen."

Alex presste die Lippen aufeinander. „Nicht, wenn er nicht davon erfährt", entgegnete sie entschlossen. „Gib mir 24 Stunden. Wenn ich bis morgen nichts Brauchbares habe, sorge ich dafür, dass Elli sich stellt."

Theo rutschte in seinem Beifahrersitz hin und her. „Na schön! Aber morgen früh bin ich beim Chef, wenn du deine Ex bis dahin nicht anzeigst."

Alex nickte. „Einverstanden!" Sie lehnte sich zur Seite und öffnete die Beifahrertür. Theo starrte sie an.

„Wir haben dann alles geklärt", setzte sie nach, als ihr Partner sich nicht bewegte.

„Ich komme mit dir", erklärte Theo. „Du glaubst doch nicht im Ernst, dass ich dich alleine losziehen lasse."

Alex runzelte die Stirn.

„Irgendeine Idee?", fragte Theo.

„Lisi Kronreif ist seit dem Mordabend verschwunden. Elli hat mehrfach versucht, sie zu erreichen. Vergeblich."

„Und das sagst du erst jetzt?", wandte Theo ein. „Mensch, Alex! "

Alex atmete tief durch. „Tut mir leid! Ich war so mit Elli beschäftigt."

„Die Sache gefällt mir ganz und gar nicht." Theo kratzte sich nachdenklich am Kinn.

„Mir auch nicht!", stimmte Alex ihm zu.

„Dann los!"

Alex startete den Motor und lenkte ihren Seat Ibiza aus der Parklücke. Zum Sender war es nur eine Viertelstunde. Sie war gespannt, was der Chef vom Dienst ihnen über Lisi Kronreif erzählte.

Christian

Sabrina lief in der geräumigen Küche auf und ab. Christian lehnte an der Marmorplatte der Kücheninsel und schlürfte einen Espresso. Sabrina hasste das Geräusch.

„Bist du bald fertig?", herrschte sie ihren Mann an, der eine Augenbraue hob.

„Alles in Ordnung bei dir? Du wirkst aufgebracht."

Sabrina hielt in der Bewegung inne. Eine Zornesfalte vertiefte sich zwischen ihren Augen. „Aufgebracht? In der Tat! Ich bin ein klein wenig beunruhigt, dass Stefan ermordet wurde, falls dir das nicht aufgefallen ist."

Christian legte beschwichtigend eine Hand auf die Schulter seiner Frau. „Das mit Stefan ist furchtbar", bestätigte er. „Aber er war unser Firmenanwalt und kein Familienmitglied."

„Und deshalb ist es egal?" Sabrina kämpfte mit den Tränen.

„Natürlich nicht! Entschuldige bitte! Ich wusste nicht, dass dir sein Tod so nahegeht."

Sabrina seufzte und goss heißes Wasser in einen Keramikbecher. „Ich weiß auch nicht ... ich mache mir Sorgen. Hat Stefans Tod etwas mit der Firma zu tun?"
Christian schüttelte den Kopf. „Das kann ich mir nicht vorstellen. Wie kommst du darauf?"

Sabrina steckte einen Teebeutel in ihre Tasse. Ihre Hände zitterten. „Er kannte doch jede Menge Firmen-Interna. Wäre es denkbar, dass er mit jemandem über unser Unternehmen gesprochen hat?"

„Über Firmengeheimnisse? Bestimmt nicht!" Christian stellte seine Tasse in den Geschirrspüler und umfasste Sabrinas Taille. „Mach dir keine Sorgen."

„Denkst du, die Frau hat ihn getötet?", fragte Sabrina plötzlich.

„Welche Frau?"

„In den Nachrichten hieß es, dass er die Nacht mit einer Frau in der Pension verbracht hat."

Christian runzelte die Stirn. „Keine Ahnung. Schon möglich."

„Eine Prostituierte?"

Christian zuckte die Achseln. „Eine Nutte, eine Frau, die er in irgendeiner Bar aufgabelt hat, was weiß ich. Soweit ich weiß, war Stefan in keiner Beziehung und wie er seine Bedürfnisse befriedigt, geht mich wirklich nichts an."

Sabrina nippte an ihrem Tee und verschüttete etwas von der heißen Flüssigkeit. „Verdammt!"

Christian nahm ihr die Tasse aus der Hand und drückte seine Frau an sich. „Ich werde später in Stefans Büro vorbeischauen. Seine Sekretärin wird mich die Unterlagen, die unser Unternehmen betreffen, einsehen lassen. In Ordnung?"

Sabrina nickte flüchtig, als wäre sie in Gedanken meilenweit weg. „Hast du Julia heute gesehen?", wechselte sie unvermittelt das Thema.

„Nein. Sie hat noch geschlafen, als ich losgefahren bin. Warum?"

„Sie verhält sich komisch in letzter Zeit."

Christian hielt inne. „Wie meinst du das?"

Sabrina zögerte. „Sie ignoriert mich, geht mir aus dem Weg. Sie ist anders als sonst."

„Unglücklich verliebt?", schlug Christian vor.

Sabrina schüttelte langsam den Kopf. „Sie hat mich nach Fotos gefragt aus der Zeit, als ich mit ihr schwanger war."

„Was hast du ihr erzählt?"

„Dass sie in den Umzugskartons im Dachboden sind, die wir nie ausgepackt haben", erwiderte Sabrina.

„Ich bezweifle, dass sie da oben auf die Suche gehen wird." Christian strich sanft über das kupferfarbene Haar seiner Frau. „Außerdem gibt es ein paar Bilder."

Sabrinas Kinn bebte, als sie ihrem Mann direkt in die Augen blickte. „Denkst du, dass sie etwas weiß?"

„Das kann ich mir nicht vorstellen", erwiderte Christian und küsste sie auf die Wange.

Sebastian hatte das Vorzimmer, das zur Küche führte, wenige Minuten zuvor betreten. Als er die Stimmen seiner Eltern hörte, hielt er inne und lauschte. Familiengeheimnisse. Das gefiel ihm. Er grinste. Er mochte seinen Stiefvater, aber es schadete nicht, etwas gegen ihn in der Hand zu haben. Er würde ein wenig herumstochern. Jeder hatte eine Leiche im Keller. Warum nicht auch seine Eltern? Und er würde sie finden. Davon war er überzeugt.

Dezember 1998

Nach Ellis Tanz an der Stange bemühte Sergej sich auffallend um sie. Er bereitete Pfannkuchen mit Heidelbeeren für sie zu, servierte ihr Frühstück ans Bett und kuschelte ausgiebig mit ihr. Sie akzeptierte seine Art der Entschuldigung und nach wenigen Wochen flatterten die Schmetterlinge wieder durch ihren Magen und sorgten dafür, dass sie sich bei Sergej geborgen und geliebt fühlte.

Eines Abends bat er sie, sich für ihn herauszuputzen.

„Du weißt schon, hohe Schuhe, halterlose Strümpfe und einen BH, der deine Titten doppelt so groß aussehen lässt."

Elli verbrachte eine Stunde im Bad bei einem Ganzkörperpeeling und anschließender Gurken-Avocado-Maske und entfernte jedes einzelne Haar, das ihr störend erschien. Sie cremte sich mit reichhaltiger Körperbutter ein, quetschte sich in einen eng anliegenden Body mit String und befestigte die Strapse an ihren Strümpfen. Sie warf einen prüfenden Blick in den Spiegel. Nicht schlecht, dachte sie, als sie rasch ihren Lieblingsduft auflegte. Er hatte sie gebeten, sich mit verbundenen Augen aufs Bett zu legen und auf ihn zu warten. Ellis Herz hüpfte vor Sehnsucht und Aufregung. Ob Sergej eine Überraschung für sie hatte? Sie fühlte die Kühle der seidigen Bettwäsche auf ihrer Haut und merkte, dass ihre Wangen glühten. Sie war glücklich. Das erste Mal seit langer Zeit. Gelegentlich dachte sie an ihre Mutter und wunderte sich, ob diese sich Sorgen machte. Es tat ihr leid, wenn sie ihr Kummer bereitete, aber die Wahrheit war, dass sie viele Jahre gelitten hatten. Unter der Gewalt ihres Stiefvaters. Dem Alkoholismus ihrer Mutter. Der Lieblosigkeit ihrer Jugend. Sie hatte versucht, etwas zu ändern. Ihre Mutter aus der Abhängigkeit dieses Mannes zu holen. Sich selbst zu schützen. Vergebens. Jetzt war ihre Zeit gekommen.

Das Geräusch der sich öffnenden Tür riss sie aus ihren Gedanken. Ein Lufthauch kündigte an, dass sich jemand näherte. Ellis Haut kribbelte wohlig. Sie öffnete leicht die Lippen, in Erwartung von Sergejs Kuss. Im selben Moment spürte sie einen Mann auf sich, der nicht Sergej war. Seine Brust war von dichtem Haar übersät und er roch nach Schweiß und Bier. Elli wand sich unter dem fremden Körper, der sich bleiern auf sie legte. Sie versuchte, ihn von sich zu stoßen. Ihre Hände pressten gegen die dicke Masse, die sich kaum einen Millimeter bewegte. Sie drehte den Kopf zur Seite, als er seine wulstigen Lippen auf ihren Mund drückte. Sie zappelte wie ein Fisch auf dem Trockenen, der verzweifelt versucht, zurück ins Wasser zu gelangen. Den Mann schien ihre Gegenwehr zu amüsieren.

„Ja, wehr dich! Da steh ich drauf!", grunzte er ihr ins Ohr. Sein Atem schlich heiß ihren Hals entlang. Sie versuchte, sich die Binde von den Augen zu zerren, aber der Mann packte ihre Handgelenke und pinnte sie gegen das Bett. Sie war praktisch bewegungslos. Sie spürte seine Erektion an ihrem Schenkel. Sie schrie. Er lachte.

„Du bist eine ganz Wilde, was?", rief er, während er seine Zunge in den Mund schob. Sie würgte. Dann küsste er ihr Ohrläppchen, ihren Hals, ihre Brust. Sie drohte zu zerspringen. Ihr Busen hob und senkte sich in Sekundenschnelle in dem viel zu eng geschnürten Bustier. Elli fühlte sein Ohr an ihrem Mund und biss zu. Der Mann schrie auf. Einen Moment herrschte Totenstille. Sie fühlte den Lufthauch, ehe seine Hand auf ihre Wange klatschte. Einen Augenblick dachte sie, ihr Kopf wäre explodiert. Sie tastete mit der Zunge ihr Kiefer ab und stellte erleichtert fest, dass noch alle Zähne an ihrem Platz saßen. Der Schmerz trieb ihr die Tränen in die Augen. Bevor sie noch einmal nachsetzen konnte, spürte sie ihn in sich. Sie schrie und strampelte, doch nichts half. Das Gefühl, unter seinem Gewicht zu ersticken, war übermächtig. Eine Weile kämpfte sie, zwickte ihren Peiniger ins Gesicht oder in die Schulter, bis er sie mit einem weiteren Schlag außer Gefecht setzte. Sie trieb auf einer Welle in einem Ozean aus Schmerz, Feuer und Scham. Etwas schien sie von innen heraus aufzubrechen, als wäre sie eine Walnuss, deren Schale gewaltsam geknackt würde. Sie hörte ihren Vergewaltiger stöhnen, fühlte, wie er sich aufbäumte und schwitzend über ihr zusammenbrach. Er presste das letzte bisschen Luft aus ihrem Brustkorb. In ihrem Kopf summte es. Schließlich rollte sich der Fettsack von ihr herunter, tätschelte ihre Wange und stolperte aus dem Bett.

Einen Moment lang konnte Elli sich nicht bewegen. Jeder Zentimeter ihres Körpers schmerzte. Ihre Wange brannte. Aber sie lebte. Sie atmete. Es gelang ihr, ihre Hand nach oben zu bewegen und die Binde von ihrem Gesicht zu schieben. Trotz des gedämpften Lichts brannte die Helligkeit auf ihren Netzhäuten. Sie brauchte einen Moment, bis sie ihre Umgebung bewusst wahrnahm. Ihre Haut fühlte sich überreizt an, als wäre sie zu lange im Solarium gelegen. Ihre Lunge sog gequält Luft ein, wie nach einem Sprint, bei dem sie versucht hatte, ihre eigene Bestzeit zu schlagen. Ihr Unterleib stand unter Feuer. Dann sah sie es. Der fette Mann mit den vielen Haaren wuchtete sich in eine überdimensionale Hose. Sein Hemd hatte er bereits an. Es spannte über seiner Wampe und gab den Blick auf schwarzgraues Haar frei. Sie würgte. Der Mann griff in seine Gesäßtasche und holte ein Bündel Geldscheine hervor.

„Wie viel?", fragte er, als stünde er auf einem Bazar und kaufte einen Teppich.

„200."

Die Stimme ließ Elli erstarren. Erst jetzt hatte sie die Situation in ihrer Gesamtheit erfasst. Ihr Kinn bebte. Ihre Brust hob und senkte sich wie nach einem Sprint. Es war Sergej, der mit einem Lächeln auf den Lippen das Geld nahm und in sein Jackett schob. Tränen liefen ihr über die Nase und tropften auf das Bett. Die Erkenntnis traf sie wie ein weiterer Schlag ins Gesicht. Sie war Sergejs Hure. Ein Stück Fleisch. Für 200 Euro durften Männer sie ficken. Eine Ware. Zu haben für jeden, der Geld auf den Tisch legte. In diesem Moment begriff sie, dass sie die Hölle verlassen hatte, um einen Alptraum zu leben.

Alex

Das Gebäude, in dem der Radiosender „Welle Salzburg"
untergebracht war, lag in der Nähe des Flughafens. Alex
beobachtete eine Maschine, die von Freilassing kommend,
an Höhe verlor und sich offenbar auf die Landung vorberei-
tete. Flugzeuge hatten sie von jeher fasziniert. Lange Zeit
hatte sie beabsichtigt, selbst den Pilotenschein zu machen.
Doch nachdem ihre Eltern früh verstarben, war ihr Traum
mit einem Schlag unfinanzierbar geworden. Sie betraten das
Gebäude des Radiosenders und meldeten sich am Empfang.

„Herr Kaiser ist in einem Meeting", flötete eine Blondine in
kurzem Rock, während ihre Oberweite aus der halb geöffneten Bluse zu hüpfen drohte.

Theo beugte sich über den Tresen und lächelte die junge
Frau an.

„Ich bin sicher, er nimmt sich etwas Zeit für uns", erwiderte er und wedelte mit seinem Polizeiausweis vor ihrem
Gesicht.

Alex verdrehte die Augen. Kein Zweifel: Das junge Ding
entsprach genau dem Geschmack ihres Kollegen.

Die Blondine errötete. „Ich werde sehen, was ich tun
kann", versprach sie und stakste auf ihren Lack-Peeptoes
zur nächsten Tür.

„Tun Sie das!", rief Theo hinterher, der die Rückseite der
Frau inspizierte, als suche er nach dem Fehler in einem
Bilderrätsel.

„Geht´s wieder?", erkundigte sich Alex, als er sich ihr
zuwandte.

Theo grinste anzüglich. „Nur kein Neid. Die ist nicht für dich!"

„Echt jetzt?" Alex schnaubte. „Du denkst, ich finde *plastic is fantastic?*"

Theo kicherte. „Da kann wenigstens ein kalter Winter kommen."

„Ich stehe mehr auf Frauen, die ganzjährig was zu bieten haben."

Die Blondine trippelte angestrengt über den Parkettboden und ließ sich auf ihren Drehstuhl fallen.

„Herr Kaiser ist gleich bei Ihnen."

„Sehen Sie ..." Theo spähte auf das Namensschild der Dame, das über ihrem Busen thronte wie ein Gipfelkreuz. „... Carmen. Ich wusste doch, dass Sie das hinbekommen."

Carmen errötete leicht und klimperte mit ihren Wimpern, die sich dicht wie eine Vogelfeder über ihren Augen wölbten. Alex verkniff sich ein Lachen. In diesem Augenblick öffnete sich die lederbezogene Tür. Ein Mann in Jeans und grauem Sakko eilte ihnen entgegen. Er war Mitte fünfzig und deutlich attraktiver, als Alex ihn sich vorgestellt hatte.

„Jürgen Kaiser", stellte er sich vor, während er Alex´ Hand angenehm fest drückte.

„Alex Wild", erwiderte sie und deutete auf ihren Kollegen. „Und das ist Theo Bergmann. Wir sind von der Mordkommission."

Ein beunruhigter Ausdruck huschte über Herrn Kaisers Gesicht. „Sie denken doch nicht, dass ...", setzte er an.

„... dass Frau Kronreif tot ist?" Alex und Theo folgten dem Mann in sein Büro. „Nein, davon gehen wir derzeit nicht aus."

„Es ist nur ... Mordkommission klingt so endgültig."

Herr Kaiser schien verunsichert.

„Wir sind hier, weil wir Frau Kronreifs Hilfe bei den Ermittlungen in einem laufenden Fall brauchen", erklärte Theo, während er wichtigtuerisch die Fotogalerie in Herrn Kaisers Büro inspizierte.

„Was schwierig werden dürfte", entgegnete Herr Kaiser.

„Wie bitte?" Alex ließ sich in den ihr angebotenen Ledersessel fallen.

„Angesichts der Tatsache, dass sie offenbar verschwunden ist."

„Wann haben Sie Frau Kronreif zuletzt gesehen?"

Herr Kaiser stellte ungefragt drei Gläser und eine Flasche Mineralwasser auf den Besprechungstisch.

„Das war vorgestern. Wir haben die nächste Sendung von *Vermisst – ohne jede Spur* aufgezeichnet. Danach hat sie die Live-Sendung *Wunschhits* moderiert."

Alex hob fragend eine Augenbraue.

„Während der Sommerferien bieten wir unseren Hörern die Möglichkeit, sich ihren Lieblingssong zu wünschen. Für die Fahrt in den Urlaub, den Nachmittag am See oder einfach, um sich die Zeit zu Hause zu vertreiben. Die Sendung wird live moderiert. Wir schalten immer wieder Anrufer zu, die sich ihr Lied direkt beim Moderator wünschen."

„Und Frau Kronreif hat diese Sendung moderiert. Wann hat sie das Studio verlassen?", wollte Alex wissen.

„Das war gegen 18 Uhr. Ich bin mir ziemlich sicher, weil sie noch zur Reinigung wollte und die schließt um 18:30 Uhr."

Alex nickte. „Wissen Sie, welche Pläne Frau Kronreif danach hatte?"

Herr Kaiser schüttelte den Kopf. „Tut mir leid. Darüber hat sie mir nichts erzählt."

„Hat sie erwähnt, dass sie die Frau, die sie für die nächste Sendung interviewt hat, treffen wollte?"

„Nein, ich glaube nicht", erwiderte Herr Kaiser.

„Wann hatten Sie den Verdacht, dass etwas nicht in Ordnung ist?", mischte sich Theo ein.

„Gestern. Laut Dienstplan war sie für die Sendung *Wunschhits* eingeteilt. Sie ist aber nicht im Sender aufgetaucht."

„Aber Sie haben sie nicht als vermisst gemeldet?" Theo klopfte auf die Glasplatte des Tisches.

„Nicht gleich", erwiderte Herr Kaiser. „Ich habe mehrmals versucht, sie telefonisch zu erreichen. Zum Glück konnte eine Kollegin für sie einspringen. Als ich bis heute keinen Rückruf von Lisi ... Frau Kronreif bekommen habe, habe ich die Polizei kontaktiert. Lisi ist sehr zuverlässig. Sie würde nicht unentschuldigt der Arbeit fernbleiben."

Alex runzelte die Stirn. „Lebt Frau Kronreif mit jemandem zusammen? Gibt es einen Lebensgefährten, mit dem wir sprechen könnten?"

Herr Kaiser schüttelte den Kopf. „Nicht, dass ich wüsste. Lisi lebt für ihren Beruf. Außer einer gelegentlichen Liebschaft hatte sie kein Privatleben."

Theo deutete auf ein gerahmtes Bild, das direkt neben der Tür hing. „Ihr Verhältnis zu Frau Kronreif ist rein beruflich?"

Herr Kaiser folgte seinem Blick. Das Foto zeigte ihn, wie er den Arm um Lisi Kronreif legte und sie lachend an sich zog. „Allerdings, Herr Bergmann. Das Foto ist auf einer Firmenfeier entstanden. Das ganze Team hat ein freundschaftliches

88

Verhältnis. Wir arbeiten hart und wenn wir feiern, feiern wir."

„Hmmmh", machte Theo, verkniff sich aber, nachzuhaken.

Alex erhob sich und legte ihre Karte auf den Tisch.

„Bitte geben Sie uns Bescheid, falls Sie etwas von Ihrer Mitarbeiterin hören."

„Natürlich!", versicherte Herr Kaiser und begleitete die beiden Polizisten zur Tür.

Alex' Blick streifte das Foto, das eine Vertrautheit zwischen dem Pärchen zeigte, die sie an Elli und sich selbst erinnerte. An eine Intimität, wie sie nur zwischen Menschen entsteht, die mehr miteinander teilen als einen Arbeitsplatz. Alex war sich sicher, dass Herr Kaiser sie belogen hatte. Sie wusste nur nicht, warum.

Elli

Als Elli zum Spätdienst erschien, wirkte das Altersheim wie ausgestorben. Nur eine Handvoll Kollegen war im Dienst. Die wenigen, die durch das Gebäude wuselten, packten zusammen, um nach Hause zu fahren. Sigrid winkte ihr zu, als Elli in der Garderobe verschwand, um in ihre Dienstkleidung zu schlüpfen. Elli machte sich Vorwürfe. Sie hätte auf Alex hören und zu Hause bleiben sollen. Oder ihr wenigstens Bescheid geben. Was, wenn sie heimkam und ihren Zettel nicht bemerkte? Sie wäre außer sich vor Sorge. Sie knöpfte ihr Oberteil zu und überlegte, Alex anzurufen, als sie Sigrids Stimme hörte.

„Herr Moser sitzt in der Bibliothek. Kümmerst du dich um ihn?", fragte ihre Kollegin, die mit einem Wagen frischer Handtücher im Gang wartete. „Ihr zwei habt einen Draht zueinander."

Elli nickte. Herr Moser war gelegentlich stur wie ein Ochse. Aus irgendeinem Grund mochte er Elli. Sie band ihre Haare im Nacken zusammen und schritt über den Gang Richtung Bibliothek. Die Tür stand einen Spaltbreit offen. Eine angenehme, gleichmäßige Stimme drang aus dem Raum. Elli erkannte sie sofort. Sie gehörte Herrn Mosers Enkelin, die ihren Großvater regelmäßig besuchte.

„Fünf Minuten, in Ordnung?", sagte Elli zu ihrem Patienten.

Der alte Mann nickte. Sein rechter Mundwinkel hing lustlos herunter. Ein Speichelfaden reichte bis aufs Kinn. Das Mädchen bemerkte ihn und wischte die Spucke mit einem bestickten Stofftaschentuch weg.

„Nur diese eine Seite noch, Frau Ahrens", versicherte das Mädchen.

„Elli. Ich heiße Elli."

„Julia. Julia Wurm." Die Augen des Mädchens lächelten.

„Ja, ich weiß. Ein paar Minuten Zeit bleibt schon. Dein Großvater wird nachher gebadet." Und an Herrn Moser gewandt ergänzte sie: „Und wir müssen unsere Übungen machen."

Der alte Herr wackelte mit dem Kopf, während die linke Seite seines Mundes nach oben wanderte.

„Ich bin in ein paar Minuten zurück", erklärte Elli und verließ die Bibliothek. Im Gang blieb sie stehen, um die Szene zu beobachten. Wie der alte Herr strahlte, wenn seine Enkelin zu Besuch war! Julia war ein stilles Mädchen, das eine Gelassenheit ausstrahlte, die einen ganzen Raum zu beruhigen schien. Es gab Menschen, in deren Nähe man sich wohlfühlte. Julia gehörte eindeutig zu dieser Sorte. Elli lächelte angesichts der liebevollen Verbindung zwischen den beiden. Sie merkte, dass Herr Moser ihren Blick auffing und seine linke Wange ebenfalls schmunzelte. Es waren diese Augenblicke, für die sie ihren Job liebte. Es schien, als würde Herr Moser lachen. Einen winzigen Moment. Dann veränderte sich der Ausdruck in seinem Gesicht. Elli runzelte die Stirn. Was regte den alten Mann auf? Julia hockte unverändert im Schneidersitz in dem breiten Ohrensessel und las ihrem Großvater vor. Im Profil erkannte sie an ihrer Mimik, dass sie vollkommen in den Text eingetaucht war. Ihre Lippen bewegten sich rasch und gelegentlich unterstrich sie das Gelesene mit einer ausschweifenden Geste. Herr Moser starrte Elli unterdessen an. Was sprach aus seinem Gesicht? Langeweile? Sorge? Das schien es zu sein. Was beunruhigte den alten Herrn? Er bewegte die Lippen, als wollte er etwas sagen. Sein Kopf tanzte hin und her wie der Wackel-Dackel, der bei Elli zu Hause auf dem Fenstersims thronte. Furcht, dachte sie. Er hatte Angst. Wollte er sie warnen?

Elli nahm etwas wahr. Ein leichter Lufthauch unmittelbar hinter sich. Sie spürte die plötzliche Anwesenheit einer anderen Person. Bevor sie ihren Kopf wenden konnte, fühlte sie einen Stich am Hals. Ein kurzes Brennen. Ehe der Schrei ihre Lippen erreichte, sah sie verschwommen die Züge eines Gesichts. Ein Gesicht, das sie kannte. Dann wurde sie von der Dunkelheit verschluckt.

März 1999

Elli zögerte. Das weiße Pulver schlängelte sich verführerisch über die Ablagefläche ihres Schminktischchens. Nach der Vergewaltigung durch ihren ersten Freier war sie zusammengebrochen. Kathrin hatte sie getröstet und einige Nächte lang bei ihr geschlafen. Elli wusste nicht, wie lange sie schon in ihrem Nebel aus Schmerz und Scham vor sich hingedämmert hatte, als Sergej eines Tages ihr Zimmer betrat und sie anherrschte: „Mach dich frisch und zieh dich an! Du hast Kundschaft."

Eine Weile hatte Sergej sie in Ruhe gelassen. Kathrin hatte ihn beschwichtigt und ihm erklärt, dass Elli weder körperlich noch psychisch in der Lage wäre, weitere Kunden zu bedienen. Elli war ihrer Kollegin dankbar, dass sie ihr Zeit verschaffte. Ruhe. Schlafen. Nur schlafen. Nicht denken. Elli wusste, dass ihre Schonfrist ein Ablaufdatum hatte, doch das drängte sie in die abgelegensten Tiefen ihres Unterbewusstseins.

Als Sergej von Elli verlangt hatte, ihren nächsten Kunden zu empfangen, hatte sie in Panik hyperventiliert. Kathrin hatte sie im Arm gehalten, bis sich ihr Atem normalisierte.

„Ich hab da etwas. Das wird dir helfen, deine ersten Kunden zu überstehen." Kathrin hatte ein durchsichtiges Säckchen mit weißem Pulver aus der Tasche gezogen und damit vor ihrem Gesicht gewedelt.

„Drogen?" Elli war entsetzt. Sie hatte genug Probleme. „Ich nehme so etwas nicht."

„Wie du meinst", erwiderte Kathrin und stand auf. „Falls du deine Meinung änderst", sagte sie und ließ das Säckchen auf ihrem Bett liegen.

Seither schnupfte sie den Koks, den Kathrin ihr brachte, gelegentlich. Sie hatte gute und weniger gute Tage. An guten Tagen bediente sie ein, zwei Kunden, auch ohne den Stoff zu nehmen. Heute war kein solcher Tag. Sie beugte sich über die Platte und hielt sich ein Nasenloch zu. Mit dem anderen sog sie das Pulver ein. Sie entspannte sich im selben Moment.

„Puppi, du bist dran!", rief Sergej vom Gang. So nannte er Elli, seit sie nicht mehr sein Mädchen, sondern eins seiner vielen Mädchen war.

Elli stand auf, straffte die Schultern, spannte den Bauch an und stolzierte in Dessous und atemberaubend hohen Pumps zur Bühne. Das Licht in der Tanzbar war gedämpft. Sie brachte sich in Position. Kathrin hatte ihr Tanzstunden gegeben und Elli gezeigt, worauf es ankam, wenn sie an der Stange tanzte. Die Musik setzte ein und Elli bewegte sich in ihrem Rhythmus, ohne sich anzustrengen. Sie schwebte im Dunst der Drogen, die Musik vibrierte in ihr, als wäre ihr Körper eine Trommel, auf die tausende Heinzelmännchen einschlugen. Männer steckten ihr Geldscheine in Slip und BH. Sie hörte jemanden lachen. Ein wiederkehrendes Echo. Es klang wie ihre eigene Stimme. Die Lichter tanzten durch den Raum wie Glühwürmchen in einer Sommernacht. Elli schwebte. Wie eine Fee. Sie war ein Glühwürmchen. Leuchtend, hell, anziehend. Die Musik verstummte. Sie zwang ihren Körper, anzuhalten. Der Raum drehte sich einen Augenblick lang weiter. Ein Karussell – herrlich! Sie hielt sich an der Stange fest, um nicht umzukippen. Verbeugte sich. Hob den Kopf. Da sah sie ihn. Einen maskulinen Typen mit Wuschelhaar und spitzbübischem Lächeln. Er war nicht zum ersten Mal hier. Er kam öfter mit ein paar Kumpels. Er saß stets ganz vorne und schien Elli mit Blicken zu hypnotisieren. Sie zwinkerte ihm zu. Sein Lächeln schmolz Eisberge. Die Musik setzte ein. Elli genoss es, sich an der Stange zu räkeln, ihr Bein pfeilgerade in die Höhe zu strecken und sich vorzustellen, dass sie nur für ihn tanzte. Nicht für die johlende Menge, die den ganzen Saal mit ihrem Gebrüll und ihren Pfiffen erfüllte. Sie tanzte für ihn. Ihren Prinzen. Zum ersten Mal seit Langem fühlte sie so etwas wie Hoffnung.

Alex

Am nächsten Morgen traf sich Alex mit Theo bei der Adoptionsbehörde. Sie hätte gerne mit Elli gefrühstückt, aber ihre Ex-Freundin war gestern gegen ihren Rat zur Nachtschicht ins Altersheim gefahren. Sie würde später mit Elli sprechen und ihr erklären, dass sie sich stellen musste. Theo würde nicht länger zulassen, dass Elli weiter frei herumlief, wenn es Alex nicht gelang, ihre Freundin eindeutig zu entlasten. Im Moment hatte sie keine Ahnung, wie sie das anstellen sollte.

Die Frau bei der Adoptionsbehörde trug eine schwarze Nickelbrille, die auf ihrer Nase thronte wie ein Adler in seinem Horst. Ihr Haar war streng zurückgekämmt und im Nacken zu einem Knoten gefasst. Ihr Namensschild wies sie als Frau Berber aus. Alex holte ihren Polizeiausweis aus der Hosentasche und streckte ihn der Frau entgegen.

„Wir suchen nach einem Kind, das vor 19 Jahren zur Adoption freigegeben worden ist."

Frau Berber starrte sie irritiert an. „Ist es tot?"

„Was?" Alex hob die Augenbrauen.

„Das Kind, nach dem Sie suchen. Ist es gestorben?", fragte Frau Berber mit einer piepsigen Stimme, die in einem grotesken Kontrast zu ihrem habichtartigen Aussehen bildete.

„Nein! Wie kommen Sie darauf?"

Die Frau deutete auf Alex' Ausweis, wobei ihr Zeigefinger zitterte, als drohte sie, sich an der Karte zu verbrennen. „Sie sind von der Mordkommission, nicht wahr?"

Alex lächelte. „Das ist richtig. Wir brauchen die Informationen zu dem Mädchen aus anderen Gründen."

Die Frau wartete einen Moment, bis sie feststellte, dass Alex nicht mehr preisgeben würde. Dann wandte sie sich dem Bildschirm ihres PCs zu. „Was wissen Sie über das Mädchen?"

„Nicht viel", gab Alex zu und dachte an die wenigen Einzelheiten, die Elli ihr über ihre Tochter anvertraut hatte. „Nur das Geburtsdatum."

„Das ist ein Anfang", entgegnete die Frau, die sich offenbar nicht entscheiden konnte, ob sie durch ihre Brillengläser oder darüber hinweg schauen sollte.

„22. August 2000."

Die Frau tippte die Zahlen in die Tastatur. Mittendrin stutzte sie. „Sind Sie sicher?"

Alex zog ihr Mobiltelefon zu Rate. Sie hatte die wichtigsten Informationen, die Elli ihr gegeben hatte, im Ordner Notizen gespeichert.

„Absolut! Warum? Stimmt etwas nicht?"

„Ja. Nein. Es ist nur ..." Die Frau spielte nervös am Kragen ihrer Bluse. „Es hat bereits jemand nach einem Kind gefragt, das an diesem Tag geboren wurde."

Alex Puls beschleunigte. Theo, der bislang gelangweilt die Bücher im Regal neben Frau Berbers Schreibtisch inspiziert hatte, warf Alex einen vielsagenden Blick zu.

„Gestern."

„Gestern?", wiederholte Theo unnötigerweise.

Frau Berber nickte. „Eine junge Frau. Um die 20. Hübsch."

Alex und Theo starrten sie erwartungsvoll an. „Ein Name wäre hilfreich", bot Alex an.

„Wurm. Jana. Judith." Frau Berber schloss die Augen und versuchte, sich zu erinnern. „Jetzt weiß ich es! Julia." Die Frau strahlte. „Julia Wurm."

„Was haben Sie ihr erzählt?" Theo baute sich so nah vor Frau Berbers Schreibtisch auf, dass diese abrückte.

Die Frau schüttelte den Kopf. „Nichts", erwiderte sie geknickt. „Es gibt keine Unterlagen zu besagtem Kind."

Alex stemmte die Hände in die Hüften. „Was bedeutet das?"

Frau Berber zuckte die Achseln. „Ich verstehe es selbst nicht. Entweder wurde das Baby nicht in Salzburg vermittelt ..."

„Oder?", unterbrach Alex, die ungeduldig auf ihrem Stuhl hin- und her zappelte.

Die Frau kämpfte sichtlich mit einer massiven Hitzewallung. „Oder die Unterlagen sind verschwunden."

„Wie kann das sein?", herrschte Theo sie an.

Frau Berber schnappte nach Luft. „Ich kann es mir nicht erklären", flüsterte sie mühsam.

Alex, die fürchtete, die Frau würde jeden Moment in Tränen ausbrechen, bemühte sich um einen ruhigen Tonfall: „Gibt es Akten zu den einzelnen Fällen? Und die Akte zu besagter Adoption ist unauffindbar?"

Frau Berber atmete tief ein. „Es gab Akten. Mittlerweile wurden die Daten aller Fälle digitalisiert. Wir beschäftigen jedes Jahr im Sommer einen Ferialpraktikanten, der sich darum kümmert. Inzwischen sind sämtliche Akten digital von unserem Server abrufbar."

„Bis auf das Kind, das am 22. August 2000 zur Welt kam", warf Theo ein.

Frau Berber nickte schuldbewusst.

„Werden die physischen Akten aufbewahrt? In einem Archiv zum Beispiel?", schlug Alex vor.

„Nein. Der Leiter unserer Behörde legt großen Wert darauf, Ressourcen zu schonen und nachhaltig zu wirtschaften. In diesem Sinn haben wir vor einigen Jahren auf ein papierfreies Büro umgestellt." Sie drehte den Bildschirm und tippte eifrig auf ihre E-Mail-Signatur. Darunter stand in schnörkeliger Schrift: *Think before you print.*

Theo fluchte leise.

„Wenn ich Sie richtig verstehe, sind die betreffenden Daten von Ihrem Server verschwunden." Alex beugte sich in ihrem Sessel nach vorn.

Frau Berber nickte.

„Und Sie sind sicher, dass Sie diese Akte nicht übersehen haben? Sie könnten sie nicht in einem anderen Ordner abgespeichert haben?", versicherte sich Alex.

Frau Berbers Gesichtsfarbe normalisierte sich zusehends. „Nein, Frau Inspektor. Ich habe gestern mehrere Suchläufe gestartet. Die Datei ist nicht mehr da."

Alex runzelte die Stirn. „Würden Sie sagen, dass das ungewöhnlich ist?"

„Auf jeden Fall!", bestätigte die Frau und ihre Brille rutschte nach vorne bis zur Nasenspitze. „Ich arbeite jetzt seit 12 Jahren hier. So etwas ist noch nie vorgekommen."

„Was denken Sie, wie kann so etwas passieren?", mischte Theo sich ein. „Dass Dateien verschwinden?"

99

Frau Berbers Atem beschleunigte, bis sie fast hyperventilierte. „Jemand hat sie absichtlich gelöscht", japste sie kaum hörbar.

„Und das denken Sie, weil ...?", setzte er nach.

Frau Berbers Kinn bebte unkontrolliert. Sie rang mühsam um Fassung. „ ... weil die Unterlagen sämtlicher Adoptionen des Jahres 2000 verschwunden sind."

Elli

Als Elli aufwachte, dröhnte ihr Schädel so, dass sie beide Hände auf ihre Ohren presste. Ihre Zunge fühlte sich pelzig an und ihr Hals schmerzte. Was hatte der Typ ihr bloß gespritzt? Was wollte er von ihr? Sie sollte im Altersheim sein. Bei Herrn Moser und den anderen Bewohnern. Sie sollte sie baden, ihnen beim Essen helfen, ihnen ihre Medikamente geben. Wo war sie? Sie sah sich um. Außer einer Pritsche, auf der sie lag, und einer Kommode, auf der eine Flasche Wasser stand, gab es nur einen Plastikeimer. Für ihre Notdurft, nahm sie an. Ellis Herz pochte hart gegen ihren Rippenbogen. Warum war sie hier? Der Raum war kühl und hatte Steinwände. Ein Keller? Durch ein einzelnes vergittertes Fenster fiel ein wenig Licht. Elli atmete mehrmals ein und aus, um die aufkeimende Panik zu vertreiben. Sie schraubte den Verschluss der Flasche auf und nahm einen großen Schluck. Was tat sie hier? Hatte das etwas mit dem Tod des Anwalts zu tun? Hatte sie den Mann getötet? Ihr fehlte nach wie vor jede Erinnerung an den Abend, nachdem sie von dem Bier getrunken hatte. Bestrafte sie jemand dafür, dass er sie für eine Mörderin hielt? Möglich. Sie stand auf, setzte sich aber gleich wieder. Die Wände schienen ihr entgegen zu fallen und sie zu erdrücken. Der Boden schwankte, als befände sie sich auf einem Schiff. Nach einer Minute ließ der Schwindel nach. Sie krallte sich an der Kommode fest, während sie sich erneut von der Pritsche hochstemmte. Dieses Mal dauerte der Schwindel nur wenige Sekunden. Sie bewegte sich an der Mauer entlang in Richtung Fenster. Die Wand war kalt und feucht. Eine dicke Holztür trennte ihr Gefängnis vom nächsten Raum. Sie rüttelte an der Klinke. Hämmerte gegen die Tür. Vergebens. Elli spürte, wie eine Gänsehaut über ihre Arme und Beine kroch. Sie trug noch immer ihre Dienstkleidung, eine hellblaue Hose mit Gummizug und eine dazu passende weit geschnittene Bluse. Das Fenster lag zu hoch, als dass Elli durchblicken konnte. Langsam schlurfte sie zu ihrer Liegestatt zurück und packte den Kübel mit einer Hand. Sie stellte ihn unter das Fenster, hielt sich an dem groben Sims fest und spähte mit zusammengekniffenen Augen in die Dunkelheit. Der Lichtstrahl, der in ihr Verlies drang, stammte von einem Fenster des Nebenraums. Sie presste die Nase gegen das Gitter, um etwas zu erkennen. Offenbar kam das Licht von draußen. In wenigen Tagen war Vollmond, dachte Elli und atmete erneut gegen die Furcht an, die sich um sie schloss wie eine eiserne Faust. Nach einer Weile erkannte sie die Umrisse eines Bettes. Daneben stand ein Eimer. Der Geruch von Urin und Angst schlug ihr entgegen. Was war das hier? War sie in die Fänge eines Psychopathen geraten? Warum hatte sie nicht auf Alex gehört? Sie hätte sich im Altersheim krank melden sollen, wie ihre Ex-Freundin ihr geraten hatte. Alex würde sie umbringen, wenn sie die Gelegenheit dazu bekam. Wenn ihr der Irre, der sie hierher verschleppt hatte, nicht zuvorkam ...

Dann hörte sie etwas. Leise. Sie hielt den Atem an, versuchte, ihren Herzschlag zu beruhigen. Was war das? Ein Kratzen? Sie drückte ihr Ohr gegen das kalte Metall, in der Hoffnung, dadurch besser zu hören. Das Geräusch verstummte. Elli balancierte mit einem Fuß auf dem Plastikkübel, während sie in die Dunkelheit starrte.

„Hallo?", fragte sie zaghaft. „Ist da jemand?" Ihr Puls trommelte heftig gegen ihre Brust. Einen Moment lang war sie nicht sicher, ob sie bereit war für das, was sie auf der anderen Seite erwartete.

„Hallo?", wiederholte sie, dieses Mal lauter.

Da war es wieder, dieses kratzende Geräusch.

„Können Sie mich hören?", fragte Elli erneut, die befürchtete, sie unterhielt sich möglicherweise gerade mit einer Ratte, die sich in dem Kellerloch an irgendetwas zu schaffen machte. Dann hörte sie etwas, das wie das eingerostete Scharnier einer Tür klang. Ellis Fuß rutschte fast vom Kübel. Ihre Finger krallten sich in den groben Stein, bis sie wieder Halt fand. Erst dachte sie, jemand hätte ihr Verlies betreten. Dann merkte sie, dass das Geräusch aus dem anderen Raum kam. Es war menschlich. Jemand krächzte, versuchte zu sprechen. Elli konnte niemanden sehen. Etwas bewegte sich auf der anderen Seite. Ein Schatten. Ein Mensch? Elli zuckte zusammen. Es gab ein dumpfes Klonk, als der Schatten unter dem Fenster auf den nackten Boden fiel und sich wie ein Embryo zusammenkauerte.

„Hallo?", rief Elli erneut. „Ich heiße Elli. Wer sind Sie?"

Die Gestalt rührte sich nicht. Sie lag zusammengerollt wie ein Bündel Wäsche auf dem nackten Steinboden und zitterte.

„Sind Sie verletzt?", fragte Elli. „Ist alles in Ordnung mit Ihnen?"

Einen Moment war es so still, dass Elli das Gefühl hatte, sich aufzulösen, bis nichts mehr von ihr übrigblieb. Gerade, als sie ansetzte, die Gestalt erneut anzusprechen, begann diese zu schreien. Laut und durchdringend. Elli schauderte, versuchte, das Wesen auf der anderen Seite zu erreichen.

Vergebens. Die Gestalt schrie, als würde sie bei lebendigem Leib gehäutet. Elli bettelte, sie möge aufhören. Der Schrei hielt an, kroch in jede Ritze der Steinmauer und prasselte wie Glasscherben auf Elli ein. Sie stolperte von dem Kübel und presste die Hände auf die Ohren. Dann rutschte sie an der Wand zu Boden und schrie ebenfalls, bis sie heiser war.

Alex

Es regnete. In der Früh hatte die Sonne vom wolkenlosen Himmel gestrahlt, war jedoch im Laufe des Tages einem hartnäckigen Nieseln gewichen. Salzburger Schnürlregen. Alex seufzte. Sie fuhr zu Hause vorbei, um ihre Kapuzenjacke zu holen. Sie hasste Regenschirme. Sie hinderten sie nicht nur daran, beide Hände frei zu haben, sie ließ die Schirme zudem immer liegen. Beim Arzt. Im Einkaufswagen des Supermarkts. Oder im Café. Schirme hatten die Angewohnheit, zu verschwinden. Ähnlich wie Handschuhe oder Sonnenbrillen. Alex schlüpfte in die wasserdichte Jacke und zog die Kordel der Kapuze fest, bis nur noch Nase und Augen zu sehen waren.

Theo wartete im Wagen auf sie. Sie warf einen Blick ins Wohnzimmer. Sie erwartete, dass Elli nach der Nachtschicht auf der Couch schlief. Das Bettzeug lag ordentlich zusammengelegt am Ende des Sofas. Alex runzelte die Stirn. Ob Elli sich ins Schlafzimmer gelegt hatte, um nicht gestört zu werden, wenn Alex heimkam? Alex öffnete die Tür und fand das Bett unberührt vor, so wie sie es heute Morgen verlassen hatte. Sie stutzte. Das sah Elli nicht ähnlich. Sie wählte ihre Mobilnummer. Es klingelte fünfmal, bevor sich die Mobilbox einschaltete. Sie versuchte es zwei weitere Male. Vergeblich. Alex beschlich ein ungutes Gefühl.

„Alles in Ordnung mit deiner Ex-Tussi?", fragte Theo, als sie sich auf den Beifahrersitz schwang.

Alex starrte nachdenklich aus dem Fenster.

„Ich hoffe, du hast ihr gesagt, dass sie sich stellen muss",
fügte Theo hinzu.

„Sie ist nicht da", flüsterte Alex.

Theo schlug mit der flachen Hand aufs Lenkrad.
„Hab ich dir nicht die ganze Zeit gesagt, dass sie abhauen
wird? Du hättest sie längst anzeigen müssen."

Alex warf ihm einen Blick zu, der ihn verstummen ließ.
„Da stimmt etwas nicht."

„Allerdings!", pflichtete Theo ihr bei. „Die Kleine hat dich
die ganze Zeit verarscht. Jetzt ist sie verschwunden und du
sitzt in der Scheiße."

„Halt die Klappe, Theo! Elli ist in Schwierigkeiten."

„Da hast du verdammt noch mal recht", sagte Theo. „Was
hast du vor?"

„Wir fahren ins Altersheim. Vielleicht kann uns da jemand
weiterhelfen", erklärte Alex.

„Paul wird dich umbringen", erwiderte Theo.

„Uns beide", stellte Alex richtig. „Immerhin wusstest du
genauso Bescheid wie ich."

Theo fluchte leise. Trotz seiner perfekt gegelten Haare und
Designerklamotten wirkte er ganz und gar nicht lässig. „Ruf
Paul an und sag ihm Bescheid. Hinauszögern bringt nichts."

Alex nickte langsam. „Lass uns erst ins Altersheim fahren.
Wenn wir dort nichts rausfinden, dann melde ich, was ich
getan habe. Wie klingt das?"

„Nach Verzögerungstaktik", erwiderte Theo, dem der
Schweiß über die Schläfen lief.

Alex schwieg. Ihr Bauchgefühl sagte ihr, dass Elli in
Gefahr war. Dass Paul Wagner wegen ihres Verhaltens
disziplinarische Maßnahmen ergreifen würde, war ihr egal.

Dass sie die Schwierigkeiten, in denen Elli steckte, hätte verhindern können, hingegen nicht.

Als sie die Seniorenresidenz im Stadtteil Aigen erreichten, keimte ein Hauch von Hoffnung in Alex auf. Ellis Auto, ein weißer Peugeot 208, stand auf dem Parkplatz, in einem Bereich, der für Mitarbeiter reserviert war. Alex rannte auf den Eingang zu. Theo hatte Mühe, ihr zu folgen.

„Ich suche Elena Ahrens", erklärte Alex der Rezeptionistin, einer molligen Frau Anfang dreißig mit wilden Korkenzieherlocken und knallte ihren Ausweis auf den Tresen.

„Einen Augenblick, bitte", erwiderte die Frau ernst und wählte eine Nummer. „Herr Bauz wird gleich bei Ihnen sein."

„Ist Elena hier?", schrie Alex. „Ihr Wagen steht auf dem Parkplatz."

Theo legte ihr beruhigend eine Hand auf die Schulter. Alex schüttelte ihn ab wie eine lästige Fliege.

„Ist sie hier?", wiederholte sie mit schriller Stimme.

Die Rezeptionistin lächelte nachsichtig und deutete auf ein Büro am Ende des Ganges.

„Wenn Sie bitte mit Herrn Bauz sprechen würden", schlug sie vor.

Theo packte Alex am Arm und zog sie in Richtung der geöffneten Tür. Ein Herr mit grau meliertem Haar und großen, wässrigen Augen stand im Eingang und streckte ihnen die Hand entgegen.

„Bauz. Egon Bauz. Ich leite dieses Haus", stellte er sich vor und bat die beiden Polizeibeamten in sein Büro. Die Tür blieb offen stehen. Leises Stimmengewirr und das Klappern von Geschirr drang von draußen herein.

„Wir sind auf der Suche nach Elena Ahrens", erklärte Theo und nahm den Platz an, den Herr Bauz ihm angeboten hatte. Alex tigerte derweil auf und ab.

Herr Bauz legte die Finger aneinander und nickte.

„Leider wissen wir nicht, wo Frau Ahrens ist", erwiderte er.

„Wie ist das möglich?", schoss Alex zurück. „Ihr Auto parkt vor der Seniorenresidenz. Soweit ich weiß, hatte sie gestern die Nachtschicht."

„Das ist richtig", bestätigte Herr Bauz. „Frau Ahrens hat ihren Dienst gestern kurz vor 19:00 angetreten. Frau Wambach – Sigrid – eine Kollegin hat sie gesehen."

„Sie war also gestern hier", fasste Theo zusammen. „Was hat sie dann gemacht?"

Herr Bauz zuckte die Achseln. „Sie hat ihre Dienstkleidung angezogen und ihre privaten Sachen im Spind verstaut. Der Metallschrank ist nach wie vor verschlossen. Was sie dann gemacht hat, kann ich nicht mit Sicherheit sagen."

„Wo befindet sich der Spind?", fragte Alex.

Herr Bauz erhob sich. „Folgen Sie mir bitte!"

Am Ende des Ganges, rechts vom Eingang befand sich eine Tür, über der in großen Lettern *nur für Mitarbeiter* stand. Herr Bauz öffnete die Tür. In dem Raum gab es rund 30 hellgraue Metallschränke, die in zwei Reihen übereinander an die Wand montiert waren. In der Mitte des Raumes gab es zwei schlichte Holzbänke. Alex nahm zwei verschlossene Türen wahr, die mit *Umkleide Damen* bzw. *Umkleide Herren* betitelt waren. Sie warf einen Blick in die Garderobe der Damen, um sich zu vergewissern, dass Elli nicht etwa dort zusammengebrochen war. Dann holte sie ihr Mobiltelefon aus der Gesäßtasche und wählte erneut Ellis Nummer. Alex hielt den Atem an. Es klingelte. An ihrem Ohr. Aber nicht nur dort. Langsam ließ sie das Handy sinken. Das Klingeln blieb. Sie erkannte den Ton. Ellis Klingelton. Elli würde nie freiwillig ohne ihr Mobiltelefon irgendwohin gehen.

„Ich hole den Ersatzschlüssel", bot Herr Bauz an.

Alex sank auf der Holzbank zusammen. Theo lief unbeholfen auf und ab. „Es geht ihr bestimmt gut", versicherte er und klang dabei, als versuchte er, sich selbst zu überzeugen.

Alex vergrub ihr Gesicht in den Händen. Wieso hatte sie das nicht verhindert? Wieso hatte sie Elli nicht umgehend in Polizeigewahrsam gesteckt? Sie hätte ihre Ex-Freundin beschützen müssen!

Als Herr Bauz mit dem Schlüssel zurückkehrte, war klar, dass Elli die Seniorenresidenz nicht freiwillig verlassen hatte. Im Spind befand sich ihre Handtasche samt Geldbörse, ihr Mobiltelefon, Haustür-und Autoschlüssel sowie ihre private Kleidung. Alex lehnte sich gegen einen der Metallschränke und schlug mit der Faust dagegen. Herr Bauz zuckte zusammen.

„Sie haben das Gebäude abgesucht, nehme ich an?", vergewisserte sich Theo.

Herr Bauz nickte. „Ja. Wir haben jeden Raum durchkämmt und mit allen Bewohnern und dem Personal gesprochen."

„Und?" Theo trommelte ungeduldig gegen die Wand.

„Niemand hat sie gesehen", erklärte der Leiter leise. „Deshalb habe ich die Polizei informiert."

Alex stutzte. Sie waren nicht hier, weil die Einsatzzentrale sie hierher befohlen hatte. „Wann haben Sie die Polizei verständigt?"

Herr Bauz runzelte die Stirn. „Vor zehn Minuten", erwiderte er. „Ich habe mich gewundert, dass Sie so schnell hier waren."

Alex und Theo starrten sich an. Sie wussten beide, dass nun nicht nur Ellis Verschwinden aufs Tablett kam.

„Ich habe einen Anruf von Sigrid Wambach erhalten. Sie hat mich gestern verständigt, als sie Frau Ahrens nicht finden konnte. Offenbar hat Frau Ahrens sich gestern mit Herrn Moser unterhalten."

„Wer ist das?", wollte Alex wissen.

„Einer unserer Bewohner. Sie können gerne versuchen, mit ihm zu sprechen. Herr Moser hatte allerdings einen Schlaganfall. Es ist schwierig, sich mit ihm zu verständigen", erklärte Herr Bauz.

„Dann los!", rief Theo, der ahnte, dass ihnen nur wenige Minuten blieben, ehe die Kollegen eintrafen.

Herr Moser war ein hagerer Mann mit schmalen Schultern und traurigen Augen. Das mochte daran liegen, dass die rechte Seite seines Gesichts nach unten hing. Obwohl er in einem Rollstuhl saß, klammerte er sich mit einer Hand an einen Gehstock. Alex vermutete, dass er mit der Gehhilfe ein paar Schritte alleine schaffte.

„Herr Moser?", wandte sie sich an den alten Mann. „Ich bin Alex Wild. Ich bin ... von der Polizei."

Das schien das Interesse des alten Mannes zu wecken.

„Verstehen Sie mich?"

Der alte Mann nickte.

„Wir sind wegen Elena Ahrens hier. Wissen Sie, von wem ich spreche?"

Erneutes Nicken.

„War Frau Ahrens gestern hier?"

Wieder ein Nicken.

„Aber sie ist früher gegangen?"

Der alte Mann wippte unkontrolliert mit dem Kopf. War das ein Nein? Alex versuchte es anders.

„Haben Sie jemanden bei Frau Ahrens gesehen?"

Jetzt bewegte sich der Kopf des alten Mannes so heftig auf und ab, dass Alex fürchtete, er erlitt einen Anfall.

Sie legte beruhigend ihre Hand auf seinen Arm.

„Hat dieser Jemand sie mitgenommen?"

Nicken.

„Konnten Sie die Person sehen?"

Nicken.

„Kennen Sie die Person?"

Kopfschütteln.

„Ein Mann?"

Nicken.

„Können Sie mir irgendetwas zu der Person sagen, das mir weiterhelfen könnte?"

Herr Moser zögerte. Dann blitzte etwas in seinen Augen auf. Sein gichtiger Zeigefinger wanderte in Alex´ Richtung und verharrte auf ihrem Unterarm. Sie folgte seinem Blick, der auf ihrem Tattoo landete: ein Kompass mit einem Anker.

„Der Mann hatte eine Tätowierung?", fragte sie.

Heftiges Nicken.

„An welcher Stelle?"

Herr Mosers Hand schwebte einen Moment in der Luft wie eine Libelle, ehe sie auf seinem Hals landete.

Theo sah zu Alex. „Er wird uns das Motiv kaum beschreiben können."

Herr Moser ignorierte den Polizisten und packte Alex´ Arm. Sein Griff war kräftiger, als sie vermutet hätte. Er deutete

111

mit dem Kopf zur Tür. Alex schob den Rollstuhl in die Richtung, in die der alte Mann zeigte. Ein paar Mal fragte sie ihn, ob sie stehenbleiben sollte, doch der Mann grunzte ungeduldig, was sie als Zeichen nahm, weiterzufahren. Als sie die Bibliothek erreichten, schlug er mit seinem Gehstock zweimal auf den Boden.

„Hier?", wollte Alex wissen.

Nicken. Herr Moser hob seinen Stock und deutete auf ein prall gefülltes Bücherregal an der rechten Wand. Alex schob den Rollstuhl vor das Regal.

„Das hat doch keinen Sinn", warf Theo ein, der seiner Kollegin im Laufschritt gefolgt war.

Alex bedeutete ihm, zu schweigen. Herr Mosers Augen überflogen die einzelnen Reihen des Bücherregals. Plötzlich zeigte sich ein schiefes Lächeln auf seinen Lippen. Er tippte mit dem Stock auf einen Band, der Amphibien I hieß. Alex nahm das schwere Buch aus dem Regal und legte es in Herrn Mosers Schoß. Sie öffnete es und blätterte langsam Seite für Seite um. Als sie bereits dachte, diese Aktion würde zu nichts führen, klopfte der alte Herr mit seinem Stock auf den Boden.

„Lassen Sie mal sehen", bat Alex und drehte den Band so, dass sie die Seite lesen konnte. „Giftnattern" stand da. Echte Kobras. Brillenschlange. Die Abbildung zeigte eine Kobra in Drohhaltung, deren ausgeprägtestes Merkmal der spreizbare Nackenschild war. „Der Mann, der Elena Ahrens mitgenommen hat, hatte so eine Schlange am Hals tätowiert?"

Herr Moser nickte erneut. Der alte Herr sank in seinem Rollstuhl in sich zusammen. Er wirkte erschöpft, als hätte jemand ein Ventil geöffnet und seine gesamte Energie entweichen lassen.

112

„Das haben Sie großartig gemacht", erklärte sie. „Vielen Dank!"

Herr Mosers Augen verengten sich. Seine Lippen bewegten sich unkontrolliert. Er versuchte, etwas zu sagen. Alex fixierte seinen Mund, der mehrfach dieselben Bewegungen ausführte. Sie meinte abzulesen: „Finden Sie Elena!"

Alex tätschelte seinen Arm. „Wir tun alles, was in unserer Macht steht." Sie schob den Rollstuhl zurück in den Gang.

Theo lief mit dem Telefon am Ohr durch die Halle. „Es ist so weit", erklärte er seiner Kollegin. „Sie sind hier."

Durch die gläserne Tür des Eingangsbereichs erkannte sie zwei Polizeifahrzeuge. Aus dem Ersten stieg eine Gestalt aus, die ihr sehr vertraut war. Paul Wagner. Sein Gesicht ließ erahnen, dass er fuchsteufelswild war. Alex presste die Lippen aufeinander. Zeit, ihren Fehler einzugestehen.

Juni 1999

Ellis Prinz kam jetzt mehrmals die Woche in den Laden, um ihr beim Tanzen zuzusehen. Er saß so dicht an der Bühne wie möglich, um jeder ihrer Bewegungen folgen zu können. Meistens kam er mit zwei oder drei Freunden, doch die schienen sich nach kurzer Zeit zu langweilen und zogen weiter. Er aber blieb. Elli lebte für diese Stunden. Sie fühlte, wie sich zwischen ihnen ein elektrostatisches Feld aufbaute, sobald er den Raum betrat. Ihr Herz schlug dann so schnell wie nach einem harten Training an der Stange. Einmal steckte er ihr einen Hundert-Euro-Schein in den Slip und flüsterte ihr ins Ohr, er wolle sie in ihrer Pause sprechen. Die Schmetterlinge in ihrem Magen schlugen Purzelbäume. Elli willigte ein, obwohl sie wusste, dass sie beide tot wären, wenn Sergej mitbekam, dass sie sich mit einem Kunden privat traf. Sie musste das Risiko eingehen. Das Einzige, was ihr so etwas wie Lebensfreude bescherte, war die Vorstellung, dem faszinierenden Unbekannten näherzukommen.

In der Pause verzichtete Elli auf ihr Sandwich und schlich zum Hinterausgang, wo ihr Prinz auf sie wartete. Sie hatte sich nie so schön gefühlt wie in diesem Augenblick. Er hielt sie für die bezauberndste Frau der Welt. Das spürte sie mit jeder Faser ihres Körpers. Sie tauschten keine Belanglosigkeiten aus. Er hielt sie im Arm, tauchte seine Nase in ihr Haar, sog ihren Duft ein und sagte ihr, dass er nur mehr an sie dachte. Sie ertrank in seinen Worten. Sie sei anmutig, begehrenswert, geheimnisvoll. Er bat sie um ein Date.

„Sergej wird das niemals zulassen", erklärte Elli und ihre Augen füllten sich mit Tränen. „Er betrachtet mich als sein Eigentum."

„Nicht weinen!" Er küsste ihre feuchten Wangen und hob ihr Kinn. „Wir finden einen Weg!"

„Es gibt keinen", widersprach sie traurig.

„Es gibt immer einen Weg." Er küsste sie sacht auf die Lippen.

Elli lächelte freudlos. „Die einzige Möglichkeit wäre, dass du mein Kunde wirst. Wenn du für mich bezahlst, wird Sergej dich zu mir lassen."

Er sah sie ernst an. Sein jugendliches Gesicht schien um Jahre zu altern. „Dann wird es so sein", entgegnete er. „Vorerst."

Sie hörte schwere Schritte auf der Treppe. Sie küsste ihn rasch und löste sich aus der Umarmung. Dann verschwand sie um die Ecke in Richtung Haupteingang. Gerade rechtzeitig, bevor Sergejs bullige Gestalt am Hintereingang auftauchte.

„Was machst du hier?", herrschte er den jungen Mann an.

„Frische Luft schnappen."

„Schon klar", gab Sergej verächtlich zurück und spuckte auf den Gehsteig. „Musst wohl Mut tanken?"

Der Prinz hob eine Augenbraue.

„Na, um eine meiner Damen zu ficken."

Der Prinz lächelte. „Ich will die Tänzerin", erklärte er unumwunden.

Sergej lachte. „Tatsächlich?"

Der Prinz nickte. „Morgen. Und ich will sie die ganze Nacht."

Sergej prustete los. „Kleiner, du kannst dir nicht mal eine Stunde mit meiner besten Stute leisten."

„Das lass mal meine Sorge sein", antwortete der junge Mann und zog ein Bündel Geldscheine aus dem Jackett. Er wedelte mit dem Geld vor der Nase des Zuhälters herum. Sergej griff nach den Scheinen.

„Also? Haben wir einen Deal?"

Sergej grinste. „Ich glaube, wir verstehen uns."

Der Prinz überließ ihm das Bündel und wandte sich zum Gehen. „Darauf würde ich nicht wetten", murmelte er und schlenderte zu seinem Wagen.

Alex

Alex stieg aus dem Polizeiwagen und folgte Paul in sein Büro. Sie hatte ihren Chef noch nie so wütend gesehen. Er knallte die Tür zu und befahl ihr, sich zu setzen.

„Ich höre", sagte er und seine Stimme bebte vor Wut.

Alex schluckte. Was sollte sie ihm erzählen?

„Ich habe Mist gebaut", begann sie und klang entgegen ihrer Art kleinlaut.

„Und ob!", herrschte er sie an und lehnte sich gegen die Platte seines Schreibtisches, auf dem sich Dutzende Akten stapelten. Sein ohnehin widerspenstiges Haar stand wirr vom Kopf ab und unterstrich seinen grimmigen Gesichtsausdruck.

„Ich habe zufällig von unserem Labor erfahren, dass Elena Ahrens' Fingerabdruck im Hotelzimmer am Bahnhof gefunden wurde. Dort, wo Stefan Vogt ermordet wurde."

Alex knetete ihre Hände.

„Warum bitteschön hast du mich nicht umgehend informiert?" Pauls Stimme dröhnte wie Donner durch den kleinen Raum.

Alex rieb sich die Schläfen. Hinter ihrer Stirn kündigten sich die ersten Anzeichen einer Migräne an.

„Ich wollte erst mit Elena sprechen."

Paul kratzte sich am Kinn, wo sich ergraute Bartstoppeln zeigten. „Und nachdem du mit ihr geredet hattest? Was hat dich dann davon abgehalten, mich zu informieren?"

Alex schüttelte den Kopf. „Ich weiß es nicht", erwiderte sie leise.

117

„Du weißt es nicht?" Pauls Gesicht näherte sich ihrem, bis sie es doppelt sah.

„Ich dachte, ich könnte ihre Unschuld beweisen. Ich wollte ein paar Nachforschungen anstellen." Alex rückte von Paul ab. Die Migräne beeinträchtigte ihr Sehvermögen. Ein nervöses Flimmern zuckte wie ein weißer Blitz durch ihr Sichtfeld. Sie kniff die Augen zusammen, als könnte sie die visuelle Einschränkung abschütteln.

„Und Theo hat da mitgemacht?" Paul lief jetzt vor seinem Schreibtisch auf und ab.

„Nein. Theo hatte nichts damit zu tun. Es war meine Entscheidung", berichtigte Alex und kramte in ihrer Hosentasche nach einer Zolmitriptan, um den Migräneanfall frühzeitig einzudämmen. Sie wurde fündig und sammelte Speichel im Mund, um die Tablette hinunterzuschlucken. Sie vermied es, Paul in diesem Moment um ein Glas Wasser zu bitten.

„Großartig!", gab Paul zurück. „Ich bin sicher, Theo hat zu keinem Zeitpunkt bemerkt, dass du Frau Ahrens schützen willst."

Alex seufzte. Was sollte sie sagen?

„In welcher Beziehung steht Frau Ahrens zu dir?"

Alex schloss die Augen. „Stand", korrigierte sie. „Wir waren einmal ein Paar", erklärte sie. „Aber das ist schon eine Weile her."

Paul ballte die Hand zur Faust, als wollte er sie gegen irgendetwas schlagen. Stattdessen biss er in seine Knöchel.

„Paul?" Alex blickte ihrem Chef ins Gesicht, obwohl dieses mittlerweile so verzerrt wirkte, dass sie nur den weißen Blitz auf seiner Stirn tanzen sah. Wie Harry Potter, dachte sie.

„Was ist?"

„Das Einzige, was jetzt wichtig ist, ist dass wir Elli finden. Bitte, ich weiß, dass ihr etwas zugestoßen ist."

Pauls Wangen leuchteten rot. „Was nicht passiert wäre, wenn du deine Ex-Freundin nicht bei dir versteckt hättest."

Alex senkte den Kopf. „Du hast recht. Das hätte ich nicht tun sollen."

„Ich stelle ein Team zusammen, um nach Frau Ahrens zu fahnden", erklärte Paul.

Alex atmete dankbar aus.

„Du bist vorerst vom Dienst suspendiert", fügte er hinzu.

Alex biss sich auf die Zunge, um nicht zu widersprechen.

„Deine Waffe und deinen Dienstausweis. Ich erwarte einen Bericht zu dem Fall morgen früh."

Alex gehorchte und verließ wortlos Pauls Büro. Theo fragte sie, was passiert sei. Sie schüttelte nur den Kopf und blieb ihm eine Antwort schuldig.

Alex wartete auf der Dienststelle, bis sich ihre Sicht wieder normalisierte. Fast im selben Moment setzten die Schmerzen ein. Kein dumpfer, ein schriller, alles durchdringender Schmerz. Alex fluchte leise. Sie überprüfte ihr Mobiltelefon und unterdrückte einen Schrei. Fünf Anrufe in Abwesenheit. Alle von ihrer Oma. Obwohl ihr Kopf sich anfühlte, als spielte eine Gruppe Jugendlicher darin Eishockey, lief sie aus der Polizeistation und winkte ein Taxi herbei. Was war passiert? Die Fahrt zum Haus ihrer Oma schien ihr wie eine Ewigkeit. Ihre Oma nahm das Telefon nicht ab. Alle ihre Instinkte schrien. Alex wappnete sich für das Schlimmste.

Christian

Christian Wurm hockte an seinem riesigen Glasschreibtisch und klopfte nachdenklich mit dem Füller auf die Tastatur seines PCs. Er wollte seine Frau nicht beunruhigen, aber Stefan Vogts Tod beschäftigte ihn mehr, als er zugab. Christian leitete ein Immobilienunternehmen mit rund dreißig Angestellten. Längst nicht alle seiner Immobilienkäufe waren sauber abgelaufen. Stefan war über sämtliche Transaktionen informiert, hatte Zahlen frisiert und ihm mit seinen Kontakten zur Politik geholfen, die eine oder andere Immobilie *halb-legal* zu erwerben oder an der Steuer vorbeizuschmuggeln. In Salzburg ließ sich mit dem Verkauf und der Vermietung von Objekten viel Geld verdienen. Christian verdankte seinen Reichtum nicht zuletzt Stefan. Stefan, der tot war. Er fürchtete, dass dessen Ermordung etwas mit seinem Unternehmen zu tun haben könnte. Er hatte keine Ahnung, ob Stefan Unterlagen hortete, die ihm das Genick brechen konnten. Keine Sekunde lang glaubte er, dass die Frau, die Stefan umgebracht hatte, eine Prostituierte war. Jemand hatte sie angeheuert. Dessen war er sicher. Und wenn das zutraf, war er möglicherweise das nächste Ziel. Er hatte Stefans Assistentin bereits gebeten, ihm sämtliche Unterlagen, die seine Firma betrafen, auszuhändigen. Sie hatte versprochen, sich in den nächsten Tagen darum, zu kümmern.

Neben seinen existentiellen Sorgen beunruhigte ihn die Tatsache, dass Julia einem Geheimnis auf der Spur war. All die Jahre hatten sie erfolgreich verhindert, dass Julia von ihrer Adoption erfuhr. Sabrina und er wollten es unbedingt dabei belassen. Manche Dinge ließ man besser ruhen. Er musste dafür sorgen, dass Julia aufhörte, in der Vergangenheit zu graben.

Julia

Julia war aufgewühlt. Nach ihrer Entdeckung hatte sie die Blutspendezentrale angerufen und ihre Blutgruppe erneut testen lassen. Die Dame, mit der sie dort sprach, versicherte ihr, dass praktisch nie Fehler bei der Bestimmung der Blutgruppe passierten. Julia bestand auf eine erneute Untersuchung. Das Ergebnis blieb dasselbe. Sie wusste, was das bedeutete. Sie war nicht das leibliche Kind ihrer Eltern. Sie steuerte auf das *Asia Palace* zu, das das beste Sushi der Stadt verkaufte. Ihr Bruder Sebastian und dessen Verlobte Vera erwarteten sie zum Mittagessen. Julia umarmte beide und bestellte eine Cola. Sie hatte sich so aufgeregt, dass ihr Blutzuckerspiegel im Keller war.

„Was gibt es?", fragte Sebastian, dem nicht entgangen war, wie aufgeregt seine Schwester war.

„Mama und Papa belügen mich schon mein ganzes Leben", platzte es aus Julia heraus. „Sie haben mich adoptiert und spielen mir vor, sie seien meine Eltern."

Julias Wangen röteten sich.

„Sie sind deine Eltern", erklärte ihr Bruder ruhig. „Ob du adoptiert bist oder nicht, ändert nichts daran. Christian ist auch nicht mein leiblicher Vater und trotzdem nenne ich ihn *Papa.*"

„Das ist etwas anderes! Du wusstest von Anfang an, wer dein leiblicher Vater ist. Mama hat Christian erst kennengelernt, als du in die Volksschule gegangen bist. Julia schnaubte. „Du warst doch praktisch erwachsen, als ich zur

Welt gekommen bin. Du müsstest doch wissen, ob Mama schwanger war oder nicht."

Sebastian, der an einer Mini-Frühlingsrolle kaute, hielt inne. Seine Miene verfinsterte sich. „Natürlich war Mama damals schwanger. Ich erinnere mich gut daran."

Julia rümpfte die Nase. „Pah! Dann müsste meine Blutgruppe doch mit einem der beiden übereinstimmen."

Vera, die bislang teilnahmslos zugehört hatte, mischte sich in die Diskussion ein. „Nicht unbedingt", erwiderte sie zaghaft.

Sebastian und Julia starrten sie an.

„Nicht, wenn Sabrina deine Mutter ist, aber ein anderer Mann als Christian dein Vater", erklärte sie leise, während sie ihre dünnen blonden Strähnen hinters Ohr strich.

Julia nahm sich ein Maki vom Teller, den Sebastian am Buffet befüllt hatte, und balancierte die Rolle mit zwei Holzstäbchen zum Mund. „Selbst, wenn das zutrifft, haben sie mich all die Jahre angelogen", erwiderte sie trotzig.

Sebastian legte beschwichtigend eine Hand auf den Arm seiner Schwester. „Mama und Papa wollten unbedingt ein gemeinsames Kind. Falls das nicht geklappt hat, ..."

„... dann war es okay, mir ein Märchen zu erzählen", fiel Julia ihm ins Wort.

Sebastian verdrehte die Augen. „Nein, natürlich nicht. Ich finde, du solltest in Ruhe mit ihnen reden. Sie können deine Fragen sicherlich beantworten."

Julia schluckte ihr Sushi hinunter und spülte mit einem großen Schluck Cola nach.

„Wie siehst du das, Vera? Würdest du deinen Eltern eine solche Lüge verzeihen?"

Vera wand sich unbehaglich auf ihrem Stuhl. „Das lässt sich so nicht beantworten. Das kommt auf die Beweggründe an."

Julia machte einen Schmollmund. „Ich war bei der Adoptionsbehörde, um herauszufinden, wer meine leibliche Mutter ist", erzählte sie so beiläufig, als kommentierte sie das Wetter.

Sebastian riss erstaunt eine Augenbraue hoch. Die mit Lachs belegte Reisrolle landete platschend in dem Schälchen mit der Sojasoße. „Verdammt!", rief er und versuchte den braunen Fleck auf seinem Hemd mit der Serviette zu entfernen. „Wieso das denn?"

Julia probierte von dem Krautsalat. „Ich möchte wissen, woher ich komme, verstehst du?", erklärte sie mit vollem Mund. „Jeder Mensch hat ein Recht darauf, seine Wurzeln zu kennen."

„Mama und Papa lieben dich, Jules. Reicht das nicht?" Ihr großer Bruder bestellte einen Schnaps. Ob er zu viel gegessen hatte oder ihm die Unterhaltung auf den Magen schlug, konnte Julia nicht feststellen.

Sie ignorierte seine Frage. „Jedenfalls gibt es keine Aufzeichnungen zu meinem Fall."

„Na bitte!", erwiderte Sebastian. „Weil es keinen Fall gibt!"

Julia seufzte. Wenn Sebastian sich eine Meinung gebildet hatte, ließ er sich nicht davon abbringen. Vera, der die angespannte Stimmung sichtlich unangenehm war, änderte das Thema. „Was hältst du davon, Jules, wenn wir beide morgen zusammen kochen. Mädelszeit. Nur du und ich?"

Julia war überrascht. Vera hatte sich nie sonderlich für sie interessiert. Ihr Bruder war seit über zwei Jahren mit der unscheinbaren Blondine zusammen und seit nunmehr einem halben Jahr mit ihr verlobt. Während dieser ganzen Zeit hatte sie kaum mehr als ein paar Worte mit ihrer künftigen Schwägerin gewechselt. Andererseits, warum nicht? Seit Benjamins Tod war ihr soziales Leben praktisch nicht existent. Ihre Mutter drängte sie seit Wochen, sich mit alten Freundinnen treffen. Dazu hatte Julia überhaupt keine Lust. Vielleicht war es hilfreich, in dem ganzen Gefühls-Wirr-Warr mit einer außenstehenden Person zu sprechen. Jemand, der nicht Teil ihrer unmittelbaren Familie war.

„Klar, gerne!", antwortete sie deshalb.

„Wunderbar. Kommst du zu mir? So gegen 12:30? Sebastian ist den ganzen Tag beruflich unterwegs."

Julia nickte und stand auf, um sich ein paar Leckereien vom Dessertbuffet zu holen. Als sie zurückkehrte, war Vera verschwunden.

„Vera hat einen Zahnarzttermin", erklärte Sebastian, ehe Julia fragen konnte.

„Aha."

„Hey, Jules. Du solltest dir nicht so viele Gedanken machen." Er griff nach ihrer Hand und drückte sie.

„Ich schätze, du hast recht", bestätigte Julia. „Trotzdem nehme ich es den beiden übel, dass sie mich anlügen."

Sebastian steckte sich einen kleinen Windbeutel in den Mund. „Vielleicht tun sie das gar nicht."

Julia starrte ihn verständnislos an.

„Ich verstehe nicht ..." Sie zwang ihren Bruder, sie anzusehen.

Sebastian winkte den Kellner herbei, zahlte und sprang auf. „Ich muss los!"

„Wieso denkst du, dass Mama und Papa mich gar nicht anlügen?"

„Vergiss es einfach! War nur so ein Gedanke." Sebastian küsste seine Schwester auf die Wange und verließ das Restaurant.

Julia blieb zurück. Der Raum war erfüllt von klapperndem Geschirr, Lachen und angeregten Gesprächen. Nur um Julia hatte sich ein Vakuum gebildet, das die Außenwelt ausgrenzte und sie mit ihrer Einsamkeit und hunderten Fragen einschloss.

Alex

Alex stürzte in das Haus ihrer Oma. Ihr Kopf fühlte sich an, als missbrauchte ihn jemand als Punching Ball, aber das war jetzt zweitrangig. Sie merkte sofort, dass etwas nicht stimmte. Im Wohnzimmer lag der Inhalt der gesamten Wohnwand am Teppichboden verstreut und in der Küche stieg sie über die Scherben mehrerer Teller und Gläser. Die Schranktüren waren geöffnet.

„Oma?", rief Alex. Furcht schnürte ihr die Luft ab. Was war nur geschehen? „Oma!" Ihre Stimme klang grell und eine Oktave zu hoch. Sie rannte die Treppe hinauf ins Obergeschoß, um die Schlafräume und das Badezimmer zu überprüfen. Hier wirkte alles sauber und aufgeräumt wie immer. Wo konnte sie nur sein? Die Angst um ihre Oma schnürte ihr die Kehle zu. Alex kämpfte gegen eine Welle von Übelkeit, als sie die Stufen nach unten flog. Von der Migräne war sie benommen und ihre Augen tränten wie nach einer Pfefferspray-Attacke.

„Oma!" Alex tastete nach ihrem Mobiltelefon, um Theo zu verständigen. Egal, wie sie zu ihrem Partner stand, sie brauchte seine Hilfe. Ihre Finger zitterten, als sie in ihren Kontakten nach Theos Nummer suchte. In diesem Moment öffnete sich die Kellertür, und ihre Oma wackelte mit dem gefüllten Wäschekorb auf der Hüfte ins Vorhaus. Alex stürzte auf ihre Großmutter zu, setzte den Korb mit der nach Lavendel duftenden Wäsche auf den Boden und drückte ihre Oma fest. Sie spürte die gekrümmte Wirbelsäule und die Rippen durch den dünnen Stoff der Bluse. Es fühlte sich an, als würden die Knochen nur durch ein Stück Pergamentpapier zusammengehalten.

„Lexi!", protestierte ihre Oma. „Du drückst mir die Luft ab."

„Entschuldige, bitte!" Alex ließ ihre Oma los und beäugte sie eingehend. „Bist du in Ordnung?"

Oma nickte. „Sicher. Wer würde einer alten Schachtel wie mir etwas tun?"

Alex dachte an die vielen Fälle, bei denen der Täter keine Hochachtung vor betagteren Herrschaften gezeigt hatte, und schauderte. „Was ist passiert?"

„Ein Mann ist eingebrochen und wie ein Irrer von einem Raum in den nächsten gestürmt", erklärte Oma.   „Wie du schon bemerkt haben dürftest, er hat eine ziemliche Unordnung hinterlassen."

„Hat er dich angefasst?" Alex suchte den zierlichen Körper nach blauen Flecken ab.

Oma lachte. „Lexi! Was denkst du denn? Dass ein Mann hier eindringt, um eine 82-Jährige zu vergewaltigen? Komm runter!"

Alex verkniff sich ein Grinsen. Eins musste man ihrer Großmutter lassen. Es gehörte einiges dazu, sie einzuschüchtern. „Wie hat er ausgesehen?"

Oma zuckte die Achseln. „Groß. Kräftig gebaut. Er trug eine Skimaske. Dunkelblaue Jeans. Schwarze Lederjacke. Kalte Augen. Wasserblau. Fast farblos."

„Wie ist er hier reingekommen? Die Haustür war unbeschädigt und verschlossen, als ich hier ankam."

Oma watschelte in die Küche und schaltete den Wasserkocher ein. „Tee?"

Alex nickte. „Also?"

„Er ist über den Garten rein. Du weißt doch, die Hecke ist nicht hoch und die Schiebetür der Terrasse lässt sich recht leicht öffnen. Ich wette, ein Profi braucht dafür nicht einmal eine Minute." Oma steckte je einen Beutel Hagebuttentee in die Becher.

Alex bemerkte sofort, wenn ihre Oma log. Ihr Kopf wackelte dann hin und her, während sie es mied, Alex anzusehen.

„Tatsächlich? Und wo warst du?"

„Im Wohnzimmer. Ich habe ferngesehen."

Alex nickte wissend. „Und davor? Was hast du vorher gemacht?"

Oma nahm einen Putzfetzen und wischte über die blitzende Arbeitsfläche. „Davor war ich im Garten. Die Rosen stutzen. Du weißt, wie sehr ich meine Blumen liebe."

Das wusste Alex. Das und mehr. „Und es kann nicht sein, dass du die Terrassentür offen gelassen hast, als du in den Keller gegangen bist?"

Oma warf ihr einen raschen Blick zu. „Nein. Das kann ich mir nicht vorstellen!"

Alex trommelte mit den Fingern auf den Küchentisch.

„Bist du sicher?"

Oma starrte angestrengt auf ihre arthritischen Finger und pustete etwas Unsichtbares weg. „Möglich wäre das natürlich schon", antwortete sie leise. „Theoretisch."

„Theoretisch", wiederholte Alex und verdrehte die Augen. „Hat er etwas mitgenommen?"

Oma schüttelte den Kopf. „Ich glaube nicht. Sicher kann ich es nicht sagen. Ich habe mich schlafend gestellt."

Alex grinste angesichts der Vorstellung, dass ihre Großmutter so tat, als ob sie schlief, während ein Einbrecher durch das Haus hetzte und sämtliche Schränke durch-wühlte. „Hat er etwas gesagt?"

Oma überlegte einen Moment. „Ja, er hat etwas gesagt."

„Und was?"

„Muss ich das wiederholen?", fragte Oma und stellte die beiden Becher auf den Tisch.

„Ja, Oma!"

„Das Scheiß-Foto von dem Balg. Es muss doch irgendwo sein."

Alex verbrühte sich an dem heißen Tee.

„Nicht meine Worte!", erklärte Oma.

„Schon klar", erwiderte Alex stirnrunzelnd. „Ich glaube, du brauchst jemanden, der auf dich aufpasst."

„Ich bitte dich, Lexi! Ich kann sehr gut selbst auf mich auf-passen", protestierte Oma.

„Den Eindruck habe ich nicht! Du hast nicht einmal die Polizei verständigt!"

Oma machte eine abwehrende Handbewegung.

„Natürlich habe ich das. Ich habe dich angerufen."

Alex schluckte eine Erwiderung hinunter und informierte die Dienststelle. Kurze Zeit später nahmen zwei Beamte Omas Aussage auf und gaben eine Fahndung nach dem Unbekannten raus. Sie verschwieg ihrer Großmutter, dass sie vom Dienst suspendiert war. Es war besser, wenn sie sich keine Sorgen machte. Außerdem hatte Alex nicht die Absicht, die Hände in den Schoß zu legen. Paul musste nicht wissen, dass sie private Erkundigungen vornahm.

130

Juni 1999

Elli konnte kaum fassen, dass ihr Prinz es geschafft hatte, Sergej zu überzeugen. Er war gekommen, um die ganze Nacht mit ihr zu verbringen.

„Das kostet ein Vermögen!" Sie sorgte sich, dass er sich ihretwegen verschuldete.

„Mach dir deswegen keine Gedanken", flüsterte er und küsste sanft ihren Nacken. „Meine Familie ist – sagen wir – wohlhabend."

Elli lächelte und ließ ihren Finger über seine muskulösen Oberarme gleiten. Als sie anfing, geschickt die Schnalle seines Gürtels zu öffnen, umfasste er sacht ihr Handgelenk.

„Das kann warten."

Sie starrte ihn ungläubig an. „Du gibst ein halbes Monatsgehalt für mich aus und willst dafür keine Gegenleistung?"

Er goss ihnen ein Glas Zweigelt ein und prostete Elli zu. „Ich möchte alles über dich erfahren", erklärte er, während er sanft über ihren Rücken streichelte. Sie räkelte sich unter seiner Berührung.

„Glaub mir, das willst du nicht!"

Er legte einen Finger unter ihr Kinn, bis sie ihn ansehen musste. „Doch. Genau das will ich."

Sie redeten die ganze Nacht. Redeten und lachten. Elli erzählte ihm in groben Zügen, wie sie hier gelandet war. Ein paar der hässlichen Details behielt sie für sich. Die Narben an ihrer Seele versteckte sie tief in ihrem Inneren. Sie war noch nicht soweit, um all ihre Verwundbarkeiten mit jemandem zu teilen. Vielleicht wäre sie das nie. Er erzählte ihr, dass er seinen Grundwehrdienst ableistete. Danach wollte er nach Wien, um Betriebswirtschaft zu studieren. Seine Leidenschaft war aber die Musik. Er spielte Schlagzeug in einer Band, die er mit drei Freunden im Gymnasium gegründet hatte. Seine Eltern tolerierten, dass er Musik machte, drohten aber, ihn zu enterben, wenn er nichts Anständiges lernte.

„Spielst du einmal etwas für mich?"

„Am Schlagzeug?", hakte er nach. „Sicher."

Elli kuschelte sich in seine Armbeuge und atmete seinen Duft ein. Eine Mischung aus Zitrone und Holz. Sie speicherte den Geruch in ihrem Herzen ab. Als sich der Nachthimmel lichtete und dem ersten Grau des Morgens wich, lagen sie nebeneinander und sahen sich an. Schweigend. Staunend. Ehrfürchtig. Sie fühlte sich geborgen, obwohl sie ihn kaum kannte. Als er sich über sie beugte, um sie zu küssen, gab sie sich hin. Sie küsste ihre Kunden nicht. Prinz war mehr als das. Der Kuss war zart wie die Flügel eines Schmetterlings. Ihre Haut prickelte, als er sich von ihrem Mund löste. Ein Kuss war so viel intimer als der reine Geschlechtsakt. Sie seufzte.

„Ich komme wieder", versprach er und fuhr mit dem Finger ihren Haaransatz nach.

„Wann?", fragte sie sehnsüchtig.

„Bald!" Er küsste sie ein letztes Mal. Sie sprang auf und folgte ihm zur Tür. Als er ihr Zimmer verließ, erstarrte er. Elli spürte, wie sich alle Muskeln in seinem Körper anspannten und versuchte, an ihm vorüber in den Gang zu spähen. Ein riesiger Schatten zog sich über die gegenüberliegende Wand. Mehr konnte sie nicht erkennen.

„Alles in Ordnung?" Sie legte von hinten die Arme um ihren Prinzen und schmiegte sich an ihn.

Er zögerte den Bruchteil einer Sekunde. „Ja, alles bestens", gab er zurück.

Ihr entging nicht, dass seine Stimme brüchig klang.

„Bist du sicher?"

Er drehte sich zu ihr um und umfasste ihr Gesicht mit beiden Händen. „Mach dir keine Gedanken. Ich dachte, ich hätte jemanden gesehen, den ich kenne", fügte er hinzu. „Ich habe mich geirrt."

Elli lächelte. Ein letzter Kuss. Dann huschte er die Stufen hinunter. Er hatte sich nicht geirrt. Und sie beide wussten das.

Elli

Elli musste eingeschlafen sein. Sie wachte mit einem steifen Nacken und schmerzenden Gliedern auf. Die Kopfschmerzen hatten sich verflüchtigt, dafür kroch die feuchte Kälte in ihren Körper. Das entsetzliche Schreien war verebbt. Sie lauschte. Nichts. Sie war erleichtert und frustriert zugleich. Sie würde in diesem Loch verrecken. Niemand würde sie hier finden. Sie dachte an Alex und spürte ein wohliges Kribbeln in ihrem Bauch. Ihr war nicht entgangen, wie Alex sie angesehen hatte, als sie nur in ein Handtuch gehüllt aus der Dusche gekommen war. Elli seufzte. Wenn sie die Augen schloss, konnte sie ihre weiche Haut fühlen, ihre langen Wimpern, die über ihren Hals kitzelten und ihre weichen Lippen, die ihren Nacken küssten. Ob Alex sich mit jemandem traf? Sie schüttelte sich, als könnte sie das Kapitel abhaken, wenn sie sich dafür entschied. Sie wusste es besser. Sie kam in den Vierfüßlerstand und zog sich an der Wand hoch. Sie kreiste mit den Schultern, um den Schmerz zu vertreiben. Sie stellte den Kübel zurück unter das vergitterte Fenster und spähte hindurch. Die Dunkelheit erstreckte sich vor ihr wie eine zähe Flüssigkeit. Sie kniff die Augen zusammen. Wo war die Gestalt, die sich zuvor am Boden gekrümmt hatte? Sie konnte kaum etwas erkennen. Der Mond war offenbar weitergewandert. Kein fahles Licht, das durch das Fenster des anderen Raumes fiel. Wo immer die Gestalt war, sie war außerhalb ihres Gesichtsfeldes. Schritte. Elli spitzte die Ohren. Zu weit weg, um aus dem Nebenraum zu kommen. Sie hielt den Atem an. Sollte sie schreien? Sie wartete einen Moment. Die Schritte hallten durch was? Einen Gang? Sie wurden lauter. Dann hörte sie nichts mehr. Doch – ein Klirren. Elli lehnte sich gegen die Steinmauer und fröstelte. Jemand kam. Ein Schlüssel wurde in ein Schloss gesteckt. Eine Tür öffnete sich mit einem Quietschen. Licht flutete ihr Verlies. Sie schloss die Augen. Jemand flüsterte. Ein Mann. Sie zwang sich, auf dem Kübel Position zu beziehen und in den anderen Raum zu sehen. Als ihr Gesicht über das Sims blickte, zuckte sie zusammen. Ihr gegenüber tauchte ebenfalls jemand auf. Eine schwarze Skimaske, aus der zwei kalte Augen starrten. Sie hatte diese Augen schon einmal gesehen. Sie schrie auf, taumelte. Der Eimer kippte und mit ihm die Wände ihres Gefängnisses. Elli landete hart am Boden. Sie schnappte nach Luft. Der Schmerz hatte den Sauerstoff aus ihrer Lunge gepresst. Sie rollte sich auf den Rücken und rieb ihre Hüfte. Einen Moment lang vergaß sie die Gestalt auf der anderen Seite. Als das Schloss der Holztür sich bewegte und die Tür kreischend aufschwang, packte Elli den Kübel und hielt ihn schützend vor ihre Brust. Ein in schwarz gekleideter Mann füllte den Türrahmen vollständig aus. Elli stockte der Atem. Er war groß, breit wie ein Schrank und trug Sneaker, in die ihre beiden Füße hintereinander gepasst hätten. Sie dachte an die Schuhabdrücke auf ihrer Terrasse. In den Händen hielt er einen Karton. Er stellte ihn wortlos neben die Pritsche und entnahm ihm zwei Wasserflaschen, zwei in Alufolie eingepackte Sandwiches und eine Wolldecke.

„Was wollen Sie von mir?", fragte Elli und ärgerte sich, dass ihre Stimme zitterte.

Der Mann hielt in der Bewegung inne.

135

„Wieso lassen Sie mich nicht gehen? Ich verspreche, niemandem etwas zu erzählen."

Der Mann lachte. Es klang wie Pergamentpapier, das zerknüllt wird.

„Ich mache Ihnen keinen Ärger!", versprach Elli.

Der Mann ging vor ihr in die Hocke. So verharrte er eine Weile. Elli wagte kaum, zu atmen.

„Du hast verdammt recht, Elli", zischte er. Aus der Öffnung, die für den Mund in der Skimaske gelassen wurde, flogen ein paar Speichelfetzen. „Ich sorge dafür, dass du keinen Ärger machst", bestätigte er und bohrte einen Finger in ihr Brustbein. „Nie wieder!" Damit erhob er sich und steuerte wortlos auf die Tür zu.

Ellis Körper fühlte sich an, als hätte jemand ihre Muskeln entfernt. Ihre Beine fielen auseinander wie bei einer Marionette und ihre Arme lagen kraftlos in ihrem Schoß. Sie wollte etwas erwidern. Ihn umstimmen. Ihn treten. Schreien. Es ging nicht. Nichts ging mehr. Wie eine leere Batterie. Nutzlos. Sondermüll. Sie blinzelte. Die Stimme kreiste in ihrem Kopf umher wie eine Endlosschleife. *Ich sorge dafür, dass du keinen Ärger machst!*

Wieder und wieder. Die Stimme erreichte den Zenit, flog in eine Kurve und sackte nach unten, um in der nächsten Schleife erneut nach oben zu sausen. *Nie wieder!* Sie schluckte. Sie kannte die Stimme. Sie kannte sie besser, als ihr lieb war. Sie war so gut wie tot. Das war schon vor Jahren der Plan.

Alex

Alex schwang sich in ihren Seat Ibiza und fuhr zu Ellis Wohnung. Der Reserveschlüssel war unter einem Gartenzwerg versteckt, der beide Daumen unter seine Hosenträger gesteckt hatte und an einem Grashalm kaute. Alex betrat die Wohnung, die auf den ersten Blick so aussah, wie Elli und sie selbst sie vor zwei Tagen verlassen hatten. Im Wohnzimmer fiel ihr auf, dass eine Schublade des Schreibtisches offenstand. Sie stutzte. Ein Windhauch fegte kühle Luft in den Wohnraum. Die Terrassentür war angelehnt. Am Parkettboden glitzerten ein paar Scherben. Bei näherem Hinsehen bemerkte sie, dass die Tür beschädigt worden war.

Was hast du gesucht?, überlegte sie, während sie Theo informierte, dass jemand bei Elena Ahrens eingebrochen war. Die Worte ihrer Großmutter kamen ihr in den Sinn. *Das Scheiß-Foto von dem Balg.* Alex dachte an Ellis Tochter. Hatte sie ihr nicht erzählt, dass die einzige Erinnerung an ihr kleines Mädchen ein Polaroid-Foto war, das unmittelbar nach der Geburt von ihr und dem Kind gemacht worden war? Wer hatte die beiden fotografiert? Und noch viel wichtiger: Warum war jemand hinter dem Foto her? War der Einbrecher fündig geworden? Es schienen keine Wertgegenstände zu fehlen. Theo erreichte die Wohnung knapp zehn Minuten später. Im Schlepptau hatte er zwei uniformierte Kollegen.

„Bist du wegen des Einbruchs hier?", fragte Alex, nachdem die Beamten ihre Aussage aufgenommen hatten.

Theo schüttelte den Kopf und zog sie in die Küche. „Nein. Ehrlich gesagt bin ich deinetwegen hier."

„Das überrascht mich", antwortete sie.

„Mich auch", erwiderte Theo leise. „Ich mache mir Sorgen. Deine Ex-Freundin wird des Mordes verdächtigt und ist spurlos verschwunden. Lisi Kronreif, die ihr bei der Suche nach ihrer Tochter behilflich war, ist ebenfalls seit Tagen unauffindbar. Bei deiner Großmutter wird eingebrochen und jetzt bei Elli. Warst du in den letzten Stunden in deiner Wohnung?"

Alex stutzte. „Nein, wieso ...?" Dann verstand sie. „Du denkst, wer auch immer ist nicht fündig geworden und sucht bei mir Zuhause?"

Theo zuckte die Achseln. „Wäre möglich."

Sie nickte. „Du hast recht. Ich fahre gleich heim."

Theo hielt sie am Arm zurück. „Wir fahren."

„Na schön", erwiderte sie mit einem Augenrollen.

Nachdem Theo sich vergewissert hatte, dass Alex' Wohnung unbeschadet war, organisierte er einen Kollegen, der ihr Heim bewachte. Alex hielt diese Maßnahme für übertrieben, aber Theo blieb unerbittlich. Insgeheim war sie ihm für seine Fürsorge dankbar.

„Was hast du vor?", erkundigte er sich, als Alex sich bedankte.

„Was meinst du? Ein Bier trinken. Eine Pizza in den Ofen schieben. *Tatort* schauen."

Theo verschränkte die Hände vor der Brust. „Sehr witzig! In Sachen Ermittlungen."

Alex zupfte ein Haar vom Shirt. „Ich wurde suspendiert. Das weißt du doch!"

„Schon klar. Und du fährst immer gemäß Geschwindig-keitsbeschränkung und das Parkverbot ist eine absolute Tabuzone."

Alex grinste. „Will heißen?"

„Was immer du vorhast, ich bin dabei", erklärte ihr Partner nachdrücklich.

„Du stehst auf den *Tatort*?", fragte Alex mit gespieltem Erstaunen.

„Unter anderem."

„Neben Blondinen mit hochhackigen Schuhen und Mini-röcken?" Alex lachte. „Kein Date?"

„Heute nicht."

„Paul wird dir die Hölle heiß machen", antwortete Alex.

„Nur, wenn er davon erfährt."

Alex schnappte ihre Jacke und schloss die Tür.

„Okay. Dein Risiko", erklärte sie. „Ich kenne da einen Täto-wierer, dem wir einen Besuch abstatten sollten."

„Dann los!", erwiderte Theo und mühte sich ab, mit seiner Kollegin Schritt zu halten.

***

Das *Ink it* lag im Stadtteil Maxglan direkt an der Hauptstraße. Alex und Theo betraten das Geschäft, das hell und aufgeräumt wirkte. In einer Ecke gab es ein Sofa für wartende Kunden. Auf einem Glastisch stapelten sich Fotoalben mit Proben der Künstler. In einer Vitrine waren Piercings in allen Größen, Farben und Formen drapiert.

Eine Rothaarige mit riesigen Tunneln in den Ohren und etlichen Piercings in Zunge, Lippen und Augenbrauen begrüßte die beiden.

„Willkommen im *Ink it*! Ich bin Lisa. Wie kann ich euch helfen?"

Theo setzte sein charmantestes Lächeln auf und zückte seinen Ausweis. „Wir würden uns gerne mit dem Chef unterhalten."

Lisas Mundwinkel zuckten kaum merklich. „Ist Henry in Schwierigkeiten?", fragte sie so arglos wie möglich.

„Ist er hier?", erkundigte sich Theo, ohne ihre Frage zu beantworten.

Lisa nickte und verschwand hinter einer Tür, über der *Nur für Mitarbeiter* stand. Kurz darauf kehrte sie mit einem bulligen Mann mit Pferdeschwanz zurück, der vom Hals bis zu den Fingerspitzen mit den unterschiedlichsten Tattoos verziert war. Alex' Blick blieb an einer Schlange an seinem Oberarm hängen, die sich um einen Baum schlängelte.

„Die ist neu", bemerkte sie und versuchte einzuschätzen, ob sie mit Henrys Kooperation rechnen durften.

„Danke", erwiderte der Mann und umarmte Alex kurz. „Lange nicht gesehen. Wie kann ich dir helfen?"

„Wir interessieren uns für ein Schlangen-Tattoo", erklärte Theo.

Henry prustete los. „Doch nicht für dich?" Er sah Theo an, als wäre er gebeten worden, ihm eine Bowling-Kugel unter die Haut zu implantieren.

„Es geht dabei nicht um uns", warf Alex ein. „Uns würde interessieren, ob du jemandem ein Klapperschlangen-Tattoo gestochen hast."

Henry blickte von einem zum anderen. „Bestimmt. Öfters sogar."

„Wissen Sie, welchem Ihrer Kunden Sie dieses Motiv gestochen haben?", fragte Theo.

Henry schüttelte den Kopf. „Ich führe nicht Buch über die Motive, die sich meine Kunden bei uns machen lassen, wenn ihr das meint."

„Aber du hast den einen oder anderen im Kopf." Alex lächelte den bulligen Mann an.

Henry zögerte. „Das sind Kundendaten, Alex. Die kann ich nicht rausrücken. Wenn ihr die wollt, müsst ihr schon mit einem Beschluss hier antanzen."

Theos Adamsapfel hüpfte nervös auf und ab. „Dann werden wir das wohl machen", erklärte er und näherte sich Henry über den Tresen hinweg, bis der Abstand zu dessen Gesicht nur wenige Zentimeter betrug.

„Alles klar!", entgegnete der und wandte sich zum Gehen.

„Henry! Warte!", rief Alex und zerrte ihren Kollegen zur Seite. Der Mann drehte sich nach ihr um und runzelte die Stirn.

„Es geht vielleicht gar nicht um einen deiner Kunden", sagte Alex ruhig. „Möglicherweise kennst du in der Szene jemanden, der ein solches Tattoo hat."

Henry seufzte. „Ich hab euch gesagt, dass es mehrere Leute gibt, die eine Klapperschlange am Körper tragen. Hab selbst ein paar davon gestochen."

Alex nickte verständnisvoll. „Das hab ich verstanden. Der Typ, den wir suchen, hat ein recht großes Tattoo. Quer über den Hals."

Henrys Augen verengten sich. Er zögerte sichtlich. Alex erkannte ihre Chance. „Kennst du den Mann?"

„Das kommt drauf an", erklärte Henry.

„Worauf?", fragte Alex.

„Was ihr von ihm wollt."

Als Theo den Mund öffnete, trat ihm Alex unter dem Tresen unsanft gegen das Schienbein.

„Es geht um Finderlohn. Er hat die Handtasche einer älteren Dame gefunden und sie ihr zurückgebracht. Die Frau würde ihm dafür gerne eine Entschädigung zahlen."

Henry lachte lauthals auf. „Du verarschst mich."

„Nein!", erwiderte Alex ernst. „Die Frau kannte seinen Namen nicht, hat aber das Tattoo an seinem Hals bemerkt. Sie scheint wohlhabend zu sein. Immerhin ging es um eine Louis Vuitton-Tasche. Aber, wenn der Typ das Geld nicht will, ..." Alex zog Theo am Arm und bedeutete ihm, das Lokal zu verlassen.

„Schon gut." Henry hob abwehrend die Hände. „Der Typ, den ihr sucht, heißt Iwan. Iwan Wolkow."

„Wo finde ich diesen Iwan?"

Henrys Mobiltelefon klingelte. „Keine Ahnung, Alex! Ihr werdet den Kerl schon finden", antwortete er, während er das Handy ans Ohr führte.

„Alles klar! Danke dir!" Alex hob die Hand zum Abschied und drängte Theo in Richtung Ausgang.

„Woher kennst du diesen Typ?", fragte Theo, als sie den Laden verlassen hatten.

Alex zog ihre Jacke aus und stellte sich mit dem Rücken vor ihren Kollegen. „Zieh mein Shirt hoch", forderte sie ihn auf.

Theo gluckste. „Bist du noch bei Trost? Damit ich eine Anzeige wegen sexueller Belästigung kriege?"

Alex verdrehte die Augen. „Jetzt mach schon!" Vorsichtig zog er ihr T-Shirt nach oben, bis ein schwarzer Sport-BH hervorblitzte. In der Mitte ihres Rückens thronte ein Adler, der mit ausgebreiteten Flügeln auf einem Ast saß und dessen Schwingen sich bis zu ihren Schulterblättern hin ausbreiteten. Theo ließ das Shirt fallen, als hätte er sich verbrannt.

„Henrys Werk", erklärte sie ihrem Kollegen, der mit hochroten Ohren vor ihr stand wie ein Viertklässler, der das erste Mal auf die Wange geküsst wurde.

„Iwan Wolkow", sagte Alex laut vor sich hin.

„Bitte?" Theo schien aus einer anderen Dimension zurückzukehren.

„Kannst du den Typen durchs System laufen lassen?"

Theo nickte. „Und was ist mit dir?"

„Ich werde mir mal Ellis Sachen ansehen", erklärte Alex.

„Die sie in deine Wohnung mitgenommen hat?", fragte Theo. „Wonach suchst du?"

Alex schüttelte den Kopf. „Ich habe keine Ahnung."

„Ich setze dich zu Hause ab und melde mich später." Theo startete den Motor und reihte sich in den Fließverkehr ein.

Alex verabschiedete sich von ihrem Kollegen, winkte dem Polizisten zu, der vor ihrem Hauseingang auf und ab patrouillierte, und hastete in ihr Apartment. Mit etwas Glück wurde sie vielleicht fündig.

Julia

Julia nahm den Bus. In der Theatergasse stieg sie aus und kaufte Pasta und Wein im Feinkostladen. Wie immer, wenn sie in der Nähe war, nutzte sie die Gelegenheit, durch den Mirabellgarten zu schlendern. Sie bemerkte die Touristenströme, die vom Landestheater in Richtung Schwarzstraße und weiter zum Mozartsteg drängten. Alle zog es in die Altstadt zu Mozarts Geburtshaus, der Getreidegasse und dem Dom. Julia schulterte ihren Leinensack, in dem sie die Lebensmittel verstaut hatte und wanderte über die breiten Kieswege der Parkanlage. Blüten in allen Farben des Regenbogens strahlten ihr entgegen, während sie ein Brautpaar bewunderte, das vor dem Schloss Mirabell posierte und mit der Sonne um die Wette strahlte. Sie lächelte. Nicht mehr lange, dann würde Sebastian Vera heiraten. Ihr Bruder hatte recht. Sie musste mit ihren Eltern sprechen. Familie bedeutete ihr alles. Sie durfte nicht zulassen, dass ihre zerbrach, weil es Missverständnisse zwischen ihren Familienmitgliedern gab, die ungeklärt blieben. Sie erreichte den Mirabellplatz, wo im Winter ein kleiner, aber feiner Weihnachtsmarkt aufgebaut wurde, und folgte der Hauptstraße Richtung Bahnhof. Nach einigen Minuten bog sie in die Auerspergstraße ab. Direkt an der Straße lag das Haus, in dem Vera wohnte. Julia klingelte. Die Tür öffnete sich mit einem Summ-Ton und sie lief die Treppen in den zweiten Stock hinauf. Die Tür stand offen. Julia schlüpfte aus ihren Sandalen.

„Schön, dass du gekommen bist!", rief Vera, die lautlos aus der Küche aufgetaucht war. Sie wischte ihre Hände an einem Geschirrtuch ab und küsste Julia auf die Wange.

„Danke für die Einladung!", erwiderte Julia. „Ich habe Pasta und Weißburgunder mitgebracht. Ich hoffe, das passt."

Vera formte mit Daumen und Zeigefinger ein „O" und bedeutete ihrer zukünftigen Schwägerin, ihr in die Küche zu folgen. Die Wohnung war klein, aber gut geschnitten. Die großen Fenster ließen viel Licht herein und helle, moderne Möbel verliehen den Räumen eine freundliche Atmosphäre.

„Setz dich doch!", forderte Vera sie auf und deutete auf die Eckbank.

„Kann ich dir helfen?", fragte Julia, die Vera beobachtete, wie sie das Dressing für den Salat abschmeckte.

„Gerne", erwiderte Vera und reichte ihr ein Holzbrett samt Messer. „Die Zwiebeln und der Knoblauch müssten noch geschnitten werden. Es gibt Pilzsoße zu den Spaghetti. Ich hoffe, du magst Pilze?"

Julia nahm die Utensilien lächelnd entgegen und begann, die Zwiebel zu schälen. „Sehr sogar!"

„Hattest du schon Gelegenheit, mit deinen Eltern zu reden?", fragte Vera, während sie beide ihren Arbeiten nachgingen.

Julia schüttelte den Kopf. „Noch nicht. So komme ich jedenfalls nicht weiter."

„Es ist bestimmt das Beste, wenn du in Ruhe mit beiden redest", stimmte Vera zu. „Wer weiß, vielleicht gibt es eine plausible Erklärung."

„Das glaube ich kaum, aber ich will unbedingt die Wahrheit erfahren. Und ich möchte meine leibliche Mutter kennenlernen." Julia schnitt die Zwiebel in kleine Würfel.

„Aber du liebst deine Eltern doch. Wieso ist dir das so wichtig?" Vera goss etwas Öl in eine Pfanne und briet die geschnittenen Pilze mit der Zwiebel an. Das feine Röstaroma erfüllte den kleinen Raum und Julia merkte, dass ihr Magen knurrte.

„Ich glaube, das kann man nur nachvollziehen, wenn man ohne seine leiblichen Eltern aufgewachsen ist", erwiderte Julia schließlich.

Vera schwieg betreten.

„Habe ich etwas Falsches gesagt?"

Vera machte eine abwehrende Handbewegung. „Alles bestens. Mach dir keine Gedanken."

Julia runzelte die Stirn.

„Kannst du den Wein entkorken?", fragte Vera und reichte Julia den Korkenzieher. „Das Essen ist gleich fertig."

„Klar!" Julia entfernte den Korken und goss die Flüssigkeit in ein Glas, um zu probieren. „Lecker!"

Vera gab Obers zur Soße und probierte die Spaghetti, um zu sehen, ob sie *al dente* waren. „Die Pasta ist perfekt", bemerkte sie und nahm das Weinglas, das Julia ihr entgegenstreckte.

„Lass uns anstoßen!", rief Vera gut gelaunt. „Auf unsere baldige Verwandtschaft!" Sie hob ihr Glas in die Höhe. „Und auf die Alleinerbin der Familie Wurm!

Julia runzelte die Stirn. „Wie kommst du denn darauf?"

Vera lachte. „Naja, adoptiert oder nicht, du bist offiziell die Tochter von Sabrina und Christian. Sebastian ist Sabrinas Sohn, wurde aber von Christian nie adoptiert."

Julia hob eine Augenbraue. „Keine Ahnung. Darüber habe ich mir nie Gedanken gemacht. Papa betrachtet Sebastian als seinen Sohn. Das steht fest."

Vera hob ihr Glas. „Natürlich! Darauf stoßen wir an! Und auf ein feines Mittagessen."

„Auf ein leckeres Essen!", wiederholte Julia, als die beiden Gläser klirrten. „Und nochmals vielen Dank für die Einladung!"

Vera stellte eine Keramikschüssel mit der Pasta auf den Esstisch und die Pilzsoße in eine silberne Saucière. Julia bediente sich, während Vera ihren Teller mit Salat füllte.

„Isst du nichts?", fragte Julia erstaunt.

Vera knetete nervös ihre Finger. „Doch, schon. Es ist nur … die Hochzeit steht in wenigen Wochen an. Ich muss vorher noch ein paar Kilo abnehmen."

„Du spinnst!", entfuhr es Julia. „Entschuldige. Ich meine, mit deiner Figur ist alles in Ordnung."

Vera leerte ihr Glas in einem Zug und schenkte sich nach. „Ich habe bereits ein Kleid ausgesucht. Allerdings passt es nicht. Noch nicht", fügte sie hinzu und lachte künstlich. „Ich finde, ich kann die Kalorien ebenso gut trinken." Damit hob sie ihr Glas und trank die Hälfte in einem Zug.

Julia schob sich einen weiteren Bissen Pasta in den Mund. Sie wunderte sich, dass Vera für sie kochte, um dann an ein paar Salatblättern zu knabbern. Dann verwarf sie den Gedanken. Im Grunde ging es sie nichts an. Julia nahm sich einen kleinen Nachschlag, bis sie so voll war, dass sie den obersten Knopf ihrer Jeans öffnen musste. Sie plauderten eine Weile über Gott und die Welt. Julia trank ein zweites Glas Wein, bis ihr angenehm schwummrig wurde. Als sie sich von Vera verabschiedete, war ihr ein wenig schwindlig.

„Das ist der Wein!", versicherte Vera, die selbst ein wenig beschwipst schien.

„Der hat es aber in sich", fügte Julia hinzu und winkte, als sie die Stufen hinunter wackelte.

Während sie im Bus nach Hause fuhr, verstärkte sich das flaue Gefühl im Magen. Jede Bewegung schien mit einer zeitlichen Verzögerung vonstattenzugehen. Sie schloss und öffnete die Augen. Die Straßen zogen in Zeitlupe an ihr vorüber. Die Menschen sahen aus, als hätte man sie gebeten, sich betont langsam zu bewegen. Julia schluckte. Ihr Mund schien sich unentwegt mit Speichel zu füllen. Schweißperlen standen auf ihrer Stirn. Ihre Haut fühlte sich klamm an. Wurde sie krank? Sie seufzte. Das kam jetzt ungelegen. Sie leckte sich über die trockenen Lippen. Ihre Lider waren schwer. Julia steckte ihre Kopfhörer in die Ohren und zappte auf ihrem Handy durch die Radiosender. Sie musste mit Christian reden. Sie war sicher, dass er etwas wusste. Da begann auf Welle Salzburg die Sendung V*ermisst – Ohne jede Spur.* Julia lauschte den Fragen der bekannten Moderatorin Lisi Kronreif und der Stimme einer Frau, die ihre Tochter suchte. Die Stimme kam ihr bekannt vor, aber sie konnte sie nicht zuordnen. Sie war warm, tief und satt. Die Frau erzählte, dass man ihr das Baby kurz nach der Geburt weggenommen hatte. Sie sei damals anschaffen gegangen, ein Umstand, auf den sie nicht stolz sei. Ihr Zuhälter hatte das Kind entführt und sie selbst schwer verletzt. Julia war erschüttert. Wie konnten Menschen so grausam sein? Mühsam drückte sie sich aus ihrem Sitz und stieg an der richtigen Haltestelle aus. Das Bild vor ihren Augen verschwamm. Sie hielt sich am Wartehäuschen der Haltestelle fest, bis sie wieder klar sah. Die Moderatorin fragte die Frau, was sie über ihre Tochter wusste. Die Frau gab zu, kaum Informationen zu haben. Sie erinnerte sich nur an ein kleines Feuermal unter der linken Schulter ihrer Tochter. Julia zitterte und tastete unwillkürlich nach ihrem Mal. Dann nannte die Frau das Geburtsdatum. 22. August 2000.

Julias Herz raste. Sie blieb stehen, stemmte die Hände gegen ihre Oberschenkel. Die Welt wankte. Die Straßengeräusche klangen wie eine Suppe aus Fahrzeugen, Stimmen, Rufen, Gehupe und Hundegebell. Julia schnaufte. Schweiß tropfte von ihrer Stirn. *22. August 2000.* Die Stimme der Frau echote durch ihren Kopf, wo sie immer und immer wieder dasselbe Datum wiederholte. *22. August 2000.* Ihr Geburtstag. Julia sank auf die Knie. Sie hatte ihre leibliche Mutter gefunden.

Iwan

Iwan saß in seinem Wagen und rauchte. Der Qualm schwirrte um seinen kahlen Kopf wie ein grauer Helm und verzog sich nach einigen Sekunden durch das einen Spalt breit geöffnete Fenster. Der Radiosender rauschte. Iwan verpasste dem Gerät einen Faustschlag. Er drehte wie ein Irrer an den Knöpfen, während er seine Lippen hustend den Glimmstängel umklammerten.

„Scheißding!", fluchte er und prellte sich die Hand, als diese auf das Cockpit donnerte. Als hätte ein unsichtbarer Geist ein Einsehen, verzog sich das Rauschen und er empfing den Sender klar und deutlich. Er grunzte zufrieden. Die Erkennungsmusik von *Vermisst – Ohne jede Spur* ertönte. Er hasste dieses Gedudel. Da hätten sie gleich *Hänschen klein* nehmen können. Eine vertraute Stimme erfüllte den Wagen. Lisi Kronreif. Gekonnt führte sie ins Thema ein und stellte ihren ersten Gast vor: Elena Ahrens. Eine Frau, die seit fast neunzehn Jahren ihre Tochter vermisste. Iwan erstarrte. Ellis Stimme hauchte durch den Äther. Satt und warm und lebendig. Sie hätte längst tot sein sollen. Wie hatte er sich vor Jahren so täuschen können? Er hätte merken müssen, dass sie noch lebte. Er war unachtsam gewesen. Nachlässig. Und jetzt war ihm erneut ein Fehler unterlaufen. Ein schwerwiegender Fehler. Die Sendung hätte nie ausgestrahlt werden sollen. Es war sein Job, das zu verhindern. Es war seine Aufgabe, Elli zu töten. Sie war der Grund, dass das *Baby Doll* schließen und er untertauchen musste. Sie hatte sein Leben zerstört. Bis dahin war alles gut gelaufen! Perfekt im Grunde genommen. Ein Fehler vor fast zwanzig Jahren, der ihn bis heute verfolgte. Ein lukratives Geschäft, das er verloren hatte. Alles nur wegen dieser Schlampe! Es hatte ihn Jahre gekostet, sein Geschäft wieder aufzubauen. Viele seiner Kontakte hatten sich nach der Schließung des *Baby Doll* zurückgezogen. Dafür würde sie büßen.

„Die Erinnerung an meine Tochter hat mich am Leben erhalten", hörte er Elli leise sagen. „Die wenigen Minuten mit meinem kleinen Mädchen haben mein Leben verändert. Ich werde nicht aufgeben, bis ich sie gefunden habe."

Iwan öffnete das Fenster des Wagens vollständig und spuckte einen Mundvoll Schleim auf den Straßenrand.

„Was möchten Sie Ihrer Tochter sagen, falls sie diese Sendung hört?", fragte Lisi Kronreif gerührt.

Iwan ballte die Hände zu Fäusten.

„Ich möchte, dass sie weiß, dass ich sie nicht freiwillig weggegeben habe, dass ich sie liebe und sie immer das Wichtigste in meinem Leben sein wird. Und ich wünsche mir, sie kennenzulernen. Ich habe ihr so viel zu erzählen." Ellis Stimme brach.

„Du verdammtes Miststück!", donnerte Iwan und hämmerte auf das Lenkrad ein. „Einen Scheiß wirst du!"

Nachdem er sich ein wenig beruhigt hatte, wählte er mit einem Prepaid-Handy eine Nummer. Er fuhr sich mehrmals über den nackten Schädel, während er darauf wartete, dass jemand abnahm.

„Die Sendung wurde ausgestrahlt", zischte er, während er sich eine weitere Zigarette ansteckte. „Was sollen wir tun?"

Er lauschte einen Augenblick. Dann huschte ein boshaftes Grinsen über seine wulstigen Lippen. „Das sehe ich genauso", bestätigte er. „Höchste Zeit für jemanden, zu sterben."

Er presste das Telefon gegen sein Ohr. „Das Foto?" Seine Stimme kletterte eine Oktave nach oben. „Kein Problem", versicherte er. „Ich kümmere mich darum."

Er hielt das Mobiltelefon auf Abstand, als ihm sein Gesprächspartner lautstark die Meinung sagte.

„Ich weiß, ich weiß. Ich hätte längst ..." Iwan brach ab. „Ich sagte: Ich kümmere mich darum." Er legte auf und stieg aus dem Wagen aus. Er donnerte mit der flachen Hand mehrmals auf die Kühlerhaube, bis seine Finger brannten. Dann stieg er ein und fuhr mit quietschenden Reifen zum Versteck.

Alex

Elli hatte nur eine Tasche mitgebracht. Alex kauerte auf dem Teppichboden im Wohnzimmer und begutachtete die Habseligkeiten ihrer Ex-Freundin, die sie zuvor ausgeleert hatte. Der Großteil des Inhalts waren Kleidungsstücke. Jeans. T-Shirts. Ein Pulli. Unterwäsche. Dazwischen Ellis Reisepass. Sie öffnete den Ausweis und starrte auf das Foto, das eine etwas jüngere Elli mit langem braunem Haar zeigte. Die Andeutung eines Lächelns. Alex spürte einen Stich im Herzen. Ihr Zeigefinger fuhr über Ellis Gesichtszüge. *Wo bist du?* Sie schloss die Augen und ließ sich treiben. Hoffte sie auf eine Eingebung? Eine Vision? Alex schnaubte. Sie wünschte, sie könnte ihre Vorahnungen steuern. Jetzt wäre ein guter Zeitpunkt. Nichts geschah. Sie nahm die Kosmetiktasche, die unter dem Kleiderhaufen lag, und öffnete den Reißverschluss. Außer Zahnpasta und Zahnbürste, Gesichtscreme, Deo, Duschgel und Shampoo enthielt die Tasche nichts Ungewöhnliches. Ihr Zeigefinger tastete die beiden eingenähten Seitentaschen ab. In einer fand sie ein paar mit einem Gummiband zusammengehaltene Wattestäbchen. In der anderen stieß ihr Finger auf einen rechteckigen, harten Gegenstand. Er war klein. Sie zog das Ding heraus und hielt es ins Licht. Ein USB-Stick, stellte sie erstaunt fest. Interessant. Sie legte ihn auf den Couchtisch und setzte ihre Suche fort. Doch obwohl sie jedes Kleidungsstück durchwühlte, fand sie nichts, was ihre Aufmerksamkeit erregte. Sie legte Ellis Hosen und Shirts ordentlich zusammen und verstaute sie in der Reisetasche. Am Ende hob sie den Reisepass noch einmal hoch, um ihn ins Seitenfach der Tasche zu stecken. In diesem Moment fiel etwas aus dem hinteren Teil des Dokuments. Alex stutzte. Sie tastete nach dem Blatt und drehte es um. Es war ein Foto. Ein Polaroidfoto, das jemand zugeschnitten hatte, damit es im Reisepass Platz hatte. Das Bild war leicht vergilbt. Es zeigte eine junge Frau – Elli – mit einem Baby in den Armen. Das Kind war offenbar gerade zur Welt gekommen. Das Köpfchen war mit Blut und Käseschmiere verunreinigt. Seine klitzekleine Faust hielt Ellis Zeigefinger umklammert. Elli strahlte wie ein Weihnachtsbaum. Alex schluckte. Sie fühlte sich wie ein Eindringling im intimen ersten Augenblick des Kennenlernens zwischen einer frisch gebackenen Mutter und ihrem Kind.

Alex prägte sich die Details des Fotos ein. Warum sollte jemand wegen dieses Bildes hinter Elli her sein? Da war ein Bett, in dem Elli mit ihrem Neugeborenen lag. Daneben ein Nachttisch. Ein Gemälde an der Wand über dem Bett, in dem sie entbunden hatte. Einige Kissen. Eine kleine Statue. Ein Stapel Bücher auf einer Kommode rechts im Bild. Was entging ihr? Bilder und Gedanken schwammen wie ein Haufen bunter Fische in einem Aquarium durch ihr Gehirn. Da war etwas, aber sie kam nicht drauf. Sie sprang auf und schüttelte ihr rechtes Bein, das durch das lange Sitzen im Schneidersitz eingeschlafen war. Sie hasste das Kribbeln, das sich in ihrem Unterschenkel ausbreitete. Sie schnappte den USB-Stick und schlurfte zu ihrem Schreibtisch. Sie schaltete den PC ein und wartete, bis er zum Leben erwachte. Sie hoffte, dass der Stick keine boshaften Viren enthielt, der die Dateien auf ihrem Computer ernsthaft schädigte. Doch im Moment konnte sie darauf keine Rücksicht nehmen. Elli hatte ihr erzählt, dass Lisi Kronreif ihr einen Datenträger mit der Aufzeichnung des Interviews gegeben hatte. Alex hoffte, dass das Gespräch irgendwelche Hinweise enthielt, die ihr weiterhelfen könnten. Irgendetwas, das ihr eine Spur lieferte, wo Elli sich aufhielt. Sie fuhr mit dem Cursor auf den Datenträger und klickte ihn zweimal an. Der Stick enthielt nur einen Ordner, der mit „2000" betitelt war. Alex klickte darauf und wartete, bis sie sich öffnete. Hier fand sie mehrere Ordner mit unterschiedlichen Frauennamen. Der Vierte stach ihr sofort ins Auge. Er hieß Elena. Sie überflog die Dokumente, Fotos und Korrespondenzen, die in diesem Ordner gespeichert waren. Ihr Hals war trocken. Ihre Hände zitterten. Sie stürzte zum Telefon, das in diesem Moment zu klingeln begann. Theo.

„Du musst sofort herkommen", brüllte sie in die Sprechmuschel, ehe ihr Kollege Gelegenheit hatte, sie zu begrüßen.

„Das trifft sich gut", erklärte Theo. „Ich habe etwas über diesen Iwan herausgefunden."

„Und zwar?", hakte Alex mit bebender Stimme nach.

„Erzähl ich dir nachher. Nur so viel: Der Typ ist eine große Nummer. Zuhälterei, Betrug, Diebstahl, Vergewaltigung. Such es dir aus!"

Mord, ging es Alex durch den Kopf und dachte an Elli.

„Iwan war mal einer der berüchtigtsten Zuhälter in Salzburg. Sagt dir das *Baby Doll* etwas? Ein Puff in Schallmoos, wo es Ende der 1990er hoch herging. Vom Bauarbeiter über den Lehrer und den Hausarzt bis hin zum Bürgermeister war dort jeder mit und ohne Rang und Namen zu Gast. Ich bin in zehn Minuten bei dir", versprach Theo und wartete. „Bist du noch dran?"

„Ja, bis gleich!" Alex legte auf und sank auf den Boden. Das Display ihres Handys leuchtete noch einen Moment schwach, ehe es erlosch. *Baby Doll*. Alex presste die Knie fest zusammen. Oh Elli! Das konnte nicht sein. Das durfte nicht sein. Alex biss die Zähne so fest aufeinander, dass ihre Kiefer schmerzten. Iwan. Elli. Das *Baby Doll*. Alex hatte so sehr gehofft, dass Elli ihre Vergangenheit hinter sich gelassen hatte. Doch jetzt schien es, als hätte diese sie eingeholt.

November 1999

Elli lebte für die Nächte, die ihr Prinz mit ihr verbrachte. Meist kam er ein- oder zweimal pro Woche in die Strip-Bar, um ihr beim Tanzen zuzusehen. Dann flogen ihre Arme und Beine wie im Rausch und ihre Hüften bewegten sich mit einer Sinnlichkeit, die sie nie zuvor gespürt hatte. Einmal pro Woche verbrachte er die ganze Nacht mit ihr. Wenn er mit ihr schlief, war sie stets so aufgeregt wie beim allerersten Mal. Er war zärtlich, sanft und doch geschickt und erfahren. Elli genoss es, in seinen Armen einzuschlafen. Wenn sie ihre Kunden bediente, stellte sie sich vor, es wäre ihr Prinz. Sie tauchte ab, verschwand in eine andere Welt, wo niemand hingelangte, nur sie und ihr Liebster. Sie war selbst erstaunt, wie gut es ihr gelang, ihre Seele in Sicherheit zu bringen, während irgendein schwitzender, fetter Kerl mit Glatze ihre Hülle benutzte.

Kathrin brachte ihr gelegentlich Kokain. Sie meinte, damit wären die Freier leichter zu ertragen. Elli hortete die Drogen mittlerweile in einer Blechdose ganz hinten in ihrem Kleiderschrank. Sollten alle denken, dass sie abhängig war. Sie kam ohne Drogen zurecht. Sie hatte Hoffnung. Sie liebte. Sie hatte ihren Prinzen. Sex war für sie sonst nur ein Job, ein Mittel, um ihren Lebensunterhalt zu verdienen und sich Sergej vom Leib zu halten. Mit ihrem Prinzen war alles anders. Leicht, warm, unbeschwert.

Die Wochen vergingen, dann Monate. Sie schmiedeten Zukunftspläne. Prinz wollte Elli dort herausholen, sie frei kaufen. Sie erklärte ihm, dass Sergej das nicht zulassen würde. Niemals. Prinz versicherte ihr, dass es einen Weg gab. Er würde nicht aufgeben, bis sie den gefunden hatten. Eines Nachts musste Prinz früh gehen. Er musste in die Kaserne zurück. Elli begleitete ihn ins Vorhaus. Als er ihr einen Abschiedskuss zuwarf und die Treppen hinabstieg, kam ihm Sergej mit einem Mann entgegen. Prinz und der Mann starrten sich an. Elli spürte die Spannung. Wie bei einem Stierkampf, wenn der Torero den Stier umkreiste. Sie hielt den Atem an. Sergej unterbrach das Szenario jäh.

„Rein mit dir", herrschte er sie an. „Du hast Kundschaft."
Elli wich zurück. „Aber ... ich bin die ganze Nacht gebucht", wand sie leise ein.

„Jetzt nicht mehr!", erklärte Sergej triumphierend.
Elli starrte den Prinzen an, der am Ende der Treppe wartete und mit sich rang. Entweder würde er zu spät in der Kaserne erscheinen oder er konnte ihr zu Hilfe eilen. Ehe er eine Entscheidung treffen konnte, knallte Sergej die Tür zu ihrem Zimmer zu.

Der Mann setzte sich auf ihr Bett und beäugte sie von oben bis unten.

„Ich gehe mich frisch machen", sagte sie mit gesenktem Blick.

Der Mann umfasste ihr Handgelenk. „Nicht nötig."

Elli runzelte die Stirn. „Was wollen Sie dann von mir?" Die Angst kroch unter dem Bett hervor wie eine fette Spinne. Der Mann schüttelte den Kopf. „Gar nichts."

Sie verstand nicht.

„Ich will zu Kathrin, aber die Bulldogge ...", Er deutete mit dem Kopf Richtung Tür, „... meint, sie sei beschäftigt. Deshalb wollte er, dass ich mich mit dir vergnüge."

159

Elli ließ sich neben dem Mann auf dem Bett nieder.

„Das verstehe ich nicht."

„Was genau?"

Sie mochte seine Stimme, die warm und dunkel durch das dämmrige Zimmer tanzte.

„Kathrin ist gleich nebenan. Sie ist allein." Elli zeigte auf den Raum zu ihrer Linken.

„Bist du sicher?"

Elli nickte. „Sie hat vor ein paar Minuten an meine Tür geklopft und sich eine Kopfschmerztablette geholt. Ihr letzter Kunde ist vor über einer Stunde weg. Sind Sie mit ihr verabredet?"

Der Mann zögerte. „So etwas in der Art."

„Dann sollten Sie bei ihr vorbeischauen."

Der Mann rührte sich nicht.

„Ich begleite Sie." Sie klopfte an Kathrins Tür. „Hier ist jemand für dich", verkündete sie wenige Sekunden später.

Kathrin lächelte zaghaft.

„Sergej wollte, dass ich ihn für dich übernehme, aber ..."

Kathrin packte den Mann am Revers seines Hemdes und zog ihn an sich. „... aber der gehört mir", erklärte sie mit lasziver Stimme.

Elli trat einen Schritt zur Seite. „Na dann ...", erwiderte sie, während die Tür vor ihrer Nase zu krachte. Sie ahnte nicht, dass diese Begegnung weitreichende Konsequenzen für ihre Zukunft haben sollte.

160

Elli

Elli kaute lustlos an dem Sandwich, das schmeckte wie alter Zwieback mit ledernem Speck. Sie verbrauchte die halbe Flasche Wasser, um das trockene Brot durch ihre Speiseröhre zu spülen. Obwohl sie nicht hungrig war, rebellierte ihr Magen. Sie musste bei Kräften bleiben, wenn sie es mit der Skimaske aufnehmen wollte. Er würde wiederkommen. Sie musste vorbereitet sein. Sie schloss die Augen und dachte an Alex. Ob sie nach ihr suchte? Und wie sollte ihr das gelingen? Wo war sie? Das Verlies konnte überall sein. Teil eines alten Kellers oder Industriegeländes. Wie sollte die Polizei sie hier jemals finden? Elli versuchte, sich zu konzentrieren. Wenn sie jetzt verzweifelte, war sie verloren. Sie stemmte sich vom Boden hoch und inspizierte ihr Gefängnis. Die Mauern waren hoch und größtenteils aus Stein, der Raum höchstens 12m² groß. Sie maß die Länge des Zimmers mit großen Schritten, um ihre Schätzung zu bestätigen. Es gab einen Gang, der direkt zu dem Raum neben ihrem führte. Sie tastete mit den Fingern die Wände nach Unebenheiten ab. Vielleicht fand sie einen losen Stein oder etwas anderes, das sie als Waffe nutzen konnte. Ein paar der Steine wackelten, als ihre Hände daran zerrten, aber keiner saß so locker, dass sie ihn aus der Wand hätte lösen können. Nach einer halben Stunde lief ihr der Schweiß über die Stirn und sie hockte sich frustriert auf die Pritsche. Sie stützte ihre Hände auf die Knie und bettete ihren Kopf darauf. Das war es also. Ihr Ende. Einsam und allein in einem Keller. Ihrem Peiniger ausgeliefert. Wieder einmal.

Das Kratzen auf der anderen Seite des Raumes zerrte sie aus ihren Gedanken. Sie sprang auf, schnappte den Kübel und positionierte ihn unter dem vergitterten Fenster. Das beginnende Tageslicht malte blaugraue Schattierungen auf die Wände des angrenzenden Raums. Elli bemerkte die Umrisse des kargen Bettes, des Eimers und eines ... Gespensts? Sie zuckte zusammen. Ihr Herz pochte in ihrem gesamten Körper. Was war das? Sie war hin- und hergerissen zwischen dem Wunsch, es herauszufinden und davonzulaufen. Sie lachte freudlos. Weglaufen? Wohin denn?! Elli zwang sich, ihren Blick auf den Geist zu richten.

„Hallo?" Sie klopfte gegen die Gitterstäbe, um auf sich aufmerksam zu machen. „Hören Sie mich?"

Der Geist blieb einen Moment regungslos. Ein leichter Windhauch, der durch das andere Fenster hereindrang, hob das weiße Gewand ein Stück und entblößte milchfarbene Beine. Elli hielt den Atem an. Für einen Moment meinte sie, das Geschöpf würde auf sie zufliegen. Doch der Windstoß verebbte und das Gewand hing reglos an der mageren Gestalt.

„Hallo? Ich bin Elli", versuchte sie es erneut. „Wie heißen Sie?"

Das Geschöpf bewegte sich. So langsam, dass Elli es mit aller Kraft anstarren musste, um die Bewegung wahrzunehmen. Das lange Haar hing in Strähnen über das Gesicht, das die Gestalt im Zeitlupentempo hob. Ellis Nacken und Schultern schmerzten vor Anspannung. Schließlich konnte sie das Kinn erkennen, schmal und spitz. Hohle Wangen. Eine kleine Nase. Dünne Lippen. Elli wagte nicht zu atmen. So sehr fürchtete sie, sie könnte das Wesen verschrecken und wieder in seine Versenkung befördern. Die Gestalt hatte den Kopf nun gehoben. Ellis Brust hob und senkte sich stoßartig. So etwas hatte sie noch nie gesehen. Diese Augen. Wie zwei tote Murmeln lagen sie in den Höhlen und starrten durch Elli hindurch.

„Ich heiße Elli", flüsterte sie heiser. „Wie ist Ihr Name?"

Die Gestalt bewegte sich zaghaft. Ihre Lippen bebten. Ihre Augen versuchten, Elli zu erfassen. Es schien, als kehrte sie allmählich aus einer anderen Welt zurück. Elli zitterte angesichts der ganzen Hoffnungslosigkeit und Traurigkeit, die von dieser Gestalt ausging. Es war eine junge Frau, die aber alt wirkte, als hätte sie Dinge gesehen, die kein Mensch sehen sollte.

„Wie heißen Sie?" Ellis Stimme klang weich.
Die Frau tastete nach ihrem Mund. Sie hustete, öffnete die Lippen. Ein seltsamer Laut fiel heraus. Kratzig und schrill zugleich. Die Frau griff sich an den Hals. Ihr Mund formte einen Buchstaben. Etwas wie ein gehauchter Laut wanderte aus der Öffnung.

„Lassen Sie sich Zeit", schlug Elli vor. „Sie haben lange nicht mehr gesprochen, nicht wahr?"

Der Kopf der Frau wedelte unkontrolliert hin und her, bis er seinen Platz in der Mitte fand und vor-und zurück schaukelte. Elli seufzte.

„Sind Sie schon lange hier?"

Erneutes Kopfschaukeln. Die Muskulatur des Halses schien verkümmert zu sein, der Schädel zu groß und schwer.

Elli schluckte ihre Wut und Frustration hinunter. Wie konnte er ihnen das antun? Und warum? Sie verstand, wieso er sie loswerden wollte. Aber was hatte diese arme Frau mit der ganzen Sache zu tun?

Es folgten ein paar unkoordinierte Laute. Krächzen. Zischen. Stottern. Dann gelang es der Frau, einzelne Worte zu produzieren.

„Al… Alina", presste sie zwischen ihren dünnen Lippen hervor.

„Sie heißen Alina?", fragte Elli. „Wie lange sind Sie schon hier drinnen?"

Die Frau hob kraftlos ihre Schultern und schüttelte den Kopf. „Ich habe … aufgehört …"

Das Sprechen strengte sie sichtlich an.

„… zu zäh … zählen."

„Dann sind Sie schon einige Tage hier?"

Die Frau schüttelte den Kopf.

„Wochen?" Ellis Herz krampfte sich ruckartig zusammen.

Kopfschütteln. Elli grub die Fingernägel in ihren Unterarm. Am liebsten hätte sie geschrien.

„Jahre?", fragte sie und ihre Stimme war kaum mehr als ein Flüstern.

Der Kopf der Frau schaukelte auf und nieder. Die Murmeln in ihrem Gesicht schwammen in einem kleinen Teich, der gelegentlich überging und sich über ihre Wangen ergoss. Elli versuchte, sie zu beruhigen.

„Alles in Ordnung, Alina. Alles wird gut."

Glaubte sie selbst, was sie da behauptete? Was hatte sie der Frau nur angetan? In ihrer Lethargie hatte sie den Schmerz und die Hoffnungslosigkeit nicht gespürt. Jetzt musste sie sich dem Ausmaß ihrer Ausweglosigkeit stellen.

„Warum hat er Sie hierhergebracht, Alina?" Die Frage schwappte über Ellis Lippen, ehe sie sie stoppen konnte. Sie brauchte Antworten. Dringend.

Alina kaute an ihren Fingernägeln. Ihre Augen huschten von einer Seite zur anderen, als würde sich jeden Moment eine unsichtbare Gefahr auf sie stürzen.

„Er ist nicht hier. Keine Angst!", versicherte Elli, die merkte, wie Alina sich in eine Panik steigerte. „Warum hat er sie entführt?"

Die Frau gab einen unmenschlichen Laut von sich. Elli erkannte, dass es ein Schluchzen war. Es lief ihr kalt den Rücken hinunter.

„Mein Baby!", presste Alina hervor und ihre Augen traten unnatürlich aus den Höhlen. „Er hat mir meine Babys weggenommen."

Die Stimme der Frau hallte durch das Verlies wie ein unaufhaltsamer Fluch. Elli zitterte. Ihre Beine sackten kraftlos weg. Sie krallte sich mit purer Willenskraft an den Gitterstäben fest, um nicht vom Eimer zu stürzen.

„Babys?", wiederholte sie, als müsste sie das Unfassbare aussprechen.

Die Frau nickte. Ihr Kinn blieb dabei auf ihrer Brust liegen wie ein Stein, der einen Hang hinabgerollt war. Ellis Augen füllten sich mit Tränen.

„Sie haben mehrere Kinder verloren?"

„Nicht verloren. Er hat sie mir weggenommen", erklärte sie traurig.

Elli verstand das nicht. Warum sollte der Typ diese Frau über Jahre hier gefangen halten? Warum hatte er sich ihrer nicht längst entledigt? So wie er es damals bei ihr geplant hatte.

„Er behält Sie bei sich", dachte Elli laut. „Warum nur?"

Die Frau hob langsam den Kopf. Ein seltsames Lächeln umspielte ihre Lippen. Ellis Blut gefror. Dennoch war sie nicht gefasst auf das, was sie erwarten würde. Alina hob das weiße Gewand bis zur Brust und entblößte dünne Beine mit Knien, die viel zu groß wirkten. Ihre Füße steckten in Filzpantoffeln, wie man sie Gästen anbietet, wenn man zu Hause Besuch empfängt. Alinas Beine wackelten so heftig, dass ihre Knie aneinanderschlugen. Sie trug einen schlichten Slip aus Baumwollfrottee, der um ihren mageren Po flatterte. Alles an ihr wirkte unnatürlich dürr, als hätte man das ganze Fett abgesaugt und übrig geblieben wären schmale Knochen und darüber ein paar Sehnen, Gewebe und Haut. Alles, bis auf ihre Mitte. Ihr Bauch war zu einer riesigen Kugel aufgebläht. Einen Augenblick lang dachte Elli, Sergej hätte ihr so wenig zu essen gegeben, dass sie einen Hungerbauch bekommen hatte, wie man es von Kindern in Afrika kannte, wenn durch eine Dürre Hungersnot in einem Gebiet herrschte. Doch dann fiel ihr eine dunkle Linie auf, die sich vom Bauchnabel hinunter zog und von Alinas Slip verschluckt wurde. Die *Linea negra*, die aufgrund einer verstärkten Pigmentierung der Haut entstand. Vorwiegend bei dunkleren Hauttypen. Während der Schwangerschaft.

Elli starrte Alinas Bauch an und taumelte. Bevor sie das Gleichgewicht verlor, umklammerten ihre Finger die Gitterstäbe so fest, dass ihre Knöchel milchig weiß leuchteten. Der Rost an dem Metall zerkratzte ihre Handflächen.

Alina ließ das Hemd sinken, als wäre es der Vorhang nach einer Theatervorstellung. Die Filzpantoffeln und das Gewand verliehen der grotesken Situation etwas Normalität. Die Luft schmeckte nach Trostlosigkeit.

„Du wolltest wissen, warum er mich behalten hat?", fragte die Frau und klang mit einem Mal klar verständlich. „Deswegen!"

Ihre spitzen Finger zeigten auf ihren Bauch, der unter dem weiten Nachthemd verborgen war. „Er nennt mich seine *Babyfabrik*. Solange ich ihm Kinder gebäre, bin ich nützlich. So lange wird er mich behalten."

Elli starrte in die zwei Murmeln, die wieder im Trockenen weilten und sich hinter einer Fassade aus Emotionslosigkeit verschanzt hatten. Alina hatte sich auf ihre Pritsche gesetzt und summte eine Melodie. Elli erkannte das Kinderlied *Fuchs, du hast die Gans gestohlen*. Sie wusste, wer der Fuchs war. Er war ein Dieb. Ein Mörder. Er stahl keine Gänse. Er stahl Babys. Und er brachte ihre Mütter um.

Alex

Theo klopfte so fest an Alex´ Tür, als wollte er sie nieder-trampeln.

„Schon gut, schon gut!", rief Alex laut genug, dass er sie hören musste. „Ich bin ja da."

Als sie die Tür öffnete, purzelte Theo keuchend in ihre Wohnung. „Alles in Ordnung?", fragte Alex.

Er stützte sich mit einer Hand an der Wand ab und nickte. „Ich bin den ganzen Weg gelaufen", erklärte er zwischen zwei Schnaufern.

„Der letzte Fitnesstest ist wohl schon ein Weilchen her", neckte Alex.

„Clown gefrühstückt?" Theo pikste Alex zwischen die Rippen, bis sie kreischend davonlief.

„Zieh dir was an. Ich muss dir etwas zeigen", sagte Theo, als Alex anbot, Kaffee zu kochen.

Zwei Minuten später fuhren sie in Theos Wagen Richtung Schallmoos. Der Verkehr schleppte sich durch diesen Stadt-teil wie eine zähflüssige Masse. Theo klopfte genervt aufs Lenkrad.

„Was ist denn los?", erkundigte sich Alex, der die Unruhe ihres Partners nicht entging.

„Ich weiß, wo Iwan Wolkow wohnt", erklärte Theo nicht ohne Stolz.

Alex hob eine Augenbraue. „Und wo?"

Theo blinkte, reihte sich auf die linke Spur ein und bog von der Sterneckstraße ab. Nach rund 300 Metern parkte er den Wagen am Straßenrand hinter einem VW-Bus. „Hier!" Er deutete mit dem Zeigefinger auf einen hellgrün gestrichenen Wohnblock mit zwei Stockwerken.

Alex brauchte einen Moment, bis der Groschen fiel. „Er ist praktisch hiergeblieben? Im früheren *Baby Doll*?" Sie erinnerte sich an den ehemaligen Puff mit seiner berüchtigten Strip-Bar, der speziell am Wochenende gut besucht war. Die bunten Neonlichter leuchteten den Besuchern aus einigen hundert Metern Entfernung entgegen. An dessen Stelle hatte man eine Wohneinheit gebaut.

„Kann man so sagen", bestätigte Theo. „Iwan ist vor etwa 19 Jahren untergetaucht, nachdem er eine seiner Prostituierten fast umgebracht hatte."

„Elli", warf Alex leise ein.

„Wie? Elli?"

„Es war Elli, die er damals beinahe getötet hätte."

Theo schwieg betroffen. „Das wusste ich nicht."

„Woher auch." Alex senkte den Blick.

„Jedenfalls ist Iwan einige Jahre später nach Salzburg zurückgekehrt", fuhr Theo fort. „Oder sollte ich sagen: Er ist als Iwan Wolkow zurückgekehrt. Davor hieß er ..." Er machte eine bedeutungsvolle Pause.

„Sergej", ergänzte Alex. „Sergej Makarow."

Theo starrte sie entgeistert an. "Sonst noch etwas, das ich wissen sollte?"

Alex zögerte, dann schüttelte sie den Kopf. „Lass uns lieber zusehen, dass wir das Schwein finden!"

Sie überquerten die Straße und fanden sich in einer gepflegten kleinen Wohnanlage wieder. Ein paar halbhohe Hecken gaben den Blick auf einen verwaisten Spielplatz frei. Parkbänke luden zum Verweilen ein. In der Wohnanlage gab es nur zwölf Parteien, jeweils vier im Erdgeschoss, im ersten und im zweiten Stockwerk. Iwan Wolkow hatte eine kleine Gartenwohnung im Erdgeschoss, wie sie dem Namensschild am Postkasten entnahmen. Theo spähte über den Zaun. Es schien niemand zu Hause zu sein. Als sie gehen wollten, öffnete sich die Terrassentür der Wohnung nebenan. Eine hochschwangere Blondine, deren Ansatz dringend nachgefärbt werden musste, streckte den Kopf heraus.

„Iwan ist nicht hier", erklärte sie und fummelte an ihrer lilafarbenen Bluse, die sich eng um ihre füllige Brust spannte.

„Was Sie nicht sagen!" Theo lehnte sich lässig an das hölzerne Gartentor. „Und Sie sind?"

„Anastasia", stellte sie sich eifrig vor und stakste auf ihren hohen Sandaletten auf Theo zu. „Und du bist ... ?", schnurrte sie wie eine rollige Katze.

„Sind Sie mit Iwan befreundet?", fragte Alex.

Die Blondine warf der Polizistin einen kurzen Blick zu und entschied, sie zu ignorieren. „Ich arbeiten für ihn", entgegnete sie mit unüberhörbarem Akzent an Theo gewandt.

„Ist nicht wahr!", entfuhr es Theo. „Und was machen Sie für ihn?"

Die Blondine verzog den Mund, bis sie an eine schmollende Vierjährige erinnerte, und inspizierte ihre langen Fingernägel. „Ist alles legal", erklärte sie, ohne aufzusehen. Theo und Alex schauten sie an. „Das war nicht die Frage."

„Ich glaube, wir sind fertig hier", erwiderte die Frau und drehte sich um.

„Sie irren sich!", rief Theo, während er seine Marke zückte.

Die Frau blickte gelangweilt über die Schulter.

„Polizei? Hätte ich mir gleich denken können."

„Haben Sie Probleme mit der Polizei?", fragte Theo schein-heilig.

„Ich? Nie! Ich bin angemeldet. Gehen alle zwei Wochen zum Arzt. Alles tippi-topp."

Alex unterdrückte ein Grinsen. „Wann kommt Iwan nach Hause?"

Die Blondine zögerte. „Keine Ahnung. Ich bin Angestellte von Iwan, nicht Babysitter."

„Alles klar!" Alex zog Theo am Ärmel. „Der Typ hat das Gewerbe nie gewechselt. Offenbar schickt er seine Mädels weiterhin anschaffen. Diese Wohnanlage ist sein neuer Puff."

Theo kratzte sich am Kopf und verabschiedete sich von Anastasia, die ihn von Kopf bis Fuß begutachtete.

„Mir ist nicht klar, was Elli mit der Sache zu tun hat. Sie ist doch längst raus aus dem Geschäft."

„Seit vielen Jahren", bestätigte Alex. „Aber überleg mal. Wenn Sergej oder Iwan oder wie der Dreckskerl heißt, ver-sucht hat, Elli vor Jahren umzubringen, dann ist sie …"

„… eine potenzielle Gefahr, die er loswerden muss", beendete Theo den Satz.

Alex nickte traurig. „Sie kann ihn wegen versuchten Mordes anzeigen. Vermutlich war sie die einzige Zeugin. Und dieses Mal wird er sich keinen Fehler erlauben."

Theo seufzte. „Denkst du, Elli ist tot?"

Alex schloss die Augen. Dass Elli nicht mehr war, schien unvorstellbar. „Nein, ich glaube, dass sie lebt", erklärte sie in Einklang mit ihrem Bauchgefühl. „Aber ich fürchte, dass ihr die Zeit davonläuft. Wenn ich nur wüsste, wo wir suchen sollen."

„Iwan wird irgendwann nach Hause kommen. Ich werde einen Kollegen bitten, die Anlage im Auge zu behalten und uns zu informieren, sobald er auftaucht. Ohne ihn dürfte es schwierig werden, Elli zu finden."

Theo bestellte einen Streifenwagen zu Iwans Wohnhaus. „Da ist noch etwas, was ich herausgefunden habe."

Alex spitzte die Ohren.

„Ich weiß, wem diese Wohnanlage gehört."

„Spann mich nicht auf die Folter!", beschwerte sich Alex.

„Einer Immobilienfirma namens Wurm&Partner."

Alex runzelte die Stirn. Warum kam ihr der Name so bekannt vor? „Der Name sagt mir etwas, aber ich komme nicht drauf."

„Erinnerst du dich an unseren Besuch bei der Adoptionsbehörde?", fragte Theo.

„Klar! Ich bin nicht dement."

Theo kicherte. „Frau Berber hat uns von der jungen Frau erzählt, die sich nach der Adoption erkundigt hat. Die vom 22. August 2000."

„Ja, ich erinnere mich", erwiderte Alex ungeduldig. Dann kehrte eine weitere Erinnerung zurück. „Der Name der Frau!", rief sie aufgeregt.

Theo nickte. „Julia Wurm."

„Das ist kein Zufall", meinte Alex und stürmte zum Wagen.

„Bestimmt nicht", erklärte Theo und schwang sich hinters Lenkrad. „Wir sollten der Familie Wurm einen Besuch abstatten."

Alex tastete nach dem USB-Stick in ihrer Jackentasche. Daneben fand sie Ellis Reisepass samt dem Foto. Und danach würde sie Theo ihre Entdeckungen zeigen. Vielleicht konnte sie Paul Wagner davon überzeugen, dass Elli unschuldig war und gleichzeitig davon, sie wieder ermitteln zu lassen.

Jänner 2000

Zuerst spannten Ellis Brüste. Ein Ziehen, das sich anfühlte wie Zahnweh im Busen. Dann spürte sie dasselbe Ziehen in ihren Hüftbeugern, wenn sie schnell aufstand. Was im Übrigen dazu führte, dass sie sich an einem Stuhl anhalten musste, bis das Rauschen in ihren Ohren verebbte und die bunten Lichtpunkte aufhörten zu tanzen. Wenn sie vergaß, noch im Bett eine Kleinigkeit zu essen, einen Keks oder ein Stück Zwieback, überrollte sie die Übelkeit wie eine Welle, und sie hatte ihre Not, das Badezimmer rechtzeitig zu erreichen. Elli war schwanger. Das war ihr schon wenige Tage nach dem Ausbleiben ihrer Monatsblutung klar geworden. Die bekam sie sonst pünktlich wie ein Schweizer Uhrwerk alle 28 Tage. In all den Jahren hatte es nie eine Abweichung gegeben. Jetzt war sie in der zehnten Woche. Sie hatte sich unter dem Vorwand, sich eine Magen-Darm-Verstimmung eingefangen zu haben, einen Arzttermin geben lassen. Kein Grund für Sergej, Verdacht zu schöpfen. Kathrin hatte sie begleitet. Der Allgemeinmediziner hatte einen Schwangerschaftstest gemacht und ihr geraten, sich umgehend an einen Gynäkologen zu wenden. Elli hatte versprochen, sich darum zu kümmern. Zuvor musste sie aber mit ihrem Prinzen sprechen. Sie fürchtete, er könnte das Kind ablehnen. Würde er ein Baby mit einer Prostituierten wollen? Wie lange würde es ihr gelingen, ihren Zustand vor Sergej zu verbergen? Was, wenn er angesichts dieser Neuigkeit ausrastete? Sollte sie das Kind abtreiben lassen? Das wäre wahrscheinlich die beste Lösung. Nicht viel Aufhebens machen.

Die Sache beenden, bevor irgendjemand davon erfuhr. Aber allein die Vorstellung, ihr Kind zu töten, über Leben und Tod zu entscheiden, erschien ihr völlig falsch. Elli fühlte sich einsam mit ihrem kleinen Würmchen im Bauch, das nicht so recht in ihr Leben passte, und doch ein Lichtblick war, ein kleiner Hoffnungsschimmer auf eine glückliche Zukunft.

Als Elli ihrem Prinzen von ihrer Schwangerschaft erzählte, war dieser ganz aus dem Häuschen. All ihre Ängste, er könnte sie im Stich lassen, verpufften. Er versprach, mit Sergej zu reden und sie aus dem Milieu zu holen. Wozu war eine einflussreiche Familie mit Geld da? Sie würden zusammenziehen, gemeinsam das Würmchen großziehen, heiraten. Schon bald. Elli sollte den Mut nicht verlieren, Geduld haben. Gemeinsam würden sie das schaffen. Eine Familie sein. Elli traute ihren Ohren kaum. An Hochzeit hatte sie nie gedacht. Doch jetzt, mit dem Baby, das von Tag zu Tag in ihr wuchs, hüpfte ihr Herz bei der Vorstellung, für immer zum Vater ihres Kindes zu gehören. Sie war glücklich. Über das Baby. Über ihren Prinzen. Ein Silberstreif am Horizont. Ihr kleines persönliches Stück vom Glück. Am liebsten würde sie die ganze Welt umarmen. Ihre Freude hinausschreien, alle teilhaben lassen. Selbst Sergej. Sie hätte wissen müssen, dass es anders kommen würde.

Alex

Die Villa der Familie Wurm lag im Nobelstadtteil Aigen, umgeben von saftig grünen Parkanlagen. Alex und Theo wurden von einem Angestellten in blauer Uniform angemeldet. Alex fühlte sich an alte britische Filme erinnert. Der Garten bestand aus unzähligen Blumenbeeten, Hecken und Obstbäumen und hielt mindestens zwei Angestellte beschäftigt. In der Mitte befand sich ein Biotop mit einem wasserspeienden Drachen und Seerosen, die sich wie ein Teppich über die Wasserfläche legten. Hin und wieder ertönte ein tiefes Quaken. Das Haus war ein moderner Bau mit Flachdach. Im Carport parkten ein schwarzer Porsche Macan und ein Audi RS6. Geldsorgen schien die Familie Wurm nicht zu kennen. Alex' Blick blieb sehnsüchtig an dem RS6 hängen, während Theo sie weiter in Richtung Eingang trieb.

„Wie kann ich behilflich sein?", fragte Christian Wurm, während er die beiden Polizisten ins Wohnzimmer bat. Der Raum wirkte hell und luftig. Die wenigen Möbel - eine Ledercouch, eine Wohnwand aus Naturholz und ein dazu passender Couchtisch - waren mit ein paar gezielten farblichen Akzenten perfekt aufeinander abgestimmt. Alex sah sich bewundernd um.

„Wir ermitteln in einer Entführung", erklärte Theo und nahm den Platz ein, der ihm angeboten wurde. „Es gibt Anhaltspunkte, die zu einem Herrn führen, der in einer Ihrer Wohnanlage lebt."

Herr Wurm kniff die Augenbrauen zusammen. „Von welchem Gebäude sprechen wir?"

175

Sabrina Wurm betrat den Raum mit einem Tablett und stellte eine Kanne Kaffee und mehrere Tassen auf den Couchtisch.

„Eine Wohnanlage im Stadtteil Schallmoos. Nähe Sterneckstraße", warf Alex ein und nickte, als Frau Wurm ihr Kaffee anbot.

„Richtig", bestätigte Herr Wurm. Alex bildete sich ein, einen gehetzten Ausdruck in seinem Gesicht zu bemerken.

„Das Wohnhaus gehört mir oder richtigerweise meinem Immobilienunternehmen. Nette Anlage, besonders für Familien." Er lächelte und trank einen Schluck Kaffee.

„Vermutlich", erwiderte Theo und grinste. „Zu dumm nur, dass dort nicht eine einzige Familie mit Kindern lebt. Und das, wo Sie doch einen so reizenden Spielplatz gebaut haben."

Herr Wurm zögerte. Sein Hals färbte sich rot. Rote Flecken erblühten auf seiner Haut.

„Vielleicht liegt das daran, dass die Wohnanlage dort gebaut wurde, wo früher das *Baby Doll* stand", schlug Alex vor.

„Ich glaube, den Namen habe ich schon einmal gehört", bemerkte Herr Wurm, der seine Fassung wiedererlangt hatte.

„Das will ich meinen!" Theo klopfte seinem Gastgeber auf die Schulter. „Wo Sie das Haus doch gekauft haben, als es noch ein Puff war!"

Sabrina Wurm wurde kreidebleich. „Liebling?, fragte sie an ihren Mann gewandt. „Was geht hier vor?"

Christian Wurm mied den Blick seiner Frau und zuckte die Achseln. „Eine Wertanlage."

Sabrina schnaubte. „Ein Bordell? Dein Ernst?"

176

„Wir besitzen viele Immobilien, Liebes. Es hat dich bislang nicht gekümmert, woher das ganze Geld kommt."

Seine Frau verdrehte die Augen. „Was hat diese Immobilie mit dem Entführungsfall zu tun, von dem Sie gesprochen haben?"

„Danke", sagte Alex, erleichtert, dass sie wieder zum eigentlichen Grund ihres Besuchs zurückkehrten. „Wir verdächtigen jemanden, dem Sie praktisch das gesamte Haus für seine Geschäfte ... überlassen haben", erklärte sie.

„Iwan Wolkow", beantwortete Theo die fragenden Blicke.

„Ein russischer Geschäftsmann", erklärte Christian Wurm.

Theo fuhr sich mit den Fingern durch sein gegeltes Haar. „Ja, klar. Ein Geschäftsmann, der junge Mädchen anschaffen schickt."

Frau Wurm stöhnte und setzte zitternd ihre Tasse ab. „Was zum Teufel ist hier los, Chris?"

Herr Wurm knetete seine Hände. „Ich weiß nicht, welche Geschäfte Herr Wolkow betreibt."

„Oder haben Sie möglicherweise weggeschaut?" Alex war aufgesprungen. „Ist bequemer, als Ärger mit einem Zuhälter zu riskieren."

Herr Wurm schwieg. Die Ader an seinem Hals pochte im Stakkato.

„Woher kennen Sie Herrn Wolkow?"

Herr Wurm rieb sich das Kinn. „Wird das hier ein Verhör?"

Alex verschränkte die Hände vor der Brust. „Im Moment nicht."

„Dann sind wir hier fertig", sagte Christian Wurm und stand auf.

Alex ignorierte den Mann und wandte sich an seine Frau: „Und Sie, Frau Wurm, kennen Sie Herrn Wolkow?"

Sabrina Wurm erbleichte ein wenig mehr. Die blauen Äderchen unter ihren Augen schlängelten sich im Kontrast zur milchigen Haut dahin wie dunkle Flüsse. „Denken Sie, ich verkehre im Rotlicht-Milieu?", quietschte die Frau durchdringend. Sabrinas linke Augenbraue begann, nervös zu zucken.

Theo ersparte sich eine Erwiderung. „Wir müssten noch mit ihrer Tochter sprechen", erklärte er.

Christian Wurms Halsschlagader schwoll an.

„Wieso, wenn ich fragen darf?"

„Wir haben ein paar Fragen an sie."

„Das denke ich nicht", entgegnete Herr Wurm. „Ich muss Sie jetzt bitten, zu gehen."

Theo rührte sich nicht vom Fleck. „Ihre Tochter ist volljährig. Ich denke, sie kann selbst darüber entscheiden."

Christians Kinn bebte. Es kostete ihn sichtlich Mühe, seine Wut im Zaum zu halten. „Wollen Sie meiner Tochter etwa eine Verbindung zum Rotlicht-Milieu unterstellen?"

Sein Gesicht näherte sich jenem von Theo, bis sich die Nasenspitzen der beiden Männer fast berührten. Theo zuckte nicht zurück.

„Ich hole sie", bot Sabrina an und eilte die Treppe hinauf ins Obergeschoß.

„Ich werde mich über Sie beschweren!", schimpfte Christian Wurm.

„Tun Sie das!", entgegnete Theo so ruhig, dass Alex sich umdrehen musste, um ein Schmunzeln zu verbergen.

In diesem Moment ertönte ein Schrei. Herr Wurm und die beiden Polizeibeamten stürzten aus dem Wohnzimmer zur Treppe. Am oberen Ende krümmte sich Sabrina Wurm und klammerte sich am Geländer fest.

„Christian, ruf einen Krankenwagen! Es ist Julia! Mit ihr stimmt etwas nicht."

Während Herr Wurm den Notruf wählte, stürmten Alex und Theo die Stiege hinauf. Theo stützte Frau Wurm, die kurz davor war, zusammenzubrechen. In einem großen, lichtdurchfluteten Raum lag eine junge blonde Frau in ihrem Bett. Sie hatte die Augen geschlossen. Ihre Lippen waren bläulich verfärbt. Theo senkte seinen Kopf über das Mädchen. Sie atmete flach.

„Sie lebt", rief er, „aber sie braucht dringend medizinische Hilfe."

Sabrina Wurm heulte wie ein verwundetes Tier. Ihr Mann erschien im Türrahmen und stürzte auf seine Tochter zu.

„Mein Gott, Jules!" Er legte seinen Kopf an ihren und streichelte ihr Haar.

„Ging es ihrer Tochter schon länger schlecht?"

Christian Wurm schüttelte den Kopf. „Ich habe sie heute noch nicht gesehen. Ich bin erst vor einer halben Stunde aus dem Büro nach Hause gekommen. Aber gestern ging es ihr gut."

Sabrina Wurms Lippen bebten. „Das stimmt nicht ganz. Sie war gestern zum Mittagessen verabredet. Als sie am Nachmittag heimkam, war ihr flau im Magen. Sie hat über Kreislaufprobleme geklagt und sich gleich hingelegt."

„Haben Sie sie danach noch einmal gesehen?" Alex schaute aus dem Fenster, um festzustellen, ob die Rettung schon da war.

Frau Wurm vergrub das Gesicht in den Händen. „Ich war vor dem Schlafengehen kurz bei ihr, aber sie hat so fest geschlafen, dass ich sie nicht wecken wollte. Ich dachte, sie hat nur eine kleine Magenverstimmung", schluchzte sie. „Wenn ich das geahnt hätte ..."

„Das ist nicht Ihre Schuld", beruhigte Alex die Frau, während Theo hinunterlief, um den Notarzt hereinzulassen, der soeben mit Blaulicht und Sirene eingetroffen war. Alex betrachtete die bleiche junge Frau. Julia Wurm. Das Mädchen, das erst kürzlich die Adoptionsbehörde aufgesucht hatte. Um sich nach einem Kind zu erkundigen, das am 22. August 2000 geboren und zur Adoption frei gegeben worden war. Ein Kind, von dem Alex annahm, dass es Ellis Tochter war. Und das nun nach seiner leiblichen Mutter suchte. Julia. Alex schluckte.

Während der Notarzt Julia untersuchte, lief Sabrina Wurm wie ein kopfloses Huhn auf und ab, bis Alex sie sanft an den Schultern fasste und aus dem Schlafzimmer begleitete.

„Sie ist jetzt in guten Händen", versicherte die Ermittlerin der verzweifelten Mutter.

Sabrina Wurm nickte. Kurz darauf wurde Julia auf einer Trage aus dem Zimmer gebracht und in den Krankenwagen verfrachtet.

„Es ist ernst", erklärte der Notarzt. „Wir müssen uns beeilen. Dann hat sie vielleicht eine Chance."

In diesem Augenblick brach Sabrina Wurm endgültig zusammen. Alex hockte mit der weinenden Frau am Fuß der Treppe, wiegte sie hin und her wie ein kleines Kind und redete beruhigend auf sie ein. Dabei dachte sie an Elli. Daran, dass Elli ihr Baby nach der Geburt verloren hatte und sie ihr Kind jetzt ein zweites Mal verlieren könnte. Dieses Mal für immer.

Elli

Elli musste eingeschlafen sein. Alles lief auf Sparflamme. Sie brauchte einen Moment, bis die Realität sie wie eine Keule traf. Sie war in einem Verlies. Irgendwo. Niemand wusste, dass sie hier war. Ihre Zunge klebte am Gaumen wie ein Stück Leder. Sie nahm einen Schluck aus der Wasserflasche und merkte frustriert, dass ihr Vorrat zur Neige ging. Sie fror. Sie zog die Wolldecke über ihre Schultern und bewegte ihre Finger, bis sich das klamme Gefühl verflüchtigte. Ihr Herz ratterte in ihrer Brust wie die Nadel einer Nähmaschine. Das passierte, wenn ihr Blutdruck in den Keller sank. Sie drückte sich von der Pritsche hoch. Sie musste in Bewegung bleiben, um die Kälte zu vertreiben und ihren Kreislauf auf Trab zu bringen. Sie machte ein paar Jumping Jacks, stellte aber nach wenigen Wiederholungen fest, dass sie schwer atmete. Sie nahm den restlichen Schluck Wasser und spülte trotzig die Hoffnung hinunter, lebend aus diesem Loch zu kommen. Sie wusste, dass ihre Chancen schwanden. Alex würde ihr Möglichstes tun, aber Elli glaubte nicht daran, dass sie es rechtzeitig schaffte. Niemand würde sie finden. Sie und Alina. Ihre einzige Chance war es, die Skimaske zu überwältigen. Sie hatte keine Ahnung, wie sie das anstellen sollte. Sie kniete sich auf den Boden und spähte unter die Pritsche. Die Dunkelheit fraß sich in den Raum. Nach einer Weile gewöhnten sich ihre Augen an die Gegebenheiten unter dem Bett und sie erkannte Umrisse. Staubmäuse. Kies. Eine leere Wasserflasche. Jemand hatte den Plastikbehälter unter die Pritsche fallen lassen. Sie schauderte bei dem Gedanken, dass vor ihr bereits andere Frauen hier gefangen gehalten worden waren. Sie spürte, wie sie ertrank. In der Hoffnungslosigkeit. Der Ohnmacht. Der Verzweiflung. Sie schluckte einen Mundvoll Galle hinunter. Der bittere Geschmack füllte ihr Inneres aus. Sie wischte sich eine Träne aus dem Augenwinkel und blinzelte. Was war das? Im linken Eck unter der Pritsche hob sich etwas gegen die Steinwand ab. Es war länglich und scharf. Ellis Herz schlug schneller. Sie streckte die Hand aus und tastete nach dem Gegenstand. Er war zu weit weg. Sie konnte ihn nicht erreichen. Nach mehreren Versuchen, bei denen sie sich beinahe die Schulter ausrenkte, gab sie auf und kroch schnaufend unter der Liege hervor. Sie hustete von dem Staub, den sie unter der Schlafstatt aufgewirbelt hatte. Ihre Augen tränten. Sie kam auf die Beine und schob die Pritsche von der Wand weg. Ihre Arme zitterten. Sie fischte mit einer Hand nach dem Gegenstand, der sich links befand. Sie spürte ihn. Dann einen schneidenden Schmerz. Sie biss sich auf die Zunge. Dennoch ließ sie den Gegenstand nicht los, zerrte ihn zwischen Wand und Bett hervor. Es war ein Messer. Kein besonders scharfes oder großes, aber immerhin. Sie hatte sich damit die Handfläche aufgeritzt. Sie legte es vorsichtig in ihren Schoß und leckte mit ihrer Zunge über die Wunde an ihrer Hand. Der Geschmack von Eisen brannte an ihren Schleimhäuten. Jemand hatte es hier versteckt. Jemand, der hier drinnen gefangen gehalten worden war. Wie sie. Bei dem Gedanken kroch ihr die Kälte unter die Haut. Sie betrachtete die Klinge, die im fahlen Licht aus dem Nebenraum silbern schimmerte. Sie war kaum länger als sechs Zentimeter. Lange genug, um das Herz eines Erwachsenen zu erreichen. Oder die Halsschlagader lebensgefährlich zu verletzen. Sie schob das Messer in die Tasche ihrer Arbeitsuniform und lächelte.

In diesem Moment erfüllte der erste Schrei das Gefängnis. Elli stockte der Atem. Es klang wie der Laut eines Tieres, das geschlachtet wurde. Schrill und durchdringend. Elli jagte mit dem Eimer in der Hand zum vergitterten Fenster und positionierte sich auf dem Kübel. Von der schnellen Bewegung wurde ihr schwindlig. Die Steinwände schwankten. Sie klammerte sich an die Gitterstäbe und zwang sich, ruhig zu atmen. Was war los? War er zurückgekommen? Ihr Blick zuckte zwischen dem Gitter hin und her, bis sie Alina erkannte, die auf ihrem Bett lag und sich krümmte.

„Alina?", rief Elli und spürte ihren Herzschlag in den Ohren.

Ein Stöhnen, gefolgt von einem langgezogenen Schrei.

„Was ist los? Bist du okay?", fragte Elli und dachte im selben Moment, wie idiotisch diese Frage angesichts von Alinas Gebrüll war.

Alinas Körper bäumte sich auf. Ihr Bauch tanzte zitternd wie ein Basketball über einem imaginären Korb, während ihr Gesicht sich vor Schmerz zu einer Fratze verzerrte. Nach etwa dreißig Sekunden sackte sie kraftlos auf die Matratze zurück und wimmerte wie ein kleines Kind. Ihre Hände hielten das Laken zu beiden Seiten gepackt, bis der Krampf von ihr abließ.

„Alina? Was ist passiert?"

Alina keuchte. Es kostete sie sichtlich viel Kraft, zu sprechen. „Das Baby", presste sie schließlich hervor. „Es kommt zu früh!"

Elli riss die Augen auf. Mein Gott, nein! Das durfte nicht sein. Nicht jetzt! Nicht hier! Wo war der Scheißkerl, der sie hier eingesperrt hatte, verflucht noch mal? Er konnte sie doch nicht in diesem Loch verrecken lassen! Die Furcht wand sich um Ellis Verstand wie eine *Boa constrictor* um ein Kaninchen und drückte ihr die Luft ab. Ihr Herz ratterte in ihrer Brust wie ein Intercity. Was sollte sie nur tun?

„Alina! In welchen Abständen kommen die Wehen?"

Die Frau brüllte. Der Klang ihrer Stimme hallte in den steinernen Räumen wider. Elli presste die Lippen aufeinander.

„Ich ... weiß nicht ... Aaaaaahhhh!"

Elli schloss die Augen. Sie musste etwas tun. Alina helfen. Aber sie hatte keine Ahnung, wie sie das anstellen sollte, ohne zu ihr zu gelangen.

Sie starrte auf ihr Handgelenk, wo ihre Uhr baumelte. Das Band war zu groß. Sie hatte es längst zum Fachhändler bringen wollen.

„Hör zu, Alina", sagte sie und bemühte sich um einen ruhigen Tonfall. „Sag mir, wenn die nächste Wehe kommt, in Ordnung? Und dann die darauffolgende. Ich möchte den Abstand zwischen den Wehen prüfen."

Die Frau nickte. Ihr Kopf wackelte wie eine Wassermelone auf ihrem dürren Hals und den schmalen Schultern. Alles an Alina schien zu dünn, mit Ausnahme von Kopf und Bauch.

„Atme, Alina!", forderte Elli sie auf, weil sie keine Idee hatte, was sie sonst machen konnte. „Atme tief in den Bauch. Zu deinem Baby."

„In Ordnung", keuchte die Frau und sog hörbar die Luft ein.

Ellis Arme zitterten vor Anspannung. Sie löste eine Hand von den Gitterstäben und schüttelte sie kurz. Ohne dass Alina etwas sagte, spürte Elli, dass die nächste Wehe im Anzug war. Alinas Körper versteifte sich. Ihr Mund öffnete sich wie im Krampf und ihre Augen starrten ungläubig ins Leere. Elli warf einen Blick auf ihre Uhr und zählte. Nach rund 40 Sekunden verebbte die Wehe. Der Abstand zur vorigen betrug rund anderthalb Minuten. Die Schwangere keuchte und schnaufte, als wäre sie soeben einen Berg hinaufgelaufen, und wischte sich mit dem Handrücken den Schweiß von der Stirn.

„Du machst das großartig!", ermutigte Elli sie.

Alina knurrte auf der anderen Seite des Gitters und rollte sich für einen Moment in der Embryonalstellung zusammen, um Kraft zu schöpfen. Elli nutzte den Augenblick, um ihre andere Hand zu entspannen. Da kündigte Alinas Schrei bereits die nächste Wehe an. Elli schielte ungläubig auf ihr Handgelenk. Knapp über eine Minute. Das konnte nicht sein! Wieso kamen die Wehen so kurz hintereinander? Die Geburt hatte sich eben erst angekündigt. Warum war sie dann schon so weit fortgeschritten? Elli überschlug alles, was sie über Schwangerschaft und Geburten wusste. Es musste daran liegen, dass Alina Mehrfachgebärende war und ihr Körper sich gemerkt hatte, was bei einer Geburt zu tun war.

„Alina, wie viele Babys hast du bereits geboren?"

Die Frau wand sich unter Krämpfen. Der Lattenrost quietschte bei jeder Bewegung. Als die Wehe nachließ, seufzte die Frau dankbar.

„Vier", erklärte sie fast tonlos. „Das hier ist mein fünftes Kind."

Fünf, dachte Elli schockiert. Er hatte vier ihrer Kinder genommen und ließ sie hier verrotten. Das Blut gefror ihr in den Adern. *Du bist meine Babyfabrik.* Wenn nicht schnell Hilfe kommen würde, wären Alina und ihr Neugeborenes verloren. Sie würden beide hier sterben. Elli presste die Stirn gegen die Gitterstäbe, als könnte der Druck Alinas Schmerzensschreie lindern. *Zwei Tote mehr,* dachte sie und die Traurigkeit spülte über sie hinweg wie die Flut über den Strand. Und ich bin die Nächste.

Alex

Alex lehnte mit dem Kopf an einer Säule in der Cafeteria des Krankenhauses und döste. Die Kakofonie der Geräusche, die sie umgaben, lullten sie ein wie eine warme Decke. Geschirr klapperte. Leute redeten. Dazwischen die Sirene eines ankommenden Rettungsfahrzeuges. Alles verschwamm zu einem Brei aus Lauten, der sich über sie legte und ihre Lider niederdrückte. Obwohl sie nicht richtig schlief, tauchten Bilder vor ihrem inneren Auge auf. Elli, die am Boden kauerte und weinte. Ein dunkler, kalter Raum. Jemand, der schrie. Sie konnte nicht erkennen, wer das war, sie hörte nur das unerträgliche Gebrüll. Die Person hatte Schmerzen.

„Alex?" Theo beugte sich über sie und rüttelte sie sanft an der Schulter.

Augenblicklich verblassten die Bilder. Elli wurde wie durch einen Tunnel fortgezogen und verschwand im Nirgendwo. Alex rieb sich die Augen.

„Ist etwas passiert?", fragte sie und unterdrückte ein Gähnen. „Julia Wurm?"

Theo schüttelte den Kopf. „Alles unverändert."

Alex starrte ihn fragend an.

„Du hast geschrien", erklärte er.

Alex spürte, wie ihr die Röte in die Wangen schoss. Der Traum. War es denn ein Traum? Sie konnte den kalten, feuchten Raum fühlen. Elli, wie sie auf dem Boden hockte, den Kopf auf die Knie gebettet. Ihre Angst. Alex ballte die Hände zu Fäusten.

„Oh!", machte sie und strich sich durch das zerzauste Haar.

„Kein Ding!", meinte Theo und leerte den Rest seines Kaffees. „Du hast etwas bei Ellis Sachen gefunden, von dem du mir erzählen wolltest", wechselte er das Thema.

„Richtig!", bestätigte Alex und verzog den Mund, als sie einen Schluck von ihrem inzwischen erkalteten Cappuccino nahm. Sie gab sich Mühe, das Durcheinander in ihrem Kopf zu ordnen. „Ich hab das Foto gefunden."

Auf Theos Stirn kräuselten sich ein paar Falten.

„Das, von dem Elli mir erzählt hat. Es wurde unmittelbar nach der Geburt ihrer Tochter aufgenommen. Mit einer Sofortbildkamera."

„Warum ist das wichtig?", fragte Theo, während er Croissant-Krümel von seiner Hose schnippte.

„Da bin ich mir selbst nicht sicher. Fest steht, dass jemand deswegen in das Haus meiner Großmutter und in Ellis Wohnung eingebrochen ist. Es muss also wichtig sein."

Theo nickte langsam. „Irgendeine Idee?"

Alex schüttelte den Kopf. „Ich habe die ganze Zeit das Gefühl, dass da irgendetwas ist, aber ich komme nicht drauf."

„Dann kümmern wir uns später um die Aufnahme. Sonst noch was?"

Alex rutschte unbehaglich auf dem Kantinenstuhl hin und her. Das Holzfurnier war an mehreren Stellen abgesplittert und bohrte sich unangenehm in ihre Jeans.

„Der Terminkalender von Stefan Vogt. Er hatte mehrere Termine mit Christian Wurm in letzter Zeit", erklärte Alex.

„Er war der Firmenanwalt seines Immobilienunternehmens. Nicht ungewöhnlich, würde ich meinen."

„Wahrscheinlich hast du recht", stimmte Alex zu. „Es ist nur ... Herr Wurm war der Letzte, der Stefan Vogt am Tag seines Todes lebend gesehen haben dürfte."

Theo beugte sich interessiert über den Tisch. „Bist du sicher?"

Alex nickte. „Laut seiner Sekretärin war das der letzte Termin an diesem Tag. Sie konnte anhand ihres eigenen Kalenders nachvollziehen, dass das 'W' in Herrn Vogts Kalender für Christian Wurm stand. Alles, was er danach gemacht hat, war rein privat."

Theo pfiff leise durch die Zähne. „Dann sollten wir Christian Wurm dazu befragen." Er stand auf.

„Da ist noch etwas", berichtete Alex und bedeutete ihrem Kollegen, noch einmal Platz zu nehmen.

„Ich habe einen USB-Stick in Ellis Reisetasche gefunden."

„Und?"

Alex atmete tief aus. „Darauf sind Dateien zu Adoptionen aus dem Jahr 2000."

Theo runzelte die Stirn. „Du meinst die Dateien, die der Adoptionsbehörde „abhanden" gekommen sind."

Alex nickte. „Soweit ich das in der Kürze beurteilen konnte, ja."

„Wie ist Elli an diese Informationen gelangt?"

Alex zuckte die Achseln. „Ich habe keine Ahnung."

Theo sprang auf. „Dann wird es höchste Zeit, das herauszufinden."

Alex drückte sich von ihrem Stuhl hoch. Ihre Knie fühlten sich an wie Wackelpudding. „Gibt es schon Ergebnisse zur Untersuchung von Julias Mageninhalt?", fragte sie beiläufig.

„Die Ärzte konnten nicht mehr feststellen, was sie gegessen hat", erwiderte er.

189

Alex seufzte leise. Wäre auch zu schön gewesen!

„Aber Frau Wurm hat mir erzählt, dass Julia gestern mit ihrer zukünftigen Schwiegertochter Vera zu Mittag gegessen hat. Danach ging es ihr nicht besonders."

„Hast du die Adresse von Vera?"

Theo klopfte auf sein Handy. „Alles da drin!"

„Na dann, los!", rief Alex. „Und am Weg dorthin bringen wir am besten das Foto und den USB-Stick im Labor vorbei. Vielleicht findet Mia etwas, das uns weiterhilft."

April 2000

Als Sergej von Ellis Schwangerschaft erfuhr, war er zunächst fuchsteufelswild. Eine Schwangere konnte weder an der Stange tanzen noch zahlungskräftige Kunden bedienen, obwohl es hierfür an Nachfrage nicht gemangelt hätte. Kathrin stand Elli zur Seite. Sie redete immer wieder mit Sergej und beschwichtigte ihn, bis er schließlich aufhörte, sich über die Schwangerschaft zu echauffieren.

Es hatte ein paar weitere schwangere Mädchen gegeben, die für Sergej arbeiteten. Allerdings war keine von ihnen nach ihrer Entbindung wieder an ihren Arbeitsplatz zurückgekehrt. Sie wunderte sich nicht weiter darüber. Als Mutter hatte man andere Verpflichtungen und ein Job als Prostituierte war kaum mit einem Familienleben vereinbar. Svetlana erwartete ebenfalls ein Kind und arbeitete derzeit als Bedienung im Nachtclub des *Baby Doll*. Sie würde in wenigen Wochen entbinden. Sie war gespannt, welche Erfahrungen Svetlana mit ihr teilen würde. Alles rund um Schwangerschaft und Geburt zog sie im Augenblick gänzlich in ihren Bann.

Ihr Prinz verhandelte mit Sergej, um Elli aus ihren Verpflichtungen freizukaufen. Bislang hatte ihr Zuhälter sich geweigert, sie gehen zu lassen, aber Prinz war optimistisch. Es sei alles nur eine Frage des Geldes, ließ er Elli immer wieder wissen. Dann müsste er sein Angebot eben erhöhen. Sie hatte ein schlechtes Gewissen, dass ihr Liebster solche Summen für sie einsetzen musste. Andererseits war es für Elli keine Alternative mit dem Kind, im *Baby Doll* zu bleiben.

Elli musste an ihre Zukunft denken, an ihre und die ihres ungeborenen Würmchens. Ein Mädchen, wie ihr der Gynäkologe bei der letzten Ultraschalluntersuchung versichert hatte. Zwar ließ Sergej nicht zu, dass sie einen Arzt in der Stadt aufsuchte, aber er sorgte wenigstens dafür, dass sie die nötigen Untersuchungen machte und bestens versorgt war. Sie erhielt spezielle Vitamine, nährstoffreiches und gesundes Essen und ausreichend Bewegung an der frischen Luft. Zwar durfte sie nur in Begleitung von Sergej oder Kathrin das Etablissement verlassen, aber sie genoss die Frühlingssonne auf ihrer Haut und den Duft der ersten blühenden Sträucher und Hecken im nahe gelegenen Schwarzpark. Jeder Tag ihrer Schwangerschaft brachte sie einen Schritt näher an ihre Zukunft mit ihrer eigenen kleinen Familie: mit ihrem Prinzen und dem Würmchen.

Manchmal, wenn ihr Prinz sie besuchte, lagen sie auf dem Bett und er streichelte die Wölbung ihres Bauches, umkreiste ihren Nabel und sprach mit ihrem Töchterchen.

„Lina", flüsterte er eines Abends und legte seinen Kopf auf ihren Bauch, um zu lauschen. „Sie soll Lina heißen."

Elli setzte sich ein Stück auf, stützte sich auf ihren Ellenbogen und sah ihn an. In seinen Augen lagen Liebe, Zuversicht und Hoffnung.

„Der Name gefällt mir", erwiderte sie und strich mit dem Finger über seine Lippen. „Lina, also."

Von da an sprach Elli täglich mit ihrer kleinen Lina. Das Baby reagierte, indem es sich in ihrem Bauch bewegte. Noch hatte es reichlich Platz, um Purzelbäume zu schlagen. Anfangs waren seine Bewegungen kaum mehr als der Flügelschlag eines Schmetterlings, aber im Laufe der Zeit wurden sie kräftiger und sie konnte genau feststellen, wenn ein Händchen oder ein Fuß sie in die Blase oder den Oberbauch boxte. Sie lächelte. Das Glück füllte jede Faser ihres Seins, erhellte die dunkelsten Winkel und leuchtete sie aus. Sie lief mit einem Lächeln auf den Lippen und Sonne im Herzen umher. Lina war ihr persönliches Stück vom Glück. Lina und ihr Prinz. In dieser Zeit vergaß sie, wie zerbrechlich Glück war. Wie Glas. *Glück und Glas, wie leicht bricht das.* Es baumelte an einem seidenen Faden über ihr und wartete nur darauf, zu zerbersten.

Sebastian

Sie so zu sehen, brach ihm das Herz. Ihr blondes Haar floss über das Kissen und bildete einen Rahmen zu ihrem Gesicht, das so bleich war wie die Bettwäsche. Neben ihrem Bett stand ein Infusionshalter, der über eine Kanüle mit einer Vene in ihrem Arm verbunden war. Er beobachtete, wie die Flüssigkeit aus dem Beutel hinein tropfte. Man hatte ihr den Magen ausgepumpt. Die Ärzte vermuteten eine Vergiftung oder schwere allergische Reaktion auf eine Substanz. Sebastian rückte den Stuhl näher an ihr Bett und nahm ihre Hand. Sie war warm und weich wie früher, als sie ein kleines Mädchen war und er – ihr großer Bruder – sie manchmal in den Kindergarten gebracht hatte. Dann schlenderten sie Hand in Hand über den Kiesweg ihres Anwesens, bogen in Richtung Park ab und beobachteten auf dem Weg zum Kindergarten Enten im Teich oder ein Eichhörnchen, das hastig einen Baumstamm empor eilte. Julia liebte die Tiere, die draußen im Freien lebten und durch die Wiese huschten oder in der Luft über ihnen segelten. Und er liebte sie.

Seine Mutter stand kurz vor einem Nervenzusammenbruch. Ihre Hände zitterten unentwegt und selbst ihre Stimme bebte, während sie mit Julia sprach. Christian war gelassener. Er war stets der kühle Kopf der Familie, der Entscheidungen traf und sich durch nichts aus der Fassung bringen ließ. Julias Zustand setzte ihm zu. Sebastian bemerkte die tiefe Falte zwischen seinen Augenbrauen und seine Hände, die ruhelos hin- und herfuhren, als bräuchten sie etwas, woran sie sich klammern konnten. Jetzt waren beide in der Cafeteria des Krankenhauses. Christian hatte darauf bestanden, dass Sabrina etwas zu sich nahm, nachdem ihr zweimal schwarz vor Augen geworden war. Die Tür öffnete sich lautlos. Ein junger Arzt betrat das Zimmer und räusperte sich. Sebastian fuhr herum. Er war so in Gedanken, dass er ihn nicht gehört hatte.

„Dr. Weiß", stellte sich der Mann vor und streckte ihm eine Hand entgegen. „Ich hatte gehofft, Ihre Eltern anzutreffen."

„Sebastian Wurm", entgegnete er. „Ich bin Julias Bruder."

Der Arzt blickte unschlüssig von Sebastian zu seiner Patientin und taxierte die Werte, die über den Bildschirm flimmerten.

„Wie geht es Julia?"

„Nicht besonders, um ehrlich zu sein." Der Arzt notierte die Werte in Julias Krankenakte. „Sie hat eine schwere Vergiftung erlitten."

„Aber sie wird wieder gesund?" Sebastian starrte den Doktor hilfesuchend an.

„Das kann ich zum jetzigen Zeitpunkt nicht mit Sicherheit sagen."

Sebastian lief ein kalter Schauer den Rücken hinunter. „Können Sie denn nichts tun?"

Der Arzt schwieg. „Wir tun unser Möglichstes", versicherte er. „Es ist nur ... ihre Leber wurde schwer geschädigt. Es ist möglich, dass ..."

„Dass was ...?"

„... dass sie ein Spenderorgan benötigt", vollendete Dr. Weiß den Satz.

Das Blut rauschte in Sebastians Ohren. Er hörte die Stimme des Arztes wie von weit her.

„Wenn ihre Leber sich nicht bald erholt, ist das ihre einzige Chance."

Sebastian schnappte nach Luft. Es schien ihm, als gelangte nicht genügend Sauerstoff in sein Blut.

„Es tut mir leid", fügte Dr. Weiß hinzu und verließ den Raum.

Sebastian sank wie betäubt auf den Stuhl. Seine Arme und Beine fühlten sich an, als gehörten sie nicht zum Rest seines Körpers. Sein Kopf war leer. Ob seine Eltern Bescheid wussten? Er bezweifelte es, sonst wären sie längst ins Krankenzimmer zurückgekehrt. Er dachte an das Gespräch der beiden, das er kürzlich belauscht hatte und seine anschließende Suche nach Julias Adoptionspapieren. Seine Eltern dokumentierten alles mit einer Sorgfalt, die ihresgleichen suchte. Er war auf Rechnungen gestoßen, die über zehn Jahre alt waren und die – nur für den Fall der Fälle – in einem dicken Ordner nach Jahren sortiert aufbewahrt wurden. Es gab Originale und Kopien sämtlicher Dokumente, von den Geburtsurkunden angefangen über Staatsbürgerschaftsnachweise bis hin zu Belegen der Konfession aller Familienmitglieder. Selbst die Zeugnisse der Volksschulzeit ihrer beiden Kinder wurden fein säuberlich beschriftet in einem entsprechenden Ordner verwahrt. Sogar der Stammbaum ihres verstorbenen Dackels Gustav wurde nach wie vor aufgehoben, inklusive aller Tierarztrechnungen und des Impfausweises. Warum in aller Welt sollten seine Eltern die Adoptionsurkunde ihrer Tochter nirgendwo aufbewahren?

Sebastian war nicht entgangen, dass die Geburtsurkunde seiner Schwester erst zwei Monate nach ihrer Geburt ausgestellt worden war. Das war zumindest ungewöhnlich. Sabrina und Christian waren zwar als ihre leiblichen Eltern eingetragen und das Geburtsdatum stimmte, dennoch keimten in Sebastian Zweifel auf, ob dies den Tatsachen entsprach. Zudem hatte er den Dachboden nach alten Fotoalben durchsucht. Er war auf viele Bilder der Vergangenheit gestoßen. Es gab ein Foto von im Garten der Familie mit einer prall gefüllten Schultüte. Bilder von seinem Skikurs am Arlberg und den Urlauben in Lignano und Mali Losinj mit seinen Eltern. Es gab Fotos von der Zeit, als Sabrina mit ihm schwanger war und Bilder von Julia, als sie wenige Tage alt war und danach von ihren ersten Lebensjahren. Es gab Fotos von Sabrinas Schwangerschaft im Jahr 2000, aber keine Bilder kurz nach der Entbindung im Krankenhaus. Stattdessen hatte er etwas am Dachboden entdeckt, das seinen Verdacht schürte und erklärte, warum er nicht schon früher angezweifelt hatte, dass Sabrina Julias leibliche Mutter war. Erst konnte er das unförmige, hautfarbene Teil nicht zuordnen, das am Boden einer hölzernen Truhe lag. Erst bei näherer Betrachtung wurde ihm klar, was er da in Händen hielt: einen künstlichen Schwangerschaftsbauch. So einen, wie er in Spielfilmen verwendet wird, wenn vorgetäuscht werden soll, dass jemand ein Baby erwartete. So wie es offensichtlich seine Mutter getan hatte.

Wenn er Recht hatte, würden seine Eltern Farbe bekennen müssen. Sebastian umfasste Julias Hand und küsste sie. Ihr sonst so makelloses Gesicht schimmerte in einem ungesunden Gelbton. Ein deutliches Zeichen, dass ihre Leber schwer in Mitleidenschaft gezogen war. Julia brauchte womöglich eine neue Leber und dafür käme am ehesten ein Blutsverwandter in Frage. Wenn weder Sabrina noch Christian ihre Eltern waren, dann konnte ihr keiner von beiden helfen. Und das bedeutete, dass sie auf schnellstem Wege Julias leibliche Eltern auftreiben mussten.

Juli 2000

Der Juni hatte unerträgliche Hitze gebracht. Selbst die Nächte waren so warm, dass Elli nur nackt und bei geöffnetem Fenster schlafen konnte, und selbst da wachte sie mehrmals auf und spürte, wie ihr der Schweiß zwischen den großen Brüsten hinunterlief und auf ihr Laken tropfte. Ihr Bauch war mittlerweile riesig. Sie konnte ihr Füße nicht mehr sehen, wenn sie aufrecht stand und es bereitete ihr Mühe, die Schnürsenkel zu binden. Ihr war ständig zu heiß. Selbst jetzt im Juli, der mit einigen angenehm kühlen Tagen aufwartete, schwitzte sie ständig und ihre Finger und Fesseln waren geschwollen. Ihr Prinz hatte ihr kürzlich einen Ring geschenkt, den sie mittlerweile auf einer zarten Silberkette um den Hals trug, weil er einfach nicht mehr auf ihren Ringfinger passte. Er hatte versichert, dass ein anständiger Antrag folgen würde, zuvor wollte er sie aus diesem Haus und weg von Sergej holen. Es fühlte sich nicht richtig an, sie hier zu bitten, seine Frau zu werden, hatte er ihr erklärt. Sie verstand genau, was er meinte. Sie konnte warten. Sie hatte ihr ganzes Leben darauf gewartet, dieses Glück zu erleben. Jetzt, wo sie es spürte, kam es ihr auf ein paar Tage oder Wochen auf oder ab nicht an. Sie streichelte ihren Bauch, der unter dem geblümten Sommerkleid spannte, als wollte ein kleiner Alien daraus hervorbrechen. Wie, um ihren Gedanken zu untermauern, boxte ihr Baby sie heftig und formte eine sichtbare Delle in den Stoff ihres Kleides. Sie lächelte. Sie fuhr mit dem Finger an die entsprechende Stelle und drückte leicht dagegen. Prompt kam die Antwort von ihrem Töchterchen. Eine kleine Faust drückte von innen gegen ihre Bauchdecke, als wollte sie ihre Mutter grüßen. So kommunizierten sie oft eine halbe Stunde miteinander. Lina und sie. Ihre kleine Tochter. Und mit jeder Bewegung ihres Kindes wuchs ihre Liebe.

Zwei laute Stimmen unterbrachen den intimen Moment mit ihrem Kind. Elli lauschte angestrengt. Draußen am Gang diskutierten zwei Männer aufgeregt miteinander. Sie schlich zur Tür, presste ihr Ohr dagegen. Erleichtert stellte sie fest, dass es nicht Sergej war. Dann stutzte sie. Sie kannte eine der Stimmen. Sie gehörte ihrem Prinzen. So leise wie möglich öffnete sie die Tür ihres Zimmers und starrte in das Vorhaus. Am Fuße der Treppe redete Prinz aufgeregt mit einem anderen Mann. Der Mann gestikulierte wild und bedeutete ihm, zu verschwinden. Ihr Prinz weigerte sich offenbar. Erschrocken beobachtete Elli, wie Prinz dem Mann gegen die Hand schlug, als dieser ihn an der Schulter berührte. Daraufhin schrie der Mann ihren Liebsten an. Ihr Herz beschleunigte. Aus irgendeinem Grund machte ihr der Streit der beiden Angst. Als der andere Mann das *Baby Doll* laut schimpfend verließ, schloss sie leise die Tür. Was war da los? Als es an ihrem Zimmer klopfte, setzte sie sich rasch auf ihr Bett. Ihr Prinz betrat mit einem strahlenden Lächeln den Raum. Er küsste sie sanft und streichelte über ihren geschwollenen Bauch.

„Na, mein Würmchen?", sagte er und legte sein Ohr an ihren Nabel. „Wie geht es meinen zwei Frauen?"

Sie lachte leise und wuschelte ihm durchs Haar. „Gut. Wir schwitzen ständig und unsere Finger sind dick wie Bratwürste, aber sonst geht es uns blendend."

„Freut mich zu hören!", entgegnete er und legte den Arm um sie.

Elli räusperte sich. „Was war das für ein Mann?"

„Wen meinst du?" Ihr Prinz starrte sie an.

„Der, mit dem du eine Auseinandersetzung hattest. Vorhin auf der Treppe."

„Das war niemand", erklärte er und bemühte sich um einen fröhlichen Ausdruck.

Ihr entging nicht, dass sich seine Augen trübten. „Niemand?", fragte sie leise und nahm seine Hand. „Wieso solltest du dich mit niemandem streiten?"

„Mach dir keine Gedanken!", erwiderte er und grinste von einem Ohr zum anderen. „Ich habe gute Neuigkeiten."

Dieses Mal erreichte das Lächeln seine Augen.

„Ja? Was denn?" Die Beklommenheit von eben wich ihrer Neugierde.

„Ich habe einen Deal mit Sergej", erklärte Prinz und seine Augen strahlten mit der Sonne um die Wette. „Du kannst mit mir kommen. Morgen schon!"

Sie sprang auf und umarmte ihn so heftig, dass ihr Bauch ihn zurück aufs Bett drängte.

„Du hast es geschafft! Mein Gott, ich glaub es nicht!", rief sie. „Wie hast du das bloß angestellt?"

Er zuckte die Achseln, als wäre es nicht der Rede wert.

„Es hat dich ein Vermögen gekostet", stellte sie fest.

„Ich bekomme dich dafür", erwiderte er und knabberte an ihrem Hals. „Du bist mehr wert als alles Geld der Welt!"

Elli lachte und umarmte ihn immer wieder. Sie konnte ihr Glück nicht fassen. „Bleibst du gleich bis morgen?", fragte sie hoffnungsvoll.

Sein Blick verfinsterte sich. „Ich wünschte, ich könnte. Ich muss zurück in die Kaserne und das Geld besorgen."

Ein Schatten huschte über Ellis Gesicht.

„Aber morgen hab ich frei. Ich komme gleich in der Früh und hole dich ab", erklärte er und hielt sie fest an beiden Händen.

Sie biss sich auf die Lippe. „Dann muss ich wohl noch einmal ohne dich schlafen", murmelte sie leise.

„Nur noch das eine Mal. Versprochen!", bestätigte er und küsste sie zum Abschied.

Als die Tür hinter ihm ins Schloss fiel, wummerte ihr Herz vor Aufregung in ihrer Brust. Jede Faser ihres Körpers vibrierte. Sie holte die Reisetasche unter ihrem Bett hervor und warf die wenigen Habseligkeiten, die sie besaß, hinein. Dann betrachtete sie den Ring, den Prinz ihr geschenkt hatte, hielt ihn an die Lippen und küsste ihn.

„Morgen fängt unser neues Leben an, Lina!", flüsterte sie und ihre Wangen glühten.

Als ihr Prinz sich auf den Heimweg machte, fing Sergej ihn ab. Es gäbe da etwas, das er mit ihm besprechen müsste. Sergej bat ihn in sein Büro. Er brauchte nur fünf Minuten, um die Zukunft des Prinzen und die seiner schwangeren Prostituierten für immer zu zerstören. Prinz betrat das *Baby Doll* nie wieder.

Elli

Elli presste ihre Hände gegen die Ohren. Sie ertrug Alinas Schreie nicht länger. Jedes Mal, wenn sie in den anderen Raum starrte, war sie sicher, die nächste Wehe würde ihre Mitgefangene in zwei Teile reißen. Alina kauerte mittlerweile auf der Pritsche und betete.

„Lieber Gott! Bitte lasse es aufhören! Lass es einfach aufhören! Bitte! Biiiiittte!"

Das Gejaule hallte von den steinernen Wänden wider und knallte zigfach auf Ellis Trommelfell.

Ja, bitte, lass es aufhören!, dachte Elli und hätte sich am liebsten in ein Loch verkrochen. Hauptsache schalldicht. Nichts mehr hören. Nichts sehen. Nichts mitbekommen von dem Drama, das sich nebenan abspielte. Ihre Nerven waren so angespannt, dass sie meinte, sie knistern zu hören. Vielleicht drehte sie einfach durch. Wahrscheinlich musste man wahnsinnig werden, um das untätig auszuhalten. Elli stieg wieder auf den Eimer und redete auf Alina ein.

„Atme! Ein, aus. Tief in den Bauch." Elli wusste, wie verzweifelt sie klang. Alina spürte es.

In einer kurzen Wehenpause wisperte sie kaum hörbar: „Wozu atmen, Elli? Ich bin so gut wie tot."

Elli krallte ihre Finger um das rostige Gitter. Tränen verschleierten ihr die Sicht. „Sag das nicht! Bald hast du es geschafft! Du wirst dein Baby im Arm halten!", ermutigte Elli sie.

„Und dann?", keuchte Alina, als sich die nächste Wehe ankündigte. „Dann stirbt mein Kind mit mir gemeinsam in diesem Loch."

Elli biss sich auf die Lippe. Was sollte sie dagegen halten? Alina hatte Recht. Wie lange konnten sie hier drinnen überleben? Noch dazu mit einem Neugeborenen?

Der Schrei bohrte sich tief unter Ellis Kopfhaut. Am liebsten hätte sie sich die Ohren zugehalten, aber Alina brauchte sie jetzt.

„Es ist gleich soweit", erklärte Alina und wiegte den Kopf hin und her. Zwischendurch summte und murmelte sie etwas, das Elli nicht verstand. Sie stemmte sich mit den Händen gegen die Pritsche und fauchte wie eine altersschwache Lokomotive.

Wenn ich nur helfen könnte, dachte Elli und biss sich in die Faust, als die nächste Wehe anrollte und Alina plärrte, als rammte ihr jemand ein Messer in den Bauch. Elli schloss die Augen. Es war hoffnungslos!

„Hilf mir!", weinte Alina.

Elli knallte ihre Stirn gegen das Gitter und rüttelte daran, bis ihre Muskeln krampften. „Wie, Alina? Wie kann ich helfen?"

Alina stöhnte und sank aufs Bett. Elli spähte zwischen den Gittern hindurch. Die Frau rührte sich nicht.

„Alina! Alina!" Elli riss an den Gittern, bis ihre Finger bluteten. „Nicht! Du kannst nicht ..." Elli stolperte von dem Eimer und stützte sich mit einer Hand an der Wand ab. Tränen liefen ihr über die Wangen. Das durfte nicht passieren!

„Hilfe!", brüllte sie. „Wir brauchen hier drinnen Hilfe!" Sie erkannte ihre eigene Stimme nicht, die klang wie trockenes

Brennholz. Ihr Hals fühlte sich wund und heiß an. Hatte sie Fieber? Sie fröstelte. Sie schlang die Arme um ihren Körper und sank zu Boden.

Sie hörte Stimmen. Der Wahnsinn bezog Quartier in ihrem Oberstübchen. Sie gluckste. Flüsternde Stimmen. Sie lachte.

„Hey ihr!", rief sie in die Dunkelheit ihres Gefängnisses. „Kommt und unterhaltet euch ein bisschen mit mir! Ist doch recht einsam hier drinnen." Sie kicherte. War sie eingeschlafen? Sie lauschte. Die Stimmen waberten weiterhin durch ihr Hirn. Wenn sie nur verstehen könnte, was sie sagten.

„Redet doch etwas lauter, ja!", brüllte sie gegen die Wand. „Wir haben hier drinnen sowieso keine Geheimnisse!"

Sie presste ein Ohr gegen den kühlen Stein. Ihre Nerven quietschten. Sie spürte jede einzelne vibrieren. Sie wünschte, sie könnte sie abstellen. Aus-Knopf. Klick. Stop. Da war etwas. Was war es? Stimmen. Wieder.

„Hallo!", gröhlte Elli und schnappte sich den Eimer, um in den Nebenraum zu spähen. Alina lag zusammengekauert auf dem Bett. Regungslos.

„Alina, Alina! Hörst du die Stimmen auch?" Elli grinste. „Eher nicht!" Elli starrte resigniert in das graublaue Dämmerlicht.

War Alina tot? Wie konnte sie es wagen, sie alleinzulassen? Da war ein Licht. Ein Licht und Stimmen.

Das wird immer besser, dachte Elli und gackerte. Sie kniff die Augen zusammen. Ein Licht, das unter dem Türspalt des anderen Raums hindurch flackerte. Und Stimmen. Zwei. Elli spitzte die Ohren. Halluzinierte sie? Die Tür ging auf. Das Licht war so hell, dass Elli glaubte, zu erblinden. Sie schloss die Augen und spähte zwischen ihren halb geöffneten Lidern hervor. Die Kälte floss in ihre Extremitäten. Da war er. Ohne Skimaske. Ein Schrank von einem Mann. Er trug dunkle Jeans und einen engen Pullover mit V-Ausschnitt, der seine Muskeln betonte. Sie hätte ihn überall wiedererkannt. Auch ohne die Schlange, die sich auf seinem Hals wand und deren Zunge sein Ohrläppchen zu kitzeln schien. Sergej! Sie schauderte. Er stürzte auf Alina zu, schüttelte sie, schrie auf sie ein. Dann legte er zwei Finger an ihren Hals, um ihren Puls zu prüfen.

„Sie ist tot!", brüllte Elli durch die Gitter. „Du hast sie getötet!"

Sergej ließ Alina los und schoss auf Elli zu. Sie hörte einen Schlüsselbund klappern. Dann wurde die Tür zu ihrem Gefängnis aufgeschlossen. Sergej packte sie unsanft am Arm und zerrte sie von ihrem Posten weg.

„Na, wird´s bald!", herrschte er sie an, als sie wie in Trance über den Boden wandelte.

„Was hast du vor?" Elli starrte ihn unverwandt an. Er hatte sich verändert, war älter geworden. Seine Augen wurden von tiefen Linien gesäumt. Zwischen den Brauen thronte eine Zornesfalte. Seine Wangen hingen teilnahmslos nach unten, als schämten sie sich, Teil seines Gesichts zu sein.

„Wir holen jetzt ein Baby auf die Welt", erklärte er und schubste Elli zu Alinas Pritsche.

„Lebt sie?", fragte Elli, während sie vorsichtig nach Alinas Brust tastete. Sie spürte nichts. Ihre Finger wanderten nach oben zu Alinas Halsschlagader. Sie meinte, ein schwaches Pochen zu fühlen.

Sergej schob Alinas Nachthemd nach oben. Elli zuckte zusammen, als sie die dünnen Beine aus der Nähe sah. Er packte ihren Slip zu beiden Seiten und zog ihn nach unten. Er war voller Blut.

„Das ist nicht gut", murmelte Elli, als sie die Unterhose sah.

„Du holst jetzt das Baby!", erklärte er und setzte sich neben Alinas reglosen Körper.

Elli starrte ihn an, als hätte er verlangt, dass sie ein Passagierflugzeug landen sollte.

„Und wie hast du dir das gedacht?", rief sie lauter als beabsichtigt. „Alina ist halb tot. Sie kann das Kind nicht gebären", erwiderte Elli und ballte die Hand zur Faust.

„Ich hab auch nicht gesagt, dass sie das Kind zur Welt bringen wird", entgegnete er so ruhig, dass Elli das Blut in den Adern gefror. „Ich habe gesagt, dass du es holen wirst."

Elli schüttelte verständnislos den Kopf. „Und wie hast du dir das vorgestellt?"

Sergej stand auf und verließ kurz den Raum. Sekunden später kehrte er mit einem Messer zurück, das wie ein Skalpell aussah, Desinfektionsmitteln, sterilen Kompressen und einem Stapel Stoffwindeln. Er legte alles auf das Bett und nickte Elli zu. Elli musterte die Gegenstände und erwog einen Moment lang, ihm das Skalpell in den Hals zu rammen. Ihr war klar, dass sie nicht einmal in die Nähe seines Gesichts kommen würde, bevor er ihr mit einer Hand den Kehlkopf brach.

„Ich verstehe nicht ...", gab sie nach einigen Sekunden zu.

Sergej seufzte. „Wie dämlich bist du eigentlich?", herrschte er sie an. „Du machst einen Kaiserschnitt, kapiert?"

Elli glaubte, ihre Augen würden aus den Höhlen kullern. „Einen was?" Jetzt schrie sie. „Bist du verrückt! Ich bin doch keine Ärztin! Ich kann das nicht!"

Sergejs Finger legten sich um ihr Handgelenk wie ein Schraubstock. „Du bist Pflegerin. Du kannst das!", erklärte er leise.

„Du irrst dich!", brüllte sie außer sich. „Ich bin Altenpflegerin. Ich wasche alte Leute. Ich gebe ihnen Medikamente und mache Gymnastik mit ihnen. Manchmal lese ich ihnen vor oder gehe mit ihnen im Park spazieren. Ich habe keine Ahnung, wie man mit einem Skalpell umgeht."

Sergejs Mund kam ganz nah an ihr Ohr. Sie roch seinen Atem, der nach Zigaretten und Knoblauch stank.

„Dann wächst du jetzt über dich hinaus. Du wirst dieses Baby aus Alina herausschneiden. Jetzt!" Er betonte jede einzelne Silbe. „Denn, wenn du es nicht tust, schneide ich etwas aus dir heraus", erklärte er und fuhr mit seinem Finger zwischen ihren Brüsten entlang. „Etwas, das du bestimmt behalten willst."

Er reichte Elli das Desinfektionsmittel und danach das Skalpell. „Und komm bloß nicht auf blöde Gedanken", fügte er hinzu. „Sonst schlitze ich dich vom Hals bis zu den Schamlippen auf. Haben wir uns verstanden?"

Elli nickte panisch. „Ich kann das nicht tun. Sie wird sterben!", jammerte sie und vergrub das Gesicht in den Händen.

„Das wird sie sowieso", erwiderte Sergej kalt und klopfte ihr auf die Schulter. „Also, sei ein braves Mädchen und rette das Baby!"

Elli schnappte ein paar Mal nach Luft. Sie hatte das Gefühl, ohnmächtig zu werden. Das Skalpell zitterte in ihrer Hand. Sergej nahm ihre Hand in seine und legte das Messer auf Alinas bleiche Haut.

„Ungefähr hier?", fragte er.

„Ich glaube … ja … ich weiß nicht genau …"

Sie korrigierte die Position des Skalpells so, dass es an die Linie rückte, wo Alinas Schamhaar endete. Sie zögerte. Sergej drückte die Klinge ins Fleisch. Blut quoll aus der Wunde. Elli unterdrückte den Brechreiz, als sie die Fett- und Gewebeschichten so vorsichtig wie möglich durchtrennte, um nicht versehentlich in die Gebärmutter zu schneiden.

„Ich brauche Tücher!", brüllte sie, als sie vor lauter Blut nichts mehr sah.

Sergej stopfte die Tücher in die Öffnung, bis ein Großteil des Blutes aufgesaugt war. Elli warf einen Blick auf Alina. Sie fürchtete, ihre Mitgefangene könnte während der Operation aufwachen. Doch sie rührte sich nicht. Der Geruch des Blutes verursachte ihr Übelkeit. Sie versuchte, an das Baby zu denken, daran, dass sie es möglicherweise retten konnte.

„Schneid auf!", fuhr Sergej sie an.

Elli schwitzte. Die Angst wand sich unter ihrer Haut. Was, wenn sie das Baby verletzte, wenn sie in die Gebärmutter schnitt? So behutsam wie möglich ritzte sie mit dem Skalpell in den unteren Teil des Uterus. Dann vergrößerte sie den Schnitt mit der Klinge. Ein Schwall Fruchtwasser ergoss sich über ihre Hände und die Pritsche. Sergej wandte sich angeekelt ab. Elli versuchte, den Schnitt mit den Händen zu vergrößern, bis das Köpfchen des Babys aus der Hülle hervorlugte. Sergej kniete jetzt neben dem Bett und starrte fasziniert auf das Kind. Elli desinfizierte ihre Hände erneut und zog so sanft wie möglich am Köpfchen des Babys. Erst rührte es sich kaum, aber schließlich rutschte es mit einem schmatzenden Geräusch aus dem Leib seiner Mutter. Elli drückte das Kind mit einem Stofftuch an ihre Brust, die sich hob und senkte, als wäre sie gesprintet. Der Schweiß lief ihr über die Schläfen und tränkte ein paar Haarsträhnen.

„Wieso schreit das Baby nicht?", fragte Sergej und beäugte das Kind misstrauisch.

Elli zuckte die Achseln. „Ich weiß nicht." Sie legte das Baby vorsichtig neben seine Mutter und begann, seine Gliedmaßen zu massieren. „Wir müssen es abnabeln. Hast du Bindfaden?"

Sergej verzog den Mund. „Ich sehe nach."

Allmählich färbte sich die Haut des Babys rosa. Es umfasste Ellis Finger mit seinem Fäustchen und glückste leise vor sich hin. Das Kind schien gesund. Elli blickte auf Alina, die wie ein ausgeweidetes Tier vor ihr lag. Tränen tropften ihr übers Kinn.

„Es tut mir so leid!", flüsterte sie und strich über Alinas Stirn. „Du hast eine wunderschöne kleine Tochter", erzählte sie ihr und küsste das Baby auf die Stirn.

Sie musste einen Weg finden, wenigstens das Baby zu retten. Sergej hatte in seiner Verwirrung den Raum verlassen, ohne ihr das Skalpell abzunehmen. Elli wusste, dass ihre Chance, lebend aus diesem Verlies zu kommen, gegen Null ging. Aber sie war sicher, dass Sergej sie jetzt, da das Baby da war, in jedem Fall töten würde. Er brauchte sie nicht länger. Sie musste ihm zuvorkommen. Sie steckte das Skalpell in die rechte Tasche ihrer Uniformjacke, die sie seit der Entführung trug. Seine schweren Schritte hallten über den Boden, ehe er die Tür aufschloss.

„Hier", sagte er und reichte ihr eine Wäscheleine. „Etwas anderes habe ich nicht."

Elli nickte. „Es wird schon gehen", flüsterte sie. Sie zeigte Sergej eine Stelle an der Nabelschnur und wies ihn an, sie hier so fest wie möglich abzubinden.

„Es geht ihr gut", stellte er zufrieden fest, während er die Schnur an der Stelle übereinanderschlug und festzog.

„Ja", erwiderte Elli, während sie das Skalpell aus der Tasche zog, um die Nabelschnur zu durchtrennen. „Sieht so aus."

Sergejs Mundwinkel bewegten sich leicht. Lächelte er das Baby an? Elli schnitt durch die Schnur und trennte das Mädchen endgültig von seiner toten Mutter. Sie schluckte. Was für ein erbärmlicher Start ins Leben, dachte sie. Wenn sie dafür sorgen wollte, dass ihr weiteres Leben weniger erbärmlich wäre, dann musste sie es jetzt tun. Ellis Finger waren klamm. Das Skalpell drohte unter der Feuchtigkeit ihrer Hände wegzurutschen. Sergejs grinste das Baby an. Er fuhr mit seinen Wurstfingern über die Wange des Kindes. Jetzt!, dachte Elli. Sie packte das Skalpell und zwang sich, nicht darüber nachzudenken, was sie tat. Im selben Moment wandte Sergej den Blick von dem Kind. Er sah Elli an. Er erkannte es an ihrer Miene. Er begriff. Er packte sie am Hals. Erwischte die zarte Silberkette. Sie riss. Etwas fiel klirrend zu Boden. Sie stieß zu. Das Skalpell streifte ihn am Hals. Die Kobra blutete. Seine Hand packte sie an den Haaren und schleifte sie über den Boden. Elli schrie. Sie spähte nach dem Baby, das auf der Pritsche neben dem entstellten Körper seiner Mutter lag. Es quietschte. Sergej hatte einen Daumen auf ihren Kehlkopf gelegt und drückte zu. Der Schmerz breitete sich aus. Sie japste nach Luft. Sie hörte das schmatzende Geräusch des Kindes. Es hatte Hunger. Sie glaubte, die Augen würden ihr aus den Höhlen treten. Sie ruderte mit den Armen, versuchte, sich aus Sergejs Klammergriff zu befreien. Die Bilder verschwammen. Das Baby schrie. Es brauchte sie! Elli mobilisierte all ihre

Kräfte und stieß Sergej ihr Knie zwischen die Beine. Ein ungläubiger Ausdruck füllte sein breites Gesicht aus. Dann ließ er von ihr ab, rollte stöhnend auf den Boden und hielt sich das Geschlecht. Elli konnte nicht atmen. Ihre Hände fuchtelten unkoordiniert durch die Luft. Sie wies sich selbst an, das Skalpell zu halten. Sie stellte sich vor, dass sie all ihre Kraft in ihren rechten Arm schickte. Ihre Muskeln zuckten. Jetzt oder nie, erklärte sie sich selbst. Jetzt oder wir beide sind tot! Sie rollte über die Seite hoch, bäumte sich keuchend auf und stemmte sich auf ihren linken Arm. Sergej begann sich zu erholen. Er rappelte sich stöhnend in den Vierfüßlerstand und starrte sie mit Augen an, die vor Hass glühten. Er ballte die Hand zur Faust, um ihr das Skalpell aus der Hand zu schlagen. Sie wusste, dass der Hieb sie in schwarze Bewusstlosigkeit senden würde. Doch Elli war schneller. Mit der Rechten rammte sie Sergej das Skalpell ins Genick. Es klang, als stieß man ein Küchenmesser in einen Kürbis. Er fiel vornüber wie ein nasser Sack. Seine Arme zuckten. Er bäumte sich erneut auf. Elli tastete nach dem Messer, dass sie zuvor unter ihrer Pritsche entdeckt hatte. Als Sergej den Kopf hob, stieß sie die Klinge tief in seinen Hals. Ein Schwall Blut sprudelte aus der Wunde. Sergej gurgelte und spuckte rote Flüssigkeit. Seine Augen rollten nach hinten. Dann knallte sein Kopf auf den Steinboden und er rührte sich nicht mehr.

Ellis Beine waren weich wie Gelee, aber sie zwang sich, sie zu bewegen. Das Baby brauchte sie. Sie hob das Kind hoch, das zufrieden schmatzend dalag und drückte es an sich.

„Auf Wiedersehen, Alina!", flüsterte sie und warf einen letzten Blick auf die Mutter des Babys. „Ich werde gut auf deine Kleine aufpassen." Dann schlurfte sie zur Tür, die noch immer geöffnet war und den Weg in die Freiheit wies. Sie folgte einem Gang, von dem mehrere Lagerräume abzweigten. Es roch muffig und feucht. Elli hatte keine Zeit, sich umzusehen. Sie hoffte, den Ausgang zu finden und endlich wieder frische Luft zu atmen. Am Ende des Ganges befand sich eine Tür aus schwerem Stahl. Sie fühlte die Klinke in ihrer Hand und betete, dass sie nicht versperrt war, als sie sie hinunterdrückte. Ihr Herz machte einen Satz, als sie sich öffnen ließ. Vor ihr erstreckte sich eine Treppe, die ins Obergeschoß führte. Ein weiterer Gang, dann einige nahezu leerstehende Räume, die zu einer großen Doppeltür aus Glas führten. Das Baby seufzte leise auf ihrem Arm. Sie hielt eine Hand schützend über das Köpfchen. Erstaunt stellte Elli fest, dass sie sich in hellen, modern möblierten Räumlichkeiten wiederfand. Niemand war hier. Ob man hier oben ihre oder Alinas Schreie gehört hatte? Sie dachte an die dicke Stahltür und schüttelte den Kopf. Wohl kaum. Sie passierte einen höhenverstellbaren Schreibtisch. Ein gerahmtes Foto erregte ihre Aufmerksamkeit. Ein Mann mit dichtem, weißem Haar. Er kam ihr bekannt vor. Sie glich das Bild vor sich mit gespeicherten Erinnerungen ab. Ein Angehöriger einer ihrer Patienten. Sie runzelte die Stirn. Diese Augen. Woher ...? Die Erkenntnis traf sie mit solcher Wucht, dass sie taumelte und sich mit einer Hand am Schreibtisch abstützen musste. Er war jünger gewesen, damals. Ihr Prinz hatte sich mit ihm gestritten. Im *Baby Doll*. In dem Bordell, in dem sie gearbeitet hatte. Wie lange hatte sie nicht mehr an den Vater ihres Kindes gedacht? Sie sog den Duft des Babys ein und spürte, wie die Erinnerungen an Lina sie überschwemmten. Tränen sickerten unter ihren Lidern hervor. Lina, dachte sie. War das ein Zufall? Dass sie im

213

Keller eines Büros festgehalten wurde, in dem sie ein Foto des Mannes fand, der sich vor Jahren mit ihrem Prinzen gestritten hatte? Gerade, als sie nach all der Zeit nach ihrer Tochter zu suchen begonnen hatte? Elli schnalzte mit der Zunge. Sie glaubte nicht an Zufälle. Sie schob den Gedanken beiseite. Neben dem Foto thronte ein dunkelgrauer Festnetzapparat. Sie musste die Polizei verständigen. Und Alex. Um alles Weitere konnte sie sich später kümmern. Sie drückte das Kind mit einer Hand fest gegen ihre Brust, während sie mit der anderen den Hörer nahm, zwischen Ohr und Schulter klemmte und die Tasten drückte. In diesem Moment hörte sie eine Stimme in ihrem Rücken.

„Auflegen! Sofort!"

Elli hielt inne. Die andere Stimme! Wie dumm von ihr! Sergej hatte sich mit einer zweiten Person unterhalten. Wie hatte ihr das entfallen können! Sie legte den Hörer auf und drehte sich zögernd um.

„So ist es gut. Schön langsam!", forderte die Stimme sie auf.

Elli gehorchte. Ihre Füße weigerten sich, sich schnell zu bewegen. Es kostete sie große Anstrengung, die Muskeln überhaupt zu aktivieren. Sie blickte auf das Bündel in ihren Armen. Sie konnte nicht zulassen, dass der Kleinen etwas geschah. Als sie den Blick hob, erstarrte sie. Sie starrte in den Lauf einer Waffe. Elli fror, obwohl es hier oben deutlich wärmer war als im Verlies. Die Frau, die wenige Meter von ihr entfernt auf sie zielte, lächelte grausam. Sie kannte sie. Und in diesem Augenblick begriff sie, dass sie nie eine Chance gehabt hatte.

Alex

Vera Habicht wohnte in einem kleinen, karg möblierten Apartment. Sie schien überrascht, dass die Polizei bei ihr auftauchte, um sich über ihre zukünftige Schwägerin Julia mit ihr zu unterhalten. Vera war unscheinbar. Ihr dünnes, schulterlanges Haar hing schnurgerade zu beiden Seiten herunter. Sie hatte ein Allerweltsgesicht, eines, das man nach wenigen Minuten wieder vergaß und in einer Gruppe Menschen niemals wiedererkannt hätte. Alex fragte sich, was Sebastian Wurm an ihr finden mochte. Beim Gedanken an die noble Villa der Familie in Aigen konnte sie sich indes lebhaft vorstellen, welche Vorzüge Vera in der Verbindung zu Sebastian erkannte.

„Wie kann ich Ihnen helfen?", fragte Vera, nachdem sie Alex und Theo einen Sitzplatz auf der Wohnzimmercouch angeboten hatte.

„Julia Wurm hat gestern mit Ihnen gegessen?"

Vera nickte eifrig. „Das stimmt. Wir haben zusammen gekocht."

„Treffen Sie sich öfter mit Ihrer künftigen Schwägerin?"

Veras Augen huschten von Alex zu Theo, als vermutete sie eine Fangfrage. „Eigentlich nicht", gab sie zu. „Aber nachdem es nur noch einige Wochen bis zur Hochzeit sind, dachte ich, es wäre nett, wenn wir mehr Zeit miteinander verbringen könnten."

Theo verschränkte die Finger ineinander. „Was gab es denn Gutes?"

„Wie bitte?" Vera starrte ihn an wie ein aufgeschrecktes Huhn.

„Was haben Sie gekocht?"

Vera lachte laut auf. „Ach so. Julia hat Pasta mitgebracht. Und ich habe die Soße zubereitet."

„Das war alles?" Theo lächelte ihr aufmunternd zu.

„Wein", fügte Vera hinzu. „Es gab Wein."

„Wie ging es Julia nach dem Essen?", fragte Theo.

„Es ging ihr gut. Sie war bestens gelaunt. Wir haben uns nett unterhalten", erklärte Vera sichtlich nervös.

„Dürfte ich Ihre Toilette benutzen?", fragte Alex und sprang auf.

Vera errötete. „Äh ... ja ... sicher. Den Gang entlang, zweite Tür links."

„Ihnen ist nichts an Julia aufgefallen? Hat sie zu viel Alkohol getrunken?"

Vera stutzte. „Ist etwas nicht in Ordnung?"

Theo blickte ihr direkt ins Gesicht. „Sagen Sie es mir!"

„Ich fürchte, ich verstehe Sie nicht."

Theo stand auf und patrouillierte in dem kleinen Wohnraum auf und ab. „Frau Habicht, warum sind Sie nicht im Krankenhaus? Bei Ihrer Schwägerin?"

Vera riss erschrocken die Augen auf. „Julia ist im Krankenhaus? Das wusste ich nicht. Was ist passiert?"

Theo runzelte die Stirn. „Ihr Verlobter hat Sie nicht angerufen?"

Vera schüttelte den Kopf. „Nein. Das heißt ... ich glaube nicht. Ich habe mein Handy gestern Abend auf lautlos gestellt. Ich hatte Kopfweh und bin früh schlafen gegangen."

Sie sprang auf und rannte zum Schreibtisch, wo ihre Handtasche stand. „Verdammt!", rief sie.

„Stimmt etwas nicht?"

„Sebastian hat zehn Mal versucht, mich anzurufen."

Sie stampfte mit dem Fuß auf.

„Ich muss sofort ins Krankenhaus fahren", erklärte Vera und schnappte sich ihre Jeansjacke. „Brauchen Sie mich noch?"

Theo schüttelte den Kopf. „Das war vorerst alles", erklärte er und stand auf. Alex erschien in der Wohnzimmertür. Die drei verließen die Wohnung gemeinsam. Vera verabschiedete sich und hechtete die Treppe hinunter. Theo starrte ihr stirnrunzelnd nach.

„Wenn du mich fragst, die Frau ist völlig verpeilt, aber harmlos."

„Hmmmh", machte Alex und beförderte etwas Rundes, Bräunliches aus ihrer Jackentasche.

„Was ist das?", fragte Theo.

„Hab ich in Frau Habichts Küche gefunden. Im Abfalleimer. „Wenn du mich fragst, ist das ein Knollenblätterpilz."

Theos Augenbrauen schossen nach oben.

„Und ich würde wetten, die sind der Grund, warum Julia mit drohendem Leberversagen im Krankenhaus liegt."

„Donnerwetter!", entfuhr es Theo. „Das hätte ich der Kleinen nicht zugetraut."

Alex Mobiltelefon klingelte.

„Wild." Sie lauschte einen Moment. „Mein Kollege und ich sind in der Nähe, Frau Berber. Wir sind gleich bei Ihnen."

Frau Berber telefonierte, als Alex und Theo die Adoptionsbehörde betraten. Sie hob einen Finger in die Luft und bedeutete ihnen, kurz zu warten.

„Was haben Sie für uns?", fragte Alex ohne Umschweife, als die Frau auflegte.

„Inspektor Wild, Inspektor Bergmann", begrüßte die Frau ihren Besuch mit einem tadelnden Blick, als wollte sie sagen: So viel Zeit für gute Manieren muss sein.

„Also?" Alex trat genervt von einem Fuß auf den anderen.

„Melissengeist", bemerkte Frau Berber.

„Wie bitte?"

„Sehr hilfreich bei Nervosität und innerer Unruhe." Die Frau lächelte Alex nachsichtig an.

„Warum ich Sie angerufen habe, ..."

„Sind die fehlenden Dateien wieder aufgetaucht?", fragte Alex hastig. Sie behielt für sich, dass sie die entsprechenden Dateien auf einem USB-Stick in der Reisetasche ihrer Ex-Freundin entdeckt hatte.

Frau Berber schüttelte den Kopf.

„Leider nein. Aber ich habe über die Adoptionen des Jahres 2000 nachgedacht."

„Und?"

„Mir ist eingefallen, dass es damals ein paar Adoptionen gab, bei denen nicht ganz klar war, wer die leiblichen Eltern der Babys waren."

Alex tänzelte vor Frau Berbers Schreibtisch.

„Wie meinen Sie das?"

„Normalerweise entscheiden sich sehr junge Mütter oder Frauen in finanziell prekären Situationen dazu, ihr Kind zur Adoption freizugeben", erklärte die Frau, wobei ihre Nickelbrille mit der Bewegung ihres Mundes bis zur Nasenspitze rutschte. „Sowohl die Mütter, die ihr Kind abgeben, als auch die Eltern, die adoptieren, werden auf Herz und Nieren geprüft. Verstehen Sie?"

„Und in diesen Fällen war es anders?"

Frau Berber nickte langsam. „Wissen Sie, gelegentlich kommt es vor, dass Babys nach der Geburt in der Babyklappe eines Krankenhauses abgegeben werden. In diesen Fällen dauert es länger, bis ein Kind zur Adoption freigegeben werden kann, da die leibliche Mutter sich einige Wochen lang noch gegen die Adoption entscheiden kann."

„Und die Adoptionen aus dem Jahr 2000, von denen die Unterlagen fehlen, waren Kinder aus einer Babyklappe?", wollte Alex wissen.

Frau Berber schüttelte den Kopf. „In einem Fall, ja. Die anderen Fälle ...". Sie schluckte. „Drei Babys wurden einfach vor der Tür unserer Adoptionsbehörde abgelegt."

Theo kratzte sich am Hinterkopf. „Wie abgelegt? In einem Weidenkorb? Wie in der Bibel?"

Frau Berber schmunzelte. „So ähnlich. Ja."

„Vielleicht hatten die Mütter Angst vor Krankenhäusern? Oder Ihre Behörde war näher an dem Ort, an dem die Babys entbunden wurden", schlug Alex vor.

Frau Berber rieb sich die Schläfen. „Das wäre natürlich möglich. Was ich seltsam finde, ist dass in genau diesen Fällen die Adoptionsunterlagen fehlen."

Alex nickte zustimmend. Das warf Fragen auf.

„Ich würde gerne die Leitung der Behörde sprechen", erklärte sie daher.

„Das verstehe ich, Frau Inspektor. Herr Niedermoser ist erst morgen wieder im Haus. Er befindet sich auf einer Dienstreise in Berlin. Aber ..."

„Gibt es ein Problem?"

„Herr Niedermoser wird Ihre Fragen nicht beantworten können. Er ist erst seit 2001 Leiter der Behörde."

Alex runzelte die Stirn. „Und wer leitete die Behörde im Jahr 2000?"

Frau Berber zögerte. „Unsere Personaldaten sind vertraulich."

„Natürlich", bestätigte Alex.

Frau Berber seufzte, als kostete es sie größte Anstrengung, den Namen auszusprechen. „Die Dame hieß Wurm. Sabrina Wurm."

Alex und Theo starrten sich an. Ohne ein weiteres Wort rannten sie aus der Adoptionsbehörde. Sie würden Sabrina und Christian Wurm zur Rede stellen.

August 2000

Die Tage kamen und verschwanden wie Nebel im Herbst. Elli schlief den ganzen Tag. Jede Faser ihres Körpers schmerzte. Hinter ihrer Stirn pulsierte es. In ihren Füßen staute sich so viel Wasser, dass sie sich anfühlten, als spazierte sie mit gefüllten Gummistiefeln herum. Ihre Gedanken kreisten um ihren Prinzen. Sie spielte die Szene, als er ihr die Nachricht vom geglückten Deal mit Sergej überbracht hatte, gedanklich immer und immer wieder durch. Was hatte sie überhört? Hatte sie ihn missverstanden? Die Haut an ihren Händen schien zu platzen, als sie diese zu Fäusten ballte, so dick waren sie vom Wasser.

Warum war er nicht gekommen, um sie zu holen? Was war geschehen? Er war so glücklich mit ihr und über das Baby. Nie hätte er sie freiwillig im Stich gelassen. Er war bereit, ein kleines Vermögen für sie zu bezahlen, damit sie eine gemeinsame Zukunft hätten. Hatte er sie belogen? Einfach seine Meinung geändert? Das konnte sie nicht glauben. Eine Träne huschte aus dem Innenwinkel ihres Auges und kullerte quer über ihre Wange, wo sie ins Kissen tropfte. Hatte Sergej den Preis erhöht? Konnte Prinz das Geld nicht aufbringen? Aber dann wäre er gekommen, um mit ihr zu sprechen. Er hätte ihr versichert, dass es noch etwas dauern, er aber eine Lösung finden würde. Elli vergrub ihr Gesicht im Kissen. Das Schluchzen rüttelte an ihr wie Wind an einem Fensterladen. Wie, um seine Mutter zu beruhigen, boxte das Baby Elli sanft in den Bauch. Instinktiv legte sie eine Hand auf ihren Nabel und sprach beruhigend auf Lina ein. Sie war alles, was sie noch hatte. Der einzige Grund, warum sie sich nicht aus diesem Leben verabschiedete. Der Morgen, an dem sie – frisch geduscht und in ihrem Lieblingskleid – auf ihn gewartet hatte, kam ihr in den Sinn. Die Reisetasche, die neben ihr auf dem Bett hockte, eine Erinnerung, wie wenig sie aus ihrem alten Leben mitnehmen wollte. Das Bett frisch bezogen, die Vorhänge geöffnet. Der Duft von Neuanfang wehte zum Fenster herein, hüllte sie in Vorfreude und fröhliche Aufregung. Wie oft sie aufgesprungen und zum Spiegel gehuscht war, um ihre Augenbrauen zu zupfen, den Lippenstift nachzuziehen, eine Haarsträhne hinters Ohr zu streichen. Sie hatte sich wieder hingesetzt, eine Melodie gesummt, mit Lina gesprochen. Aus dem Fenster gestarrt. Jedes Auto, das sich näherte, taxiert. Die Schuhe ausgezogen. Wieder angezogen. Die Reisetasche geprüft. Kaltes Wasser über ihre Handgelenke laufen lassen. Ein Buch geöffnet. Eine Seite gelesen, ohne ein Wort zu erfassen. Sie hatte bei Kathrin geklopft, um zu fragen, ob sie ihren Prinzen gesehen hätte. Kathrin hatte den Kopf geschüttelt und sie umarmt. Schließlich, als sie es nicht länger aushielt, hatte sie seine Nummer gewählt. Sie hatten sich geschworen, sich nur im äußersten Notfall anzurufen. Sie hatte aufgelegt, bevor er abnehmen konnte. Das Herz schlug ihr bis zum Hals. Alles pochte. Es klopfte an der Tür. Ihr Herz machte einen Satz. Sie sprang auf, lachte, weinte, öffnete die Tür. In der Bewegung erstarrte sie. Ihre Züge entgleisten. Es war Sergej. Er füllte den Türrahmen vollständig aus. Sie wich einen Schritt zurück.

„Er kommt nicht", brummte Sergej, ohne ihr in die Augen zu sehen.

Ihr Herz taumelte, stürzte in die Tiefe.

222

„Das ist nicht wahr!", schrie sie und erkannte ihre Stimme nicht. „Er hat es versprochen!"

Sergej drehte sich um und polterte die Stufen hinunter. Elli schlug die Tür zu. Fassungslos. Außer sich. Das konnte nicht sein!

„Ruf nicht an! Das ist zu gefährlich!," hatte er sie gewarnt. „Wenn Sergej etwas mitbekommt, bist du tot."

Elli hatte genickt. „Wenn etwas Wichtiges passiert, meldest du dich?"

Er hatte es versprochen. Ihr Gesicht mit beiden Händen umfasst. Sie geküsst. Sie hatte sich sicher gefühlt.

„Benutze es nur in einem Notfall, hörst du?"

„Ja", versprach sie und schmiegte sich an ihn.

Elli starrte auf das Display, suchte vergeblich nach einem verpassten Anruf oder einer eingegangenen Nachricht. Er hatte versprochen, sie zu holen. Er hatte sein Versprechen gebrochen. War das nichts Wichtiges? Ihre Lippen bebten. Er hatte seine Nummer in ihren Kontakten unter Kurzwahl gespeichert. Sie drückte auf die 1 und wartete auf den Klingelton. Es dauerte länger, als sie erwartet hatte. Auf das Klingeln wartete sie vergeblich. Stattdessen meldete sich eine weiblich klingende Computerstimme: „Die von Ihnen gewählte Nummer ist nicht vergeben."

Elli zitterte. Sie legte auf. Vielleicht gab es ein Problem beim Mobilfunkanbieter. Sie drückte die Kurzwahltaste erneut. *Die von Ihnen gewählte Nummer ist nicht vergeben.* Nach zehn weiteren Versuchen gab sie auf. Sie sank aufs Bett, presste ihr Gesicht auf das Kissen und schrie, bis ihre Stimme versagte.

223

Alex

Mia hockte im Schneidersitz auf ihrem Drehstuhl und sah aus, als meditierte sie. Sie hatte Daumen und Zeigefinger aneinandergelegt, die Augen geschlossen, atmete sie durch die Nase ein und durch den Mund aus. Ihr knallrot gefärbtes Haar fiel in weichen Wellen auf die Schultern. In ihrer Nase und den Augenbrauen steckten mehrere Piercings.

„Störe ich?", fragte Alex, als sie das Labor betrat.

„Überhaupt nicht", erwiderte Mia, ohne die Augen zu öffnen. „Ich habe mich schon gefragt, wie lange du da in der Tür stehen bleibst."

„Du hast mich gehört?" Alex schwang sich auf den freien Stuhl neben Mias Schreibtisch.

„Klar!" Mia kicherte. „Deine Schuhsohlen quietschen so laut, da könntest du dich gleich mit einem Megaphon ankündigen."

Alex grinste. „Meditierst du bei der Arbeit?"

Mia streckte sich und stellte die Füße auf den Boden. „Bildschirmpausen", erklärte sie. „Und nachdem der Chef miese Laune hat, habe ich gedacht, ich besuche meinen Kraftplatz und leite seine negative Energie dorthin."

„Paul war hier?"

„Zumindest jemand, der Ähnlichkeit mit ihm hatte. Der ist hereingefegt wie ein Wirbelsturm. So habe ich ihn noch nie gesehen."

„Hat er gesagt, was los ist?", fragte Alex, die ein ungutes Gefühl hatte, dass sie sich trotz ihrer Suspendierung um den Fall kümmerte.

Mia nickte. „Es wird dir nicht gefallen. Er hat wohl spitz gekriegt, dass du dich in den Fall eingeschaltet hast. Er hat mich nach den Beweisen gefragt, die du mir gebracht hast."

Alex biss sich auf die Lippe. „Was hast du ihm gesagt?"

Mia machte eine abwehrende Handbewegung. „Keine Sorge! Ich habe ihm gesagt, ich bin noch nicht so weit. Er soll in einer Stunde wiederkommen."

Alex atmete erleichtert aus. „Danke, Mia! Du hast was gut bei mir!"

Mia schnalzte mit der Zunge. „Yup! Wir sollten uns beeilen. Wäre besser für dich, du wärst weg, bevor Paul zurückkommt."

Alex beugte sich vor und starrte auf den Bildschirm. „Was hast du für mich?"

Mia tippte etwas in ihre Tastatur. „Die Dateien auf dem USB-Stick", begann sie. „Ich habe mir vor allem die über Elena angesehen."

„Und?"

„Deine Freundin wurde als Bruthenne missbraucht", antwortete Mia. „Elena hat offenbar früher als Prostituierte gearbeitet. In einem Bordell namens *Baby Doll.*"

„Das weiß ich", flüsterte Alex.

Mia zog verwundert eine Augenbraue hoch. „Elena muss während ihrer Zeit als Prostituierte schwanger geworden sein. Jedenfalls gibt es in dieser Datei jede Menge Schriftverkehr zwischen ihrem Zuhälter, einem Sergej Makarow, und der Adoptionsbehörde. Offenbar hat er der Behörde das Kind angeboten. Für eine nicht unbeträchtliche Summe."

Mia wartete, bis Alex die Nachricht gelesen hatte.

„150.000 Euro?" Alex sank in ihren Stuhl zurück. „Die Behörde steckte mit einem Zuhälter unter einer Decke?"

Mia nickte. „In jedem Fall! Hier!" Die Laborassistentin las die entsprechende Passage vor:

„Herr Makarow!
Machen Sie sich wegen des Geldes keine Sorgen! Die Kunden, die wir im Auge haben, verfügen über ein beträchtliches Vermögen. Bei der Aussicht, auf unbürokratischem Weg ein gesundes Kind zu bekommen, dürfte die Summe zweitrangig sein."

Alex' Puls beschleunigte.

„Wer hat diese Mail geschrieben?"

Mia schüttelte den Kopf. „Ich fürchte, sie wurde von der allgemeinen Adresse der Behörde geschickt. Leider wurde sie nicht unterzeichnet."

Alex verzog den Mund. Nach all den Jahren wäre es unmöglich, nachzuvollziehen, von welchem Account aus die E-Mail verschickt wurde.

„Elena war übrigens nicht das einzige Opfer," warf Mia ein.

„Was meinst du?"

„Es gibt mindestens ein Dutzend Ordner mit verschiedenen Namen von Frauen, die offenbar alle in demselben Etablissement gearbeitet haben und im Laufe ihrer Karriere dort schwanger wurden", erklärte Mia.

„Du denkst, allen diesen Frauen wurden die Kinder weggenommen?"

Mia öffnete eine weitere Datei mit dem Namen „Svetlana Dragic". „Diese Frau war ebenfalls im Jahr 2000 schwanger. Der Geburtstermin war für März 2000 berechnet."

„Nur ein halbes Jahr vor Elenas", bemerkte Alex. „Und das Baby wurde ebenfalls an die Adoptionsbehörde verkauft?"

„Wenn die Informationen in diesen Schreiben korrekt sind, dann ja", bestätigte Mia, während sie den nächsten gelben Ordner anklickte.

„Annika Weber. Gerade mal sechzehn Jahre alt. Geburtstermin Mai 2000."

„Und immer dieselbe Geschichte", bemerkte Alex, ohne die beigefügten E-Mails im Detail zu lesen.

Mia nickte. „Alex, das ist dein Fachgebiet, aber wenn du mich fragst, haben wir es hier mit Menschenhandel zu tun."

„Allerdings!" Sie seufzte leise. „Was ist mit dem Foto, das ich dir gegeben habe?"

Mia holte das Bild aus einer Hülle und legte es vor sich auf den Schreibtisch. „Hast du dir das Foto überhaupt angesehen?", fragte sie Alex.

„Ja. Wieso fragst du?"

„Und dir ist nichts aufgefallen?" Mia tippte etwas in ihre Tastatur, bis sie den Ordner „Stefan Vogt" gefunden hatte.

Alex starrte auf das Bild, das vor ihr lag. Elena mit erhitzten roten Wangen, blutjung, glücklich. An ihrer Brust das frisch geborene Baby. Das Bett. Das Gemälde an der Wand hinter dem Bett. Das Nachtkästchen. Ihr Blick wanderte zurück zu Ellis strahlenden Augen. Dann wieder zu dem Nachttisch. Auf dem Tisch stand eine metallene Statue. Nichts Besonderes. Eine Erinnerung durchzuckte sie. Das Motelzimmer. Stefan Vogt. All das Blut. Etwas Metallenes, das unter dem Bett hervorlugte.

„Oh, mein Gott!", entfuhr es ihr. „Das gibt es doch nicht!"

Mia lächelte nachsichtig, als Alex nach dem Foto griff. „Klingelt es bei dir?"

„Es klingelt nicht, es schrillt!", erwiderte Alex, als Mia den Ordner öffnete und die Nahaufnahmen der Tatwaffe den Bildschirm in Großaufnahme ausfüllten.

„Zeit wird´s!"

Die metallene Statue stellte einen nackten Mann dar, der mit der rechten Hand eine Kugel schwang, als wollte er kegeln. Die Figur war an Kopf und Schulter mit Blut besudelt. Alex verglich die Aufnahmen auf dem Polaroid mit jener auf Mias PC. Die Statuen waren ohne jeden Zweifel identisch. Alex überlegte fieberhaft, ob Elli eine solche Figur besessen hatte. Sie hatten lange genug zusammengelebt. Wenn die Statue Elli gehörte, müsste sie sie in ihre gemeinsame Wohnung gebracht haben. Elli hasste Nippes und unnötigen Schnickschnack. Bis auf etwas Kleidung für den Winter und ein Paar Ski hatte sie auch keine Habseligkeiten in Alex´ Keller aufbewahrt. Die Statue gehörte jemand anderem.

„Jemand wollte das Foto vernichten, um zu verhindern, dass die Tatwaffe mit dem *Baby Doll* in Verbindung gebracht wird", sprach Alex ihre Gedanken laut aus.

„Dann gehört das Ding jemandem, der dort gearbeitet hat", schlussfolgerte Mia.

„Davon gehe ich aus."

„Wovon gehst du aus?", fragte eine Stimme, die Alex sehr vertraut war.

Normalerweise klang sie warm und sanft, heute jedoch dröhnte sie durch ihre Gehörgänge wie ein Schnellzug in einem Tunnel. Alex wappnete sich für die Standpauke, ehe sie sich umdrehte.

„Paul!", sagte sie und stand auf.

„Hinsetzen!", befahl Paul, der sich vor ihr aufbaute wie ein Bollwerk.

Mia presste die Lippen aufeinander und quetschte sich an Alex vorbei. „Ich glaube, ich hole mir einen Kaffee."

Alex warf ihr einen hilfesuchenden Blick zu. Mia murmelte eine Entschuldigung.

„Was tust du hier?" Paul stand mit verschränkten Armen vor Alex.

„Ich besuche Mia", erklärte Alex und hielt seinem Blick stand.

„Erzähl mir keinen Scheiß!", herrschte Paul sie an. „Du ermittelst in einem Fall, obwohl du suspendiert wurdest."

Alex schwieg.

„Es gibt eine Beschwerde von einem Herrn Wurm. Du hättest ihn massiv unter Druck gesetzt und ihm unlautere Geschäfte unterstellt."

„Er MACHT unlautere Geschäfte", entgegnete Alex.

„Was erlaubst du dir, dich meinen Anweisungen zu widersetzen?" Pauls Augenbrauen bebten wie ein Anfänger auf einem Surfbrett. Ein sicheres Zeichen, dass er drauf und dran war, die Beherrschung zu verlieren.

„Habt ihr Elli gefunden?", fragte Alex leise.

„Was?" Pauls Blick traf sie wie ein Geschoß.

„Oder Lisi Kronreif?"

„Alex, was soll der Mist?" Paul kam einen Schritt auf sie zu.

Alex atmete tief ein. „Dasselbe könnte ich dich fragen! Meine Freundin ist verschwunden. Lisi Kronreif ist seit Tagen wie vom Erdboden verschluckt und unsere Abteilung unternimmt ... NICHTS! Du kannst nicht von mir erwarten, dass ich abwarte, während Elli irgendwo verreckt."

Paul starrte sie an, als wäre sie übergeschnappt.

„Du hast eine Mordverdächtige bei dir zu Hause versteckt! Sag mal, merkst du überhaupt noch was?!"

Alex schluckte. „Ich habe einen Fehler gemacht. Einen großen. Ich weiß das und es tut mir leid. Aber lass nicht Elli dafür büßen."

„Das tue ich nicht, verdammt noch mal!" Paul schnaubte. „Aber so was kann ich dir nicht durchgehen lassen, verstehst du?"

Alex nickte. „Dann hilf mir, Paul! Bitte! Es gibt neue Spuren."

Paul setzte an, etwas zu entgegnen. Stattdessen nahm er verkehrt auf Mias Stuhl Platz. Er verschränkte die Arme auf der Lehne. „Okay", sagte er. „Dann bring mich auf den neuesten Stand."

Alex erzählte ihm von dem USB-Stick, den sie in Ellis Tasche gefunden hatte. Von den verlorenen Daten der Adoptionsbehörde und wie sie die Dateien auf dem Stick gefunden hatte. Sie berichtete von dem Foto, das kurz nach Ellis Entbindung aufgenommen worden war und davon, dass Mia darauf die Tatwaffe im Fall Stefan Vogt entdeckt hatte. Sie erwähnte die Wohnanlage in Schallmoos, die Christian Wurm gehörte, und in der Iwan Wolkow wohnte und offenbar seine Geschäfte führte. Als sie mit Julia Wurm endete, die allem Anschein nach Ellis leibliche Tochter war und die im Moment aufgrund einer Vergiftung um ihr Leben kämpfte, klopfte Paul mit den Fingern auf die Stuhllehne.

„Du hast Recht", gab er zu. „Das alles kann kein Zufall sein."

Alex sah ihn flehentlich an. „Und?"

„Und ...", Paul rang sichtlich mit sich. „... ich habe zu wenig Leute, um gründlich zu ermitteln. Lena und Kurt sind im Urlaub und Daniel ist im Krankenstand."

Alex zwang sich, bis 10 zu zählen, um ihre Ungeduld zu zügeln. „Also?", hakte sie nach, als sie es nicht länger aushielt.

„Du bist wieder offiziell im Dienst", erklärte Paul und kniff die Augen zusammen. „Aber keine Alleingänge, verstanden?"

Alex nickte heftig.

„Du machst nicht einen Schritt ohne Theo oder mich. Ist das klar?"

„Glasklar", bestätigte sie, während ihre Füße über den Boden scharrten.

„Das bedeutet nicht, dass dein Fehlverhalten keine Konsequenzen hat", ergänzte Paul, während er aufstand. „Wir unterhalten uns in Ruhe, wenn wir Elli gefunden haben. Und Lisi Kronreif."

Alex schwieg gehorsam. Als Paul den Raum verließ, folgte sie ihm auf dem Fuß.

„Was wird das?", fragte Paul.

„Meine Waffe und meine Marke", erwiderte Alex.

Paul verdrehte die Augen. „Hab ich dir schon einmal gesagt, dass du eine Nervensäge bist?"

Ein kleines Lächeln schlich sich in seine grimmige Miene.

„Bestimmt nicht nur einmal!", grinste Alex.

„Komm mit!"

Sie trottete hinter ihrem Chef her wie ein Labrador hinter seinem Herrchen.

„Bevor du losziehst ... wo ist Theo?", wollte Paul wissen.

231

„Er ist ins Krankenhaus gefahren, um mit Sabrina und Christian Wurm zu sprechen. Die haben uns einiges zu erklären."

In diesem Augenblick klingelte Alex´ Mobiltelefon. Es war Tobias Lahner, der Kollege, den Theo zu Iwans Wohnhaus berufen hatte. Sie lauschte, murmelte ein paar „Verstehe" und „Hmmms".

„Bin schon unterwegs", brüllte sie ins Telefon.

Paul hielt sie am Kragen ihrer Jacke fest, als sie davonhasten wollte.

„Was hast du vor?"

„Ich muss los. Tobi hat Iwans Wohnung überwacht. Vor etwa einer Stunde ist Iwan von dort in Richtung Norden losgefahren. Tobi hat ihn bis nach Bergheim verfolgt. Dort befindet sich ein altes Bürogebäude, vor dem Iwan seinen Wagen abgestellt hat."

Paul runzelte die Stirn. „Das ist wohl kaum ein Verbrechen."

Alex nickte. „Schon klar. Tobi hat eine Weile vor dem Gebäude gewartet."

„Komm auf den Punkt!", forderte Paul sie auf.

„Als er das Haus betreten wollte, hat er Schreie gehört."

„Schreie?" Paul starrte sie an.

„Ja, Paul!" Alex rannte Richtung Ausgang. „Von einer Frau."

Paul hetzte hinter ihr her und schwang sich auf den Beifahrersitz des Streifenwagens. Er wählte Tobis Nummer. Niemand nahm ab. Er versuchte es erneut. Vergeblich. Er hoffte inständig, dass nicht alle seine Mitarbeiter im Alleingang ermittelten. Alex trat das Gaspedal durch. Im Geiste sah sie

Elli vor sich in einem Keller. Allein. Panisch. Und Iwan, der dabei war, eine Zeugin loszuwerden.

Theo

Frau Wurm war am Ende. Die Haut unter ihren Augen hing wie Strudelteig über ihre Wangenknochen, als manifestierte sich ihre Sorge darin, dass sie den Kampf gegen die Schwerkraft verlor. Christian Wurm erinnerte ihn an eine Französische Bulldogge, so viele Falten kräuselten sich auf seiner Stirn. Sabrina telefonierte wild gestikulierend mit jemandem, als er den Gang vor Julias Zimmer betrat. Ihr Tonfall wechselte zwischen einem tränenerstickten Flüstern und einem hysterischen Plärren. Es war offensichtlich, dass sie kurz vor einem Nervenzusammenbruch stand. Als sie Theo erblickte, schnaubte sie auf. Er konnte noch hören, wie sie in das Mikrophon zischte: „Schaff sie hierher! Sofort!"

Theo blieb in angemessener Entfernung stehen und wartete, bis Sabrina Wurm sich umdrehte. Christian Wurm kam ihm zuvor.

„Haben Sie nicht einmal ein klein wenig Respekt vor einer Familie, deren Tochter mit dem Tode ringt?", herrschte er Theo an.

„Doch, Herr Wurm", erwiderte Theo ungerührt. „Den habe ich."

„Dann haben Sie sicherlich Verständnis, dass wir Ihre Fragen zum jetzigen Zeitpunkt nicht beantworten werden."

Theo ignorierte seine Bemerkung. „Wussten Sie, dass Ihre Tochter vergiftet wurde?"

Sabrina näherte sich leise. „Die Ärzte haben diese Vermutung geäußert."

„Knollenblätterpilze", fuhr Theo fort. „Meine Kollegin und ich haben welche im Mistkübel Ihrer zukünftigen Schwiegertochter gefunden."

Sabrina schlug die Hand vor den Mund. Christians Blick huschte ungläubig hin und her.

„Das ist doch Blödsinn!"

„Ihre Schwiegertochter hat die Pilzsoße zubereitet. Julia hat die Pasta und den Wein mitgebracht", erklärte Theo weiter.

„Ich muss mit dem Arzt sprechen", flüsterte Sabrina.

„Das habe ich bereits getan", entgegnete Theo.

„Ändert das etwas an Julias ... Zustand?" Sabrina sah ihn an. Er konnte die Hoffnung bersten hören, noch ehe er den Kopf schüttelte.

„Wieso sollte Vera so etwas tun?" Sabrinas Wimpern glänzten feucht.

Christian griff nach der Hand seiner Frau. „Wir sollten uns jetzt darauf konzentrieren, Julia zu helfen. Um Vera kümmern wir uns später."

„Das überlassen Sie besser uns", mischte Theo sich ein. „Im Übrigen habe ich ein paar Fragen an Sie. Jetzt", fügte er hinzu, ehe Christian zu Wort kam.

Sabrina stand wie versteinert da.

„Na schön", willigte Christian ein. „Bringen wir es hinter uns!"

„Herr Wurm, laut Stefan Vogts Sekretärin waren Sie der Letzte, der einen Termin mit dem späteren Opfer hatte."

Christian kratzte sich am Kinn. „War das eine Frage?"

„Können Sie das bestätigen?"

„Keine Ahnung. Woher soll ich wissen, ob Stefan danach noch mit jemandem verabredet war?"

„Aber Sie haben ihn an diesem Abend gesehen?", hakte Theo nach.

„Ja", bestätigte Christian. „Es war noch recht früh. 18:00 Uhr. Höchstens halb sieben."

„Worum ging es bei dem Treffen?"

Christians Schultern hoben und senkten sich. „Meine Immobilien. Ich hatte in den vergangenen Monaten ein paar neue Geschäftsräumlichkeiten gekauft und Stefan hat mich auf ein paar ... Unstimmigkeiten aufmerksam gemacht."

„Inwiefern?"

„In puncto Steuer", gab Christian zu. „Ich habe einige Käufe am Finanzamt vorbeigeschleust."

Theo starrte ihn an. „Steuerhinterziehung? War das der einzige Grund, warum Sie sich mit Herrn Vogt getroffen haben?

Christian hielt seinem Blick stand. „Langweilig, nicht wahr?"

„Wann haben Sie sich von Herrn Vogt verabschiedet?"

„Gegen 19 Uhr, glaube ich."

„Hat er Ihnen gesagt, was er danach vorhatte?"

Christian schüttelte den Kopf. „Nein. Und ich habe ihn nicht gefragt."

Theo seufzte leise. Jetzt kam der weitaus schwierigere Teil. „Frau Wurm", begann er und versuchte, seiner Stimme einen weichen Klang zu verleihen. „Julia ist nicht Ihre leibliche Tochter, nicht wahr?"

Sabrina erstarrte. Es war, als hätte jemand den Aus-Knopf einer sprechenden Puppe gedrückt und im selben Moment das Leben aus ihr geflossen wäre.

„Was erlauben Sie sich?" Christian kam Theo so nahe, dass er dessen Atem an seiner Wange fühlte.

236

„Liege ich falsch?", fragte Theo, ohne zurückzuweichen.

„Sie mischen sich in unsere privaten Angelegenheiten ein!"

„Leider sind Ihre privaten Angelegenheiten Teil eines Verbrechens, das wir untersuchen", erwiderte Theo ungerührt.

„Sie haben sie doch nicht mehr alle!", zischte Christian und legte einen Arm um seine Frau. Sabrina bebte unter seiner Berührung. Sie stierte vor sich hin.

„Frau Wurm, Sie haben vor neunzehn Jahren die Adoptionsbehörde in Salzburg geleitet."

Sabrinas Augen weiteten sich kurz. Ihre Lippen zuckten.

„Frau Wurm?" Theo versuchte, Blickkontakt zu Sabrina herzustellen.

Sie hob das Gesicht, bis ihre Augen seine trafen.

„Ja", erwiderte sie leise.

„Während dieser Zeit haben ein paar Adoptionen stattgefunden, deren Unterlagen verschwunden sind."

Sie antwortete nicht.

„Haben Sie diese Unterlagen verschwinden lassen?"

Sabrina straffte ihre Schultern. „Wieso fragen Sie, wenn Sie es doch ohnehin wissen?"

Theo nickte nachsichtig. „Die Adoptionen, um die es hier geht, waren illegal, nicht wahr?"

Sabrinas Blick schoss von Theo zu Christian. Der lehnte mit dem Rücken an der Wand und schnaufte.

„Sag, dass das nicht wahr ist!", flüsterte er kraftlos.

Sabrina starrte auf den Boden. „Es war ein lukratives Geschäft", erklärte sie fast tonlos. „Diese Babys waren die Kinder von Huren. Keiner wollte sie. Ich hatte die Möglichkeit, diesen Babys ein liebevolles Zuhause zu schenken. Bei Menschen, die wohlhabend sind, die sich um sie kümmerten."

Theo schnalzte mit der Zunge. „Und bei der Gelegenheit haben Sie ordentlich abkassiert."

Sabrina verzog verächtlich den Mund. „Ja", erklärte sie kühl. „Geld hat etwas ungemein Beruhigendes."

Christian löste sich reflexartig von der Wand. „Wir haben Geld, verdammt noch mal! Wir haben sogar richtig viel!"

Sie nickte. „Ich weiß, mein Liebling. Ich weiß. Aber es war ein gutes Gefühl, mein eigenes Geld zu haben. Nicht von deinem abhängig zu sein." Sie gab einen Laut von sich, der wie ein Wiehern klang. „Und letztendlich hast du mich erst auf die Idee gebracht!"

Christians Augen wurden groß wie Taler. „Bist du verrückt? Ich hätte dich nie dazu angestiftet, mit Kindern zu handeln!"

Sabrina tastete nach seinem Arm. Er zuckte zurück, als hätte er einen Stromschlag erhalten.

„Wir wollten ein gemeinsames Kind", erklärte sie an Theo gewandt. „Ich hatte Sebastian aus einer früheren Beziehung, aber Christian war kinderlos und ich wusste, wie sehr er sich wünschte, Vater zu werden."

Theo wartete geduldig. Christian schloss die Augen, als könnte er so aus diesem Alptraum fliehen.

„Ich konnte nach zwei Eierstockschwangerschaften keine Kinder mehr bekommen", erzählte Sabrina und blickte in die Ferne, als spulte sich an der weißen Wand am Ende des Krankenhausganges der Film ihres Lebens ab. „Christian war am Boden zerstört."

„Das stimmt so nicht!", warf dieser ein, doch Sabrina hob die Hand und bedeutete ihm, zu schweigen.

„Ich habe meinem Mann vorgeschlagen, sich eine Geliebte zu suchen. Eine Frau, die bereit wäre, sein Kind auszu-

238

tragen, aber keinen weiteren Anspruch darauf erheben würde.“

„Das hat ihr Mann abgelehnt“, schlussfolgerte Theo.

Sabrina nickte. „Ich wurde zunehmend depressiv, konnte mich kaum noch motivieren, zur Arbeit zu gehen. Christian tat mir leid. Er wollte mir zeigen, wie sehr er mich liebte und begehrte. Und ich habe ihn weggestoßen und ihm damit nicht nur ein eigenes Kind, sondern auch ein aktives Sexleben verwehrt.“ Sabrina schluckte.

„Also ist Ihr Mann irgendwann ins Bordell gegangen“, warf Theo ein.

Christian blickte beschämt zu Boden. Sabrina lächelte. „So ist es“, bestätigte sie. „Ich wusste davon. Er hat es nie erzählt, aber ich habe es gespürt.“ Sie knetete ihre Finger. „Es war in Ordnung.“

„Das war es nicht!“, brauste Christian auf.

„Doch, mein Lieber!“, versicherte Sabrina. „Vielleicht solltest du dem Inspektor erzählen, wie sich die Beziehung zu deiner Prostituierten entwickelt hat.“

„Es gab keine Beziehung“, stellte er richtig. „Ich hatte im *Baby Doll* regelmäßig Sex mit einer Prostituierten, mit der ich mich auch auf einer menschlichen Ebene gut verstand.“

Theo hob eine Augenbraue, sagte aber nichts.

„Irgendwann habe ich ihr anvertraut, dass meine Frau und ich uns händeringend ein Baby wünschen, wir aber keines miteinander haben können. Ich hatte das erste Mal seit einer Ewigkeit das Gefühl, dass mir jemand zuhört und mich versteht.“

„Was ist dann passiert?“

„Es vergingen einige Wochen. Dann hat sie mich gefragt, ob ich ein Kind mit ihr zeugen wollte. Sie würde es für mich und meine Frau austragen."

„Gegen Bezahlung, nehme ich an?", fragte Theo.

Christian schüttelte den Kopf. „Erstaunlicherweise nicht", erwiderte er. „Ich habe ihr erklärt, dass ich zwar über die nötigen Mittel verfügte, aber ein Baby kein käuflicher Gegenstand sei. Ich habe ihr gesagt, dass ich ihr Angebot schätzte, aber es für mich nur im Rahmen einer legalen Adoption in Frage käme. In diesem Zusammenhang habe ich wohl erwähnt, dass meine Frau die Adoptionsbehörde in Salzburg leitete."

„Und dann? Ist diese Frau von Ihnen schwanger geworden?"

Christian verneinte. „Um ehrlich zu sein: Ich weiß es nicht. Mir gegenüber hat sie behauptet, dass es nicht geklappt hätte. Irgendwann habe ich die Frau nicht länger aufgesucht."

„Wussten Sie von diesem Arrangement, Frau Wurm?"

Sabrina zögerte. „Nicht direkt. Ich wusste, dass Christian nach einer Möglichkeit für eine legale Adoption suchte. Ich hatte ihm gesagt, dass die Wartelisten in Salzburg elendslang sind und wir wahrscheinlich aufgrund unseres Alters ausscheiden würden, bevor wir an der Reihe wären."

„Dann verstehe ich nicht, wie sie zu Julia gekommen sind?"

Sabrina lächelte freudlos. „Eines Tages besuchte mich jene Frau auf der Adoptionsbehörde. Ich wusste nicht, wer sie war. Sie erzählte mir geradeheraus, dass sie im *Baby Doll* arbeitete und Christian lange Zeit ihr Stammkunde gewesen sei."

Christian starrte seine Frau ungläubig an.

„Allerdings. Sie erwartete vermutlich, dass ich aus allen Wolken fallen würde."

„Aber das taten Sie nicht", ergänzte Theo.

„Nein. Ich habe ihr erklärt, dass das für mich in Ordnung sei. Die Frau sagte mir, dass sie von unserem Babywunsch wisse und mir helfen wolle."

Theo schnappte nach Luft.

„Sie behauptete, schwanger von Christian zu sein. Sie war bereit, uns das Kind zu überlassen, aber mein Mann dürfte nicht davon erfahren. Sie behauptete, zu diesem Zeitpunkt im vierten Monat zu sein. Ich hatte also Zeit, meinem Umfeld vorzuspielen, dass ich schwanger und Julia unser leibliches Kind war."

„Lassen Sie mich raten", unterbrach Theo. „Bei Ihnen scheute sie sich nicht, Geld für das Kind zu verlangen."

Sabrinas Blick wurde trüb. „Da haben Sie Recht, aber ich war mehr als bereit, in meinen größten Wunsch zu investieren", erwiderte sie. „Außerdem hat sie mir einen Deal vorgeschlagen, der für uns beide lukrativ war."

Christian vergrub das Gesicht in den Händen.

„Sie bot mir an, die Babys ihrer Mädchen an mich zu verkaufen. Ich könnte diese Kinder an wohlhabende Familien vermitteln. Auf diese Weise würden wir beide einen ordentlichen Gewinn einstreichen."

„Wollen Sie damit sagen, dass mehrere Mädchen in diesem Bordell schwanger wurden und diese Frau Ihnen deren Kinder zum Verkauf angeboten hat?"

Sabrina nickte. „So wie ich es verstanden habe, hat sie die Schwangerschaften der Mädchen sogar forciert. Die Kondome, die sie zur Verfügung gestellt hat, wurden teilweise manipuliert."

Theo war sprachlos. „Die Schwangerschaften waren beabsichtigt? Eine Art Babyfabrik? In einem Puff?"

Christian starrte seine Frau an, als wäre sie eine Fremde.

„Hat Ihre Frau Ihnen erzählt, dass diese Prostituierte bei ihr in der Adoptionsbehörde aufgetaucht ist?", wandte Theo sich an Christian.

„Nein. Und von diesem Deal wusste ich ebenfalls nichts", erklärte Herr Wurm.

„Was hat ihre Frau Ihnen erzählt, wie sie zu dem Baby gekommen wäre?"

Christians Augen flackerten. „Sie hat mir erzählt, es gäbe ein Baby, für das rasch eine Familie gefunden werden müsste. Das Kind hätte möglicherweise einen genetischen Defekt und wäre deshalb schwer vermittelbar."

„Aber das war gelogen."

„Ich musste Christian einen überzeugenden Grund liefern, warum wir nun doch so schnell für eine Adoption in Betracht kamen", warf Sabrina ein. „Ich habe ihm erklärt, dass unser Umfeld glauben sollte, dass dies unser leibliches Kind wäre. Also habe ich mir einen künstlichen Babybauch umgeschnallt, der langsam mitgewachsen ist. Dieses Baby war unsere Chance auf ein gemeinsames Kind. Unsere einzige Chance. Und diese Frau hatte angedeutet, es wäre Christians Tochter."

„Aber sie haben keinen Beweis verlangt?", fragte Theo. „Einen Vaterschaftstest, zum Beispiel."

Sabrina schüttelte den Kopf. „Ich durfte Christian ohnehin nicht einweihen. Julia ist unsere Tochter. Es spielte einfach keine Rolle, wer ihre leiblichen Eltern sind."

„Bis jetzt", ergänzte Theo.

Sabrina nickte.

„Jetzt benötigt sie die Lebertransplantation eines Blutsver-wandten", raunte Christian und wischte sich eine Träne von der Wange.

Sabrina schluchzte. Theo verspürte kein Mitleid mit ihr. Sie hatte nicht nur ihre Position als Leiterin der Adoptions-behörde ausgenutzt und mit Kindern gehandelt, sie hatte darüber hinaus Ellis Baby gekauft und als ihr eigenes aus-gegeben.

„Frau Wurm, wer war diese Frau, die sie vor neunzehn Jahren in der Adoptionsbehörde aufgesucht hat?"

Sabrina erbleichte. Christian stürzte auf seine Frau zu, um sie zu stützen. Theo holte einen Besucherstuhl und drückte Frau Wurm sanft auf den Sitz. Als Sabrina sich ein wenig erholt hatte, erzählte sie ihm von der Frau, die sie selbst lange Zeit für Julias Mutter gehalten hatten.

„Sie hieß Kathrin", flüsterte Sabrina.

Irgendwo in Theos Kopf blitzte eine Erinnerung auf. Er hatte den Namen schon einmal gehört. Im Zusammenhang mit Elli. Er tastete nach seinem Mobiltelefon. Er musste Alex erreichen. Danach würde er dem Ehepaar Wurm erklären, wer wirklich Julias Mutter war.

Alex

Der Abendverkehr wälzte sich stadtauswärts. Alex trommelte ungeduldig auf das Lenkrad. Paul saß mit angezogenen Schultern neben ihr. Als ihr Mobiltelefon klingelte, nahm sie den Anruf über die Freisprechanlage entgegen.

„Theo!", rief sie.

„Seid ihr schon dort?", fragte ihr Kollege, ohne sich mit einer Begrüßung aufzuhalten.

„Nein. Wir stehen im Stau", erklärte Alex.

„Wenn du Elena dort findest, musst du sie sofort ins Krankenhaus schaffen", erklärte Theo. „Julias Zustand hat sich weiter verschlechtert. Die Ärzte glauben nicht, dass sie die nächsten 24 Stunden überlebt."

Alex schluckte. Elli würde nicht verkraften, wenn sie ihre Tochter verlor, jetzt, wo sie kurz davor stand, sie endlich kennenzulernen.

„Dann drück uns die Daumen!"

„Ich habe übrigens dem Ehepaar Wurm ein wenig auf den Zahn gefühlt." Theo machte eine bedeutungsschwangere Pause.

„Und?" Alex hatte keine Lust auf Spielchen. Eben löste sich der Stau auf und sie kam allmählich wieder voran.

Theo berichtete von dem Gespräch, den Schwangerschaften im Bordell und Sabrina Wurms Rolle als Kinderhändlerin.

„Das Bordell wurde quasi genutzt, um Babys zu produzieren und diese dann über die Adoptionsbehörde zu verkaufen?" Alex Herz stolperte.

„So in etwa", bestätigte Theo.

„Dann hat Sergej alias Iwan diesen Deal mit Sabrina abgeschlossen?"

„Nein", erwiderte Theo. „Es war eine Frau. Die Frau, mit der Christian ein Kind zeugen wollte, um es gemeinsam mit seiner Frau großzuziehen."

„Und wer war diese Frau?"

Theo räusperte sich. „Den Familiennamen kennt offenbar niemand. Aber sie nannte sich Kathrin."

Alex blinzelte. Kathrin. Das konnte nicht sein! Kathrin war Ellis beste und einzige Freundin während ihrer Zeit im Bordell. Ihre Vertraute. Diejenige, die Sergej dazu umgestimmt hatte, Elli das Baby austragen zu lassen. Sie hatte Elli geholfen, die Entbindung durchzustehen. Das Blut gefror in Alex´ Adern. Konnte es sein, dass sie Ellis Schwangerschaft unterstützt hatte, um ihr das Kind wegzunehmen? Um Ellis Baby zu verkaufen?

„Was denkst du?", fragte Paul, der ihre Gedanken rattern hörte.

„Ich denke, dass Elli von vorne bis hinten beschissen wurde", zischte Alex. „Ich denke, dass diese Kathrin die Drahtzieherin all dieser illegalen Adoptionen ist. Wir dachten die ganze Zeit, dass Iwan der Bösewicht ist. Und ich bin sicher, dass er genügend Dreck am Stecken hat, aber Kathrin zieht im Hintergrund die Fäden. Iwan ist nicht mehr als ihre Marionette."

„Woher weißt du von ihr?", fragte Paul.

Alex fasste zusammen, was sie von Ellis Vertrauter im *Baby Doll* wusste. Paul wählte eine Nummer und bat einen Kollegen, Nachforschungen zu einer Kathrin anzustellen, die vor neunzehn Jahren im *Baby Doll* gearbeitet hatte.

Alex passierte den Kreisverkehr in Lengfelden und bog links Richtung Bergheim ab. Sie hatten ihr Ziel fast erreicht. Pauls Telefon vibrierte.

„Ja?", bellte er.

Alex hörte ihn etwas murmeln.

„Was gibt´s?"

„Diese Kathrin", erwiderte Paul und sein Haar wippte auf seiner Stirn. „Ihre Spur verliert sich ebenso wie die von Sergej kurz, nachdem man Elli vor neunzehn Jahren zum Sterben zurückgelassen hatte."

„Komischer Zufall", bemerkte Alex und bog rechts auf ein Industriegelände ab.

„Ich glaube nicht an Zufälle", brummte Paul.

„Da sind wir schon zwei."

22. August 2000

Der Schmerz und die Kälte krochen von außen nach innen. Elli konnte sich nicht bewegen. Alles wirkte falsch. Wo war sie? Sie versuchte, sich zu erinnern. Alles tat weh. Sie zitterte. Ihre Augen flackerten. Es dämmerte. Sie hörte die Schreie eines Uhus und das Rascheln von Laub. Sie zwang sich, die Augen offenzuhalten. Etwas Dichtes, Dunkles lag auf ihr, drückte sie nieder. Dazwischen spähte sie in die einfallende Dunkelheit. Ein Dach aus flatternden Blättern. Ein paar leuchtende Punkte in der dunkelblauen Ferne. Sie drehte ihren Kopf ein klein wenig. Ein scharfer Schmerz zuckte durch ihren Körper. Ihr Herzschlag beschleunigte. Sie lag im Freien. Sie bewegte zaghaft ihre Hände und spürte kühle Erde zwischen ihren Fingern. Sie war nicht tot. Was war passiert?

Schemenhafte Bilder flatterten durch ihren Kopf. Eine Erinnerung schlich sich in ihr Bewusstsein. Ein Duft. Das Bild eines Babyköpfchens tauchte vor ihrem inneren Auge auf. Sie zuckte zusammen. Ihr Baby. Ihr Atem ging stoßweise. Lina. Ihre kleine Tochter. Ihr Brustkorb schien sich aus den Angeln heben zu wollen. Der Schmerz raubte ihr den Atem. Der Schuss. Elli bebte. Vorsichtig tastete sie nach ihrer Brust, spürte die Wärme der Flüssigkeit, die aus ihrer Wunde sickerte. Offenbar war ihr Herz unversehrt. Wie lange lag sie schon hier? Wer hatte sie hierher gebracht? Wo war sie? Wo war ihre Tochter? Elli lauschte den Geräuschen der Umgebung. Der Wind raschelte durch das Laub. Ein Kuckuck schrie. Ein paar Amseln zwitscherten. Ein

Geräusch bohrte sich tief in ihre Gehörwindungen. Es war ein Schluchzen. Ein herzzerreißendes Weinen, das den Schmerz in ihrer Brust verdrängte. Der Schmerz um ihre Tochter. Nicht zu wissen, wo sie war, wie es ihr ging, erdrückte sie. „Lina", flüsterte sie wieder und wieder wie ein Mantra, das sie durch ein Dickicht aus Furcht und Verzweiflung trug. Sie erinnerte sich an jeden Zentimeter ihres Babys. Die winzigen Hände mit den perfekten rosigen Fingernägeln, der kleine Schmollmund, das kleine Näschen, die blonden Augenbrauen. Bei dem Gedanken an Lina lächelte sie. Sie würde hier draußen sterben. Sie würde allmählich verbluten, das Bewusstsein verlieren, hinübergleiten. Sie war bereit. Niemand würde ihr die wunderbarste Erinnerung ihres Lebens nehmen können. Nicht einmal der Tod.

Elli dämmerte bereits weg, als sich Schritte auf dem weichen Waldboden näherten. Sie hörte eine aufgeregte Stimme. Jemand schüttelte sie. Es fühlte sich an, als berührte sie jemand durch zehn Kilo Watte. Sie verstand nicht, was die Person sagte. Es war ihr egal. Sie war bereit. Sie wollte loslassen. Sie fühlte, wie sich sie vom Untergrund löste. Sie spürte eine Umklammerung unter den Achseln. Sie wollte sie abschütteln. Die Losgelöstheit fühlen. Der Untergrund änderte sich. Er war weicher, wärmer. Ihr Körper versuchte, sich an ihn anzupassen. Etwas bewegte sich. Ein lautes Geräusch bohrte sich in ihre Ohren. „Lass mich in Ruhe", schrie sie, ohne dass die Worte ihren Mund verließen. Die Bewegung verstärkte sich. Ihr Körper schmiegte sich an den weichen Untergrund, verlor aber gelegentlich an einigen Stellen den Kontakt zur Unterlage. Dann strahlte der

Schmerz von ihrer Brust in die Extremitäten aus, bis sie meinte, es nicht länger ertragen zu können. Zwischendurch versank sie in wohlwollende Dunkelheit. Als das Ruckeln verebbte, kam sie wieder zu sich. Jemand hob sie hoch und trug sie in einen Raum. Ihre Augen glitten auf und zu. Eine Essbank. Ein Sofa. Der Duft von Suppe und Kräutern erfüllte die Stube. Sie stöhnte. Jemand legte sie ab. Sie wollte schlafen. Einfach nur schlafen. Etwas schnupperte an ihrem Gesicht. Eine Zunge fuhr über ihre Haut. Die Berührung schmerzte.

„Verschwinde, Bruno!", brummte die Stimme. Etwas jaulte leise. Dann ließ es von ihr ab. Pfoten tapsten über den Holzboden.

„Jetzt schauen wir mal, ob wir dich wieder zusammenflicken können", schlüpften die Worte einer Stimme, die sie nicht kannte, in ihr Ohr.

Dann schmeckte sie Alkohol. Sie hustete. Drehte den Kopf. Der explodierte. Lichtblitze in hundert Farben. Fast wie Silvester, dachte sie. Der Alkohol wärmte sie, vertrieb die Kälte. Sie lächelte. Einen kurzen Moment lang. Dann bohrte sich etwas unbarmherzig in ihre Brust, wühlte in ihrer Haut. Sie schrie.

„Schon gut! Gleich vorbei!" Die Stimme wehte durch ihren Kopf. Ihre Lider flatterten. Ihre Brust stand in Flammen. Es wurde schwarz, dann wieder gleißend hell.

„Da haben wir den Übeltäter!", verkündete die Stimme fröhlich. Etwas Metallenes fiel in einen Behälter. Das Geräusch hallte in Ellis Ohren nach. Sie verbrannte. Ihr Körper löste sich in der Hitze auf. Die Stimme flößte ihr etwas ein. Das Feuer wich einer molligen Wärme. Etwas stach in ihre Brust. Wieder und wieder. Ihre Finger stießen es von sich. Dann wurden ihre Finger weggedrückt. Stechen. Brennen. Wärme. Wegdämmern. Schwärze. Blendende Helligkeit. Schmerz. Irgendwann wusste Elli nicht mehr, was sie fühlte. Tiefe Erschöpfung umarmte sie.

„Du brauchst jetzt viel Ruhe", flüsterte die Stimme und ließ endlich von ihr ab.

Elli

Elli presste den Körper des Babys an ihren. Die Frau lehnte sich über den Schreibtisch und fuchtelte mit der Pistole herum. Ihr blondes Haar schmiegte sich weich um ihr Kinn. Sie trug ein rotes Designerkostüm und eine dunkle Sonnenbrille von Gucci. Sie wirkte wie eine Geschäftsfrau, die für das Fotoshooting einer Modestrecke in der *Vogue* posierte. Die Waffe in ihrer Hand verlieh der Situation etwas Groteskes.

„So sieht man sich wieder", gurrte die Frau, deren Stimme sie schon oft gehört hatte.

Elli schwieg. Ihre Augen huschten durch den Raum. Sie versuchte zu erkennen, wo der nächste Ausgang lag, während ihr Hirn noch immer zu verarbeiten suchte, wen es vor sich sah.

„Kaum zu glauben", lachte die Frau und lehnte sich gegen die Tischplatte. „Du bist ja wie eine Katze. Ein Leben reicht für dich wohl nicht."

Elli leckte sich über die Lippen. Sie bemerkte das Salz auf ihrer Zunge. „Lisi!", rief sie. „Wieso?"

Lisi Kronreif kicherte, als wäre Elli ein begriffsstutziges Schulkind. „Ehrlich, Elli. Ich hätte dir mehr Verstand zugetraut."

„Ich dachte, du willst mir helfen." Elli streichelte sanft über den Kopf des Babys, das in ihren Armen leise wimmerte.

„Tja, weißt du", erklärte die Frau und pickte ein Haar von ihrem roten Blazer. „Das mit dem Helfen ist so eine Sache.

In erster Linie ist es doch so: Wir wollen uns selbst helfen. Ich hätte dir gerne geholfen, Elli. Wirklich! Aber du bist meinen Geschäften in die Quere gekommen."

Sie seufzte. „Und da ist dann Schluss mit helfen!"

In Ellis Hirn ratterte es. Was ging hier vor? Was übersah sie?

„Was hast du im Übrigen mit Iwan gemacht?", fragte Lisi. „Oder sollte ich sagen: Mit Sergej?"

Elli schluckte. „Woher kennst du Sergej? Du bist Moderatorin. Du bist erfolgreich. Du hast eine beliebte Sendung. Was hast du mit diesem Zuhälter zu tun?"

Lisi lächelte. Im Tageslicht konnte Elli erkennen, dass ihre Lippen unterspritzt waren. Am Haaransatz verlief eine blasse Narbe, die Wangenknochen stachen betont hervor. Hatte Lisi sich eines Facelifts unterzogen? Elli stutzte. Wie alt mochte sie sein? Mitte vierzig? Sie war offenkundig eine attraktive Frau. Wieso sollte sie sich mehrerer Schönheitseingriffe unterziehen?

„Das ist eine interessante Frage, Elli. Lass sie mich vorerst so beantworten: Er ist ein treu ergebener Diener. Ein Freund."

Die Art wie sie *Freund* sagte, ließ Elli erschauern.

„Im Grunde ist er ein Trottel", erklärte Lisi. „Eine Marionette. Mein Lakai. Er war sehr nützlich, weil er stets getan hat, was ich von ihm verlangte. Eine durchaus hilfreiche Eigenschaft in einem Untergebenen."

Ellis Herz pochte hart gegen ihre Brust. Das Baby schien ihre Unruhe zu spüren. Es jammerte leise. Sie spähte zur Tür, die sich rund fünfzehn Meter rechts von ihr befand.

„Ich sollte es dir übelnehmen, dass du ihn getötet hast. Elli. Es wird nicht leicht sein, ihn zu ersetzen."

„Er hat Alina umgebracht", flüsterte Elli.

Lisi nickte und formte mit ihren dicken Lippen einen Schmollmund. „Ja, das ist das Unangenehme in diesem Geschäft. Es erfordert den einen oder anderen Kollateralschaden."

„Kollateralschaden?" Elli starrte sie an, als wäre sie übergeschnappt. „Wir reden hier von einem Menschen, Lisi. Von einer Frau. Einer Mutter." Ellis Stimme brach.

Lisi zog den Rock ihres Kostüms zurecht und seufzte hörbar. „Ich verstehe, dass dich das berührt. Du bist selbst eine Mutter, die ihr Kind verloren hat. Kein Wunder, dass dir das nahegeht."

Elli konnte nicht glauben, was Lisi Kronreif von sich gab. Sie war offensichtlich verrückt. Sie musste hier raus. Verschwinden. Mit Alinas kleiner Tochter.

„Sieh es positiv, Elli! Alinas Baby lebt. Wir werden ein gutes Zuhause für sie finden."

Ein gutes Zuhause. Elli spürte den Schweiß, der ihr Oberteil tränkte. Sie roch die Angst, die sie ausdünstete.

„Warum hast du mich zu einem Interview für deine Sendung eingeladen, wenn du nie vorhattest, meine Tochter zu suchen?", brach es aus Elli hervor.

Lisi lächelte nachsichtig. „Es ist doch so: Alles, was man kontrollieren kann, stellt keine Gefahr dar. Würdest du dem zustimmen?"

Elli blinzelte. Lisis trainierte Moderatorenstimme waberte durch das geräumige Büro.

„Solange du geglaubt hast, dass ich mich darum bemühe, deine Tochter zu finden, war ich sicher. Ich hatte Zeit, meine nächsten Schritte zu planen." Sie senkte die Waffe auf Höhe ihres Schoßes. „Natürlich war immer klar, dass ich dich aus dem Weg räumen musste. Ich habe mir ein wenig Zeit verschafft."

Ellis Arme waren vom Gewicht des Babys steif. Sie löste eine Hand von dem Kind, um sie auszuschütteln.

„Ich habe dir vertraut", schluchzte Elli. „Du hattest nie vor, mein Kind nie suchen."

Lisi schnalzte mit der Zunge. „Das brauchte ich nicht", erklärte sie gönnerhaft.

Elli runzelte die Stirn.

„Ich wusste die ganze Zeit, wo es ist."

Elli riss die Augen auf. Sie fühlte sich, als fiele sie durch einen Spalt ins Bodenlose.

„Wo ist sie? Wo ist meine Lina?"

Lisi hob eine Hand und bedeutete ihr, still zu sein.

„Genug geplaudert", erklärte sie. „Gib mir das Baby!" Instinktiv drückte Elli das Bündel an sich. Der warme Atem des Kindes kitzelte sie am Hals.

„Nein!", schrie sie lauter als beabsichtigt.

Lisi legte den Kopf in den Nacken und lachte.

„Hätte ich dir gar nicht zugetraut, so viel Tapferkeit", kicherte Lisi.

Elli stellte sich aufrecht hin und straffte ihre Schultern. „Zuerst beantwortest du mir ein paar Fragen", erklärte sie bestimmt.

Lisi ließ sich auf einen Drehstuhl fallen, wobei sie die Pistole weiterhin auf Elli richtete. „Na schön", gab sie nach. „Dann schieß los!" Sie gluckste angesichts ihrer Wortwahl.

„Habe ich Stefan Vogt getötet?"

Lisi starrte sie an, als wäre sie übergeschnappt. Dann brach sie in schallendes Gelächter aus. „Du?" Ihre Brüste wippten. „Du könntest keiner Fliege was zuleide tun!"

Trotz der Waffe, die auf ihre Brust zielte, fühlte Elli eine unglaubliche Erleichterung. Sie hatte sich nicht vorstellen können, dass sie fähig wäre, einen Menschen kaltblütig zu erschlagen. Da ihr aber jede Erinnerung an den Abend fehlte, war stets ein kleiner Zweifel geblieben, der an ihr nagte wie ein Geier an einem Haufen Aas. Sie atmete tief aus.

„Dann verstehe ich nicht, warum er tot ist und nicht ich?"

Lisi ließ die Waffe in ihren Schoß sinken.

„Das war ein Missgeschick", erwiderte sie und überschlug ihre schlanken Beine. „Die Ruhe zu bewahren ist nicht gerade Iwans Stärke. Aber lass mich von vorne beginnen."

Elli spürte die warme Haut des Babys an ihrem Gesicht. Obwohl sie wusste, dass sie dieses Gebäude nicht lebend verlassen würde, fühlte sie sich mit einem Mal ganz ruhig.

„Ich habe Stefan in das Lokal gebeten, in dem ich mit dir verabredet war. Sein Auftrag war, dir ein Bier zu spendieren, in das er zuvor K.o.-Tropfen gegeben hatte."

„Warum sollte er das tun? Er kannte mich nicht. Außerdem ist er Anwalt", warf Elli ein.

„Lass es mich so sagen: Ich hatte Stefan in der Hand. Er ist der Firmenanwalt von Christian Wurm, der ein langjähriger Freund von mir ist. Christian hat mir vor einiger Zeit erzählt, dass Stefan entdeckt hat, dass er große Beträge seines Immobilienunternehmens an der Steuer vorbeigeschleust hat. Stefan hat den Betrug nicht nur gedeckt, sondern zudem Christians Frau gevögelt. Stefan war nicht gerade erpicht darauf, dass einer seiner besten Klienten erfährt, was er mit seiner Gattin so trieb."

Elli runzelte die Stirn. „Und deshalb habt ihr ihn getötet?"

„Wie gesagt: Das war nicht der Plan. Aber das hat ausgereicht, ihn davon zu überzeugen, dass er mir hilft, dich außer Gefecht zu setzen."

„Und er hat da mitgemacht? Bei einem Mord?"

Elli traute ihren Augen kaum.

„Davon hatte er keine Ahnung. Er hat keine weiteren Fragen gestellt und seinen Auftrag erledigt. Dafür schwor ich, seine Beziehung zu Sabrina Wurm geheimzuhalten."

„Wie ist er dann in die Pension gelangt?"

„Das war der leichte Part", erklärte Lisi. „Stefan hat einen sexuell etwas ungewöhnlichen Geschmack. Ich habe ihm versichert, dass du dafür genau die Richtige wärst."

Elli riss die Augen auf. „Weil ich früher als Prostituierte gearbeitet habe?"

Lisi zuckte die Achseln. „Weil es der ideale Anreiz war, ihn in die Pension zu locken."

„Dann hat er mich vergewaltigt?"

Lisi lachte. „Sicher nicht! Dazu war er gar nicht mehr fähig. Ich habe dafür gesorgt, dass er auch ein klein wenig von dem GHB abbekommt. Nicht soviel, dass er völlig weggetreten war, aber genug, dass er nicht mehr in der Lage war, etwas mit dir anzustellen."

„Aber warum? Offenbar ist dir egal, was mit mir geschieht."

Lisi legte die Pistole vor sich auf den Schreibtisch und strich sanft über den Lauf der Waffe. „Das stimmt. Ich wollte dich damit nicht schützen, sondern es Iwan erleichtern, dich zu töten."

Elli erstarrte. Die Frau, die ihr mit perfekt geschminkten Lippen gegenüber saß, war irre. Das war die einzige Erklärung.

„Aber das hat er nicht."

Lisi leckte sich über die Lippen. „Nein. Wie gesagt, er ist ein Hitzkopf, ein Idiot. Als er in das Zimmer der Pension eingedrungen ist, lagst du bewusstlos im Bett. Stefan kauerte zugedröhnt neben dir und bohrte seine Zeigefinger in deine Vagina".

Elli zuckte angeekelt zusammen. Lisi schien ihren Auftritt zu genießen.

„Jetzt komm schon, Elli!", flötete sie in gespielter Entrüstung. „Ist ja nicht so, als wärst du noch Jungfrau, nicht wahr?"

In Ellis Hirn ratterte es. Woher wusste diese Frau so viel über sie? Und in welcher Verbindung stand sie zu Iwan? Sie übersah irgendetwas. Wenn sie nur wüsste, was ...

„Wie ist es dann dazu gekommen, dass Iwan Stefan getötet hat?"

Lisi lächelte. „Offenbar hat das GHB bei Stefan schnell an Wirkung verloren. Als Iwan bei euch im Zimmer aufgetaucht ist, war er schon wieder einigermaßen klar." Sie zog eine Packung Zigaretten aus ihrer Blazertasche und zündete sich eine an. Der Rauch kräuselte sich vor ihrem Gesicht, ehe er nach oben schwebte und sich verflüchtigte. Wie gern hätte Elli jetzt auch eine Zigarette geraucht! Ihre Nerven vibrierten.

„Iwan ist gleich zur Sache gekommen. Er zückte einen Revolver, um dich zu erschießen. Stefan dürfte ausgeflippt sein. Er war in den weiteren Plan nicht eingeweiht und kapierte nicht, dass du aus dem Weg geräumt werden musstest." Lisi lachte leise auf. „Er hätte auch gar nicht mitkriegen sollen, dass wir geplant hatten, dich zu töten. Wenn alles nach Plan gelaufen wäre, wäre Stefan am nächsten Morgen aufgewacht. Mit einer toten Hure an seiner Seite."

Elli schluckte. „Also wolltet ihr ihm einen Mord anhängen."

Es war keine Frage.

Lisi nickte. „Iwan hatte mein Okay, Stefan ebenfalls zu töten, falls die Situation es erfordern sollte, aber im Grunde hätte er den idealen Sündenbock abgegeben."

„Da ist etwas gründlich schiefgelaufen", stellte Elli fest.

„So ist es!", bestätigte Lisi. „Stefan hat Iwan beschimpft. Er hat ihm gedroht, er würde ihn und seine miesen Geschäfte auffliegen lassen. Iwan würde im Gefängnis verrotten und den Geschmack der Freiheit nur mehr in seinen Träumen wahrnehmen."

„Da ist Iwan ausgetickt." Lisi inhalierte tief.

„Und zwar so richtig. Deshalb ist nicht viel vom lieben Stefan übrig geblieben. Zumindest von dem, was einmal sein Gesicht war."

Ellis Gedanken hetzten durch ihren Kopf wie Hasen bei einer Treibjagd. Wieso hatte Stefan sie geschützt? War ihm nicht klar, dass er damit sein Leben riskierte?

„Wieso hat er mich nicht anschließend umgebracht?", fragte Elli geradeheraus.

Lisi nahm einen tiefen Zug von ihrer Zigarette.

„Oh, das hätte er, wäre nicht aufgrund des Aufruhrs im Zimmer ein anderer sogenannter Gast an der Tür erschienen, der erklärte, die Polizei wäre bereits auf dem Weg. Er würde diesen Wirbel keine Sekunde länger dulden."

„Ich lebe, weil Iwan unterbrochen wurde?"

Lisi nickte. „Wie das Leben so spielt!"

Elli schüttelte fassungslos den Kopf. Sie war praktisch zweimal dem Tod von der Schippe gesprungen. Einmal nach der Geburt ihrer Tochter und ein weiteres Mal in der heruntergekommenen Pension. Sie bezweifelte, dass ihr so viel Glück ein weiteres Mal beschieden war.

„Iwan hat dafür gesorgt, dass sich der Abdruck deines Daumens auf der Mordwaffe befand. Er hatte spontan entschieden, den Plan umzukehren. Statt Stefan sollte der Mord dir angehängt werden. Damit hätten wir zumindest erneut etwas Zeit gewonnen."

„Aber sein Plan ging nicht auf."

„Nein. Wie gesagt, Iwan ist ein Idiot. Als er realisiert hat, dass du nicht verhaftet wurdest, musste er auf andere Weise dafür sorgen, dich aus dem Weg zu räumen."

„Deshalb bin ich hier", stellte Elli fest. Das Baby in ihren Armen wimmerte. Bestimmt hatte es Hunger.

„Es wird Zeit, mich um die Kleine zu kümmern.", erklärte Lisi und streckte eine Hand nach dem Kind aus. Instinktiv wich Elli einen Schritt zurück.

Elli überlegte noch immer, warum Stefan sich so für sie eingesetzt hatte. Ihm musste klar gewesen sein, dass er sein Leben aufs Spiel setzte. Sie versuchte, sich an sein Gesicht zu erinnern. Konnte es sein, dass er sie kannte? Dass sie ihn kannte? War Stefan möglicherweise ihr Prinz? Ihr Herzschlag beschleunigte.

„Her mit der Kleinen!" Lisi hatte die Pistole gepackt und fuchtelte damit vor Ellis Nase herum.

Das Baby schrie jetzt aus Leibeskräften. Sein Gesichtchen hatte sich rot verfärbt.

„Ich habe eine Bitte", erklärte Elli, während sie die Kleine behutsam auf den Schreibtisch legte.

Lisi hob tadelnd eine Augenbraue.

„Nimm deine Sonnenbrille ab", bat Elli. „Ich möchte meiner Mörderin in die Augen sehen."

Lisi lachte. „Wie melodramatisch!"

Sie schüttelte ihr blondes Haar und griff nach der Gucci-Brille. Elli versuchte, sich jedes Detail einzuprägen. Die viel zu glatte Stirn. Die hohen Wangenknochen, die aussahen, als enthielten sie ein Implantat. Die wulstigen Lippen. Die feine Stupsnase. Das ganze Gesicht glich einem Kunstwerk. Einem gelungenen, wenn auch künstlichen. Es erinnerte Elli an eine App, bei der man die unterschiedlichsten Frisuren zu seinem Gesicht ausprobieren konnte. Nur dass es hier nicht um eine neue Frisur ging, sondern um die Einzelteile eines Gesichts, die sich Lisi offensichtlich aus dem Katalog ausgesucht hatte. Die Brille schwebte in Lisis rechter Hand. Ihre Augen waren gestrafft. Die Brauen perfekt nachgezeichnet. Elli starrte sie an. Da war etwas, das sie erkannte. Es waren diese Augen. Vertraut und fremd zugleich. Als sie sich im *Beertender* getroffen hatten, war es ihr aufgrund der schummrigen Beleuchtung nicht weiter aufgefallen. Wenn sie sich die Lippen schmäler dachte, die Wangenknochen weniger hoch und ausgeprägt und die Nase größer und länger ... Elli erstarrte. Ein Bild erschien vor ihrem inneren Auge. Mit jeder Sekunde gewannen die Konturen an Klarheit. Das konnte nicht sein! Oder doch? Ihre Knie wurden weich. Sie prägte sich die Augen genau ein. Sie wusste, wem diese Augen gehörten. Die Konturen ihres Gesichts waren verändert. Hier hatte ein Schönheitschirurg dafür gesorgt, dass man die Frau, die sie einmal war, nicht mehr sofort

260

erkannte. Die Augen ließen sich nicht so leicht verändern. Lisi schob die Sonnenbrille wieder auf die Nase und bedeutete Elli in Richtung des Kellers zu gehen, aus dem sie gekommen war.

„Genug gefragt!", erklärte Lisi energisch, während sie das Baby mit einer Hand hochhob. „Bringen wir zu Ende, was schon vor neunzehn Jahren ein Ende hätte finden sollen!"

Alex

Alex war schweißgebadet, als sie das Bürogebäude auf dem Industriegelände erreichten. Außer dem rechteckigen, lieblosen Bau war auf dem Gelände nichts zu sehen. Pauls Telefon läutete, als sie aus dem Wagen stiegen.

„Wagner", bellte er, während er sich vergewisserte, dass die Glock in seinem Gürtel hing.

„Und Sie können nicht feststellen, ob sie unter anderem Namen wieder aufgetaucht ist?" Paul legte auf und stopfte das Handy in die Tasche seines Jacketts.

„Neuigkeiten?"

Paul schüttelte den Kopf, wodurch seine Locken eine erstaunliche Dynamik entwickelten und wie dunkle Kringel über seine Stirn hüpften.

„Wir kennen Kathrins Familiennamen. Sie heißt Froikner. Allerdings verläuft sich die Spur zu ihr nach Ellis schwerer Verletzung. Entweder ist sie immer noch abgetaucht oder es ist ihr gelungen, unbemerkt eine neue Identität anzunehmen."

Alex runzelte die Stirn. Das Nagen in ihrem Magen sagte ihr, dass etwas nicht stimmte. Sie wusste nur nicht, was. Alex und Paul entschieden, in gegenläufiger Richtung das Gebäude zu umrunden. Auf halbem Weg entdeckte Alex einen silbernen VW Sharan, der an der Rückseite des Baus parkte. Daneben stand ein Polizeifahrzeug. Tobias Lahner war damit unterwegs gewesen. Paul bog um die Ecke, als sie das Kennzeichen des Sharan durchgab. Er spähte durch das Seitenfenster, während Alex auf eine Information wartete.

„Das ist seltsam", meinte er. „Auf der Rückbank liegen zwei Mikrophone."

Alex steckte ihr Mobiltelefon in die Hosentasche. „Ist es nicht", erklärte sie. „Der Wagen ist auf eine Firma zugelassen. Welle Salzburg."

„Lisi Kronreif?" Alex starrte ihren Chef an. Sie schlüpften in ihre Schutzwesten. Paul kniff die Augen zusammen. „Beeilen wir uns!"

Alex nickte. Sie folgte Paul und postierte sich links vom Haupteingang. Paul stand auf der rechten Seite. Er drückte die Klinke. Die Tür glitt lautlos auf. Paul zog seine Pistole und betrat ein helles Foyer. Alex folgte ihm auf dem Fuß, bereit, ihm Deckung zu geben. Ihre Augen huschten von links nach rechts. Sie lauschte in die Stille. Nichts. Nahezu lautlos hasteten sie durch die modern eingerichteten Büroräume. Hohe Glasfenster erfüllten die Räume mit Sonnenlicht. Höhenverstellbare Schreibtische standen hinter kleinen Kojen. Großraumbüro. Gelegentlich stießen sie auf ein Foto, das den Arbeitsplätzen ein klein wenig Lebendigkeit einhauchte. Ansonsten wirkte alles steril und unpersönlich, als wäre es ein Messestand, der sehnsüchtig die ersten Besucher erwartete. Alle Büros waren leer. In einem der Räume brannten trotz des ausreichenden Sonnenlichts, das von draußen hereindrang, Halogenleuchten. Das war nicht das Einzige, woran Alex sich störte. Sie schnupperte.

„Riechst du das?", fragte sie Paul, der ebenfalls stehengeblieben war.

„Zigarettenrauch", erwiderte er und schritt entschlossen auf eine Koje zu.

Sie starrten beide auf einen weißlackierten Schreibtisch, der mit Asche verschmutzt war. Offenbar hatte jemand einen Stiftehalter als Aschenbecher missbraucht und dabei etwas von der abgebrannten Zigarette fallen lassen.

„Frisch", stellte Alex fest. Sie zog eine Plastiktüte aus ihrer Jacke und fischte damit einen mit Lippenstift umrandeten Zigarettenstummel hervor. Wortlos ließ sie das Säckchen in ihre Tasche gleiten. Paul nahm in einem der beiden Drehstühle Platz, die vor und neben dem Schreibtisch standen.

„Das Sitzpolster ist warm", stellte er fest und schoss in die Höhe.

Sie überprüften jede Tür, die vom Büro abging. Dann passierten sie eine doppelte Glastür, die geräuschlos auseinander glitt. Dahinter befanden sich ein paar Gänge, die aussahen, als müssten sie erst gestrichen werden. Es folgten einige leere Räume, in denen sich Umzugskartons türmten. Plötzlich endete eines der unmöblierten Zimmer an einer Treppe, die wie ein gähnendes Maul nach unten in die Dunkelheit führte. Paul zog seine Taschenlampe aus dem Gürtel und leuchtete in die Schwärze. Die Wände rochen muffig. Schritt für Schritt stiegen sie die Stufen hinab. Im Schein der Taschenlampe huschte ein Vierbeiner, wahrscheinlich eine Ratte, davon. Alex Herz pochte hart gegen ihr Brustbein. Das Licht erfasste etwas. Paul blieb so abrupt stehen, dass sie gegen ihn prallte.

„Was ist los?"

Paul richtete die Lampe auf das, was er entdeckt hatte. Alex´ Blick folgte dem Licht. Sie presste die Hand auf den Mund, um einen Schrei zu unterdrücken. Am Fuß der Treppe lag zusammengekauert eine Gestalt. Ihr Herzschlag dröhnte in den Ohren. Noch ehe Paul ihren Verdacht bestä-

264

tigte, wusste sie, dass es Tobias war, der dort unten lag. Seine Augen waren geöffnet und starrten reglos in die Dunkelheit. Sein Mund hing offen nach unten. In seiner Stirn klaffte ein rot glänzendes Loch. Alex stolperte über die letzten Stufen und stürzte auf ihren Kollegen zu. Instinktiv legte sie zwei Finger an seine Halsschlagader, um den Puls zu fühlen.

„Er ist tot, Alex", flüsterte Paul und legte ihr beschwichtigend eine Hand auf die Schulter.

Ein Schluchzen schüttelte sie. Sie merkte erst, dass ihr Tränen über die Wange liefen, als Paul ihr ein Taschentuch reichte. Sie wischte sich beschämt übers Gesicht. Sie schämte sich nicht dafür, dass sie um einen ermordeten Kollegen weinte. Sie schämte sich, weil die Erleichterung sie flutete wie ein gebrochener Damm. Im ersten Augenblick hatte sie befürchtet, es könnte Elli sein, die da unten in die Finsternis starrte und nie wieder Tageslicht sehen würde.

Paul verständigte die Zentrale und forderte Verstärkung an.

„Wir warten hier, bis die Kollegen hier sind, verstanden?", befahl er Alex.

Obwohl ihre Fußsohlen kribbelten, als wäre sie barfuß in eine Brennnessel gestiegen, nickte sie gehorsam. Sie hatte schon genug Ärger mit ihrem Chef. Sie konnte sich keine weiteren Alleingänge leisten. Außerdem würde Paul zu Recht behaupten, dass es tödlich enden konnte, wenn sie sich allein auf die Suche machten. Paul lehnte sich gegen die feuchte Wand und schloss die Augen.

„Denkst du, Elli und Lisi Kronreif sind hier unten?", fragte Alex, als sie es nicht länger aushielt.

„Mach dich nicht verrückt, hörst du?"

Alex kaute an ihren Fingernägeln, ein sicheres Zeichen, dass die innere Unruhe sie auffraß.

„Wie lange dauert das denn?"

Paul blickte sie an, als wäre sie ein Schulkind, das den Inhalt seiner Schultüte auf einmal aufessen will. „Ich habe erst vor zwei Minuten mit der Leitstelle gesprochen."

„Ich weiß", bestätigte Alex, obwohl ihr schien, es wäre mindestens eine halbe Stunde vergangen. „Lass mich wenigstens diese Tür einen Spalt öffnen."

Paul wollte widersprechen, gab dann aber nach. Die Tür war schwer. Er musste den Knauf mit beiden Händen umfassen und sich mit seinem Gewicht in die Gegenrichtung lehnen, bis sie sich öffnen ließ. Alex streckte den Kopf in die Dunkelheit. Ein feuchter Geruch schlug ihr entgegen. Sie verzog angewidert das Gesicht. Sie widerstand dem Impuls, nach Elli zu rufen. Stattdessen versuchte sie, ihren Atem anzuhalten, um jedes Geräusch wahrzunehmen. Ein Kratzen auf dem blanken Betonboden. Alex dachte an die Ratte und spürte die Gänsehaut, die ihre Arme und den Rücken überzog. Ein leises Knarren. Eine Tür? Holz, das ächzte?

„Altes Gemäuer", beschwichtigte Paul sie. „Diese Geräusche sind ganz normal."

Alex atmete tief aus. Sie versuchte, nicht daran zu denken, dass Elli irgendwo in den Tiefen dieses Kellers gefangen gehalten wurde. Ein Schreien hallte durch die Gänge, prallte von den Wänden ab und knallte mit voller Wucht auf ihr Trommelfell, als hätte es noch einmal Schwung genommen, ehe es sie erreichte. Alex starrte Paul mit vor Schreck geweiteten Augen an. Es war nicht Elli. So viel stand fest. Es war das herzzerreißende Geplärr eines Babys. Eines Neugeborenen.

„Los!", rief Paul, der angesichts dieser neuen Entwicklung alle Vorsätze über Bord warf.

Alex taumelte hinter Paul her, der mit seinen langen Beinen deutlich schneller vorankam. Vor sich sah sie Pauls Schatten und den Lichtkegel seiner Taschenlampe, der unruhig über die kahlen Wände wippte und Lagerräume und Kellerabteile erfasste. Je weiter sie vordrangen, desto kühler wurde es. Alex merkte, dass die Wände hier aus Stein waren. Ihre Schritte knallten über den Boden und durchschnitten die Stille wie Peitschenhiebe. Hörte sie da Stimmen? Alex lauschte in die Finsternis. Sie öffneten eine Tür, die in einen Raum führte, der durch ein wenig Licht von draußen erhellt wurde. Alex bemerkte ein schmales Fenster in der Wand, das nach außen ging. Paul stoppte und bedeutete Alex, hinter ihr zu warten. Alex lugte über seine Schulter. Der Anblick verschlug ihr den Atem. Eine Frau, bleich wie ein Geist, lag auf einer Pritsche. Ihr Unterleib war eröffnet worden, die Liege voller Blut. Am Boden stapelten sich Stofftücher, die vom vielen Blut rot leuchteten. Eine Flasche mit Desinfektionsmittel war umgefallen und unter die Pritsche gekullert. Die Frau mochte Mitte dreißig sein, doch sie war so mager, dass sie deutlich älter wirkte. Über ihr Gesicht zogen sich längliche Furchen wie kleine Gräben. Eine Brust hing aus ihrem zerlumpten Nachthemd. Darunter zeichneten sich die Rippen ab. Paul deutete auf die linke Seite. Der Anblick der Frau hatte Alex so erschüttert, dass ihr der Rest der grotesken Szenerie entgangen war. Sie schluckte. Seitlich neben der Liege kauerte ein kahlköpfiger Mann, der im Vierfüßlerstand verharrt haben musste, und bei dem Angriff mit Kopf und Oberkörper nach vorn gekippt war. Sein Allerwertester ragte in die Luft. Es war der Prit-

267

sche geschuldet, dass er nicht seitlich umgekippt war. In seinem wulstigen Nacken steckte ein Messer, nein, ein Skalpell, wie Alex bei näherer Betrachtung erkannte.

„Was zum Teufel …?", entfuhr es Paul.

„Iwan", stellte Alex ungerührt fest und hätte dem Russen am liebsten einen Fußtritt verpasst. Auf dem Boden lag der Rest einer Nabelschnur, daneben ein paar Stoffwindeln, die mit Flüssigkeit und Blut besudelt waren. Alex hockte sich hin und begutachtete die Tücher. Dabei fiel ihr Blick auf einen kleinen Gegenstand, der neben die Pritsche gerollt war. Sie fischte ein Taschentuch aus ihrer Hosentasche und tastete nach dem Fundstück. Es fühlte sich klein und hart an, als sie es, in das Taschentuch gewickelt, vom Boden aufhob. Sie bat Paul, mit der Taschenlampe auf ihre Handfläche zu leuchten. Es war ein Ring. Alex zuckte zusammen.

„Alles in Ordnung?"

„Sie war hier", flüsterte Alex.

„Wer?"

„Elli." Alex fühlte die Tränen in ihren Augenwinkeln.

„Es ist ihr Ring."

„Bist du sicher?"

Alex nickte. „Sie hat ihn immer an einer silbernen Kette um den Hals getragen", erzählte Alex. „Es war ein Geschenk vom Vater ihres Kindes. Er wollte sie heiraten."

Paul schluckte die Frage, warum er es denn nicht getan hatte, hinunter, und spähte in den angrenzenden Raum, um sich zu vergewissern, dass es von dort keinen weiteren Ausgang gab.

„Sie können nicht weit sein", meinte er und zog Alex zurück in den Gang, den sie zuvor entlanggestolpert waren. „Wir müssen nach oben, bevor Kathrin abhaut. Es dauert zu

268

lange, sich zu vergewissern, ob es hier noch einen weiteren Ausgang gibt."

„Elli!", rief Alex, so laut sie konnte. „Elli, bist du hier?"

Ihre Stimme hallte von den Wänden wider und echote durch die dunklen Kellerräume. Die folgende Stille erdrückte Alex. Elli war nicht mehr hier. Und falls doch, war sie nicht in der Lage, zu antworten. Sie war fast sicher, dass nicht nur das Baby, sondern auch Elli und ihr Entführer eben noch hier gewesen waren, aber auch sie konnte keinen weiteren Ausgang ausmachen. Die Zeit lief ihnen davon. Ihr Bauch entschied, dass es am besten war, Paul nach oben zu folgen. Sie passierten Tobias' leblosen Körper, der wie eine zusammengesackte Marionette am Fuße der Treppe kauerte. Sie unterdrückte den Impuls, ihn in den Arm zu nehmen und seine Augen zu schließen. Stattdessen wankte sie hinter Paul her, der durch die leeren Lagerräume hetzte. Sie dachte an Elli, an die Angst, die sie hier verspürt haben musste. Sie schluckte. Wer schnitt einer Frau das Kind aus dem Bauch? In was war ihre Ex-Freundin da hineingeraten? Wer war die arme Frau, der sie das Kind aus dem Körper geraubt und zum Sterben zurückgelassen hatten? Alex war schwindlig. Ihre Beine fühlten sich an wie Gelee. Sie bewegten sich durch pure Willenskraft. Sie erreichte Paul, der keuchend am Eingang lehnte und mit der Faust gegen die Wand schlug. Sie folgte seinem Blick, sah den silbernen Sharan, der mit quietschenden Reifen aus der Einfahrt brauste. Sie bildete sich ein, einen zweiten Kopf durch die Heckscheibe zu erkennen. Braunes, seidiges Haar. Elli. Sie schrie. Paul nahm ihr Gesicht in beide Hände.

„Sieh mich an!", forderte er sie auf. „Wir finden sie, hörst du? Ich verspreche es."

In der Ferne ertönte die Polizeisirene. Sekunden später hielten drei Fahrzeuge vor dem Bürogebäude. Paul schwang sich in den ersten Wagen, bellte ein paar Anweisungen und wies den Kollegen an, an der Ausfahrt rechts abzubiegen. Alex nahm den zweiten Wagen. Elli lebte. Sie würden sie finden. Ein Gedanke schwebte wie der Samen einer Pusteblume durch ihr Bewusstsein. Jedes Mal, wenn sie glaubte, ihn fassen zu können, entwischte er, als triebe ihn ein Windstoß von ihr fort. Es hatte etwas mit Kathrin zu tun. Sie starrte aus dem Fenster. Der Himmel hatte sich verfinstert. Tiefhängende Wolken verdeckten das Blau und kündigten baldigen Regen an. Alex schob sich tiefer in den Sitz und schloss die Augen. Das Geräusch der Sirene bohrte sich in ihr Ohr. Kathrin, dachte sie. Wie hieß sie noch gleich? Frokner? Nein, Froikner. Ihre Synapsen summten. Was störte sie an dem Namen? Sie atmete durch das linke Nasenloch ein, hielt den Atem einige Sekunden an, verschloss das linke und ließ den Atem durch das rechte Nasenloch ausströmen. Eine Übung, die Elli in ihrem Yogakurs gelernt hatte und die ihr half, ihre Gedanken zu beruhigen. Ihren Kopf zu leeren. Sie stellte sich einen Teich vor, in den ein Tropfen fiel, der sich in immer größer werdenden Kreisen auf der Wasserfläche ausbreitete. Plötzlich tauchte etwas vor ihrem inneren Auge auf. Sie angelte nach ihrem Mobiltelefon und wählte Pauls Nummer. Es klingelte dreimal, ehe er abnahm.

„Es ist ein Anagramm", keuchte sie ins Mikrophon.

„Ein was? Wovon redest du, zum Teufel?" Paul wirkte sichtlich genervt.

„Kathrins Familienname", erklärte Alex. „Froikner. Es ist ein Anagramm."

„Was soll das bitteschön sein?"

270

„Ein Wort, das entsteht, wenn man die Buchstaben eines anderen Wortes umstellt."

„Und inwiefern hilft uns das?"

„Froikner ist ein Anagramm von Kronreif. Lisi Kronreif ist nie entführt worden. Sie ist die Frau, nach der wir suchen."

„Deine Fantasie geht mit dir durch", meinte Paul ungläubig.

„In Ordnung. Wenn du mir nicht glaubst, ruf die Dienststelle an. Lass sie nachprüfen, wie weit sich die Identität von Lisi Kronreif sich zurückverfolgen lässt. Ich wette mit dir, dass Lisi in etwa zur selben Zeit in Salzburg aufgetaucht ist wie Iwan. Beide sind nach der missglückten Ermordung von Elli vor neunzehn Jahren verschwunden. Und beide sind vor einigen Jahren wieder auf der Bildfläche aufgetaucht. Mit einer neuen Identität."

Paul brummte etwas und legte auf. Alex war sicher, dass er trotz seiner Zweifel Erkundigungen einholen würde. In jedem Fall hatte er den Fahrer angewiesen, sämtliche Geschwindigkeitsbeschränkungen zu missachten. Der Wagen vor ihr preschte los. Alex' Wagen folgte ihm. Wo brachte Kathrin Elli und das Baby hin? Alex war kein gläubiger Mensch. Ihrer Meinung nach war Gott eine Erfindung der Menschheit, die vielen dabei half, die eigene Endlichkeit nicht konfrontieren zu müssen. Jetzt schickte sie ein Stoßgebet nach oben und bat darum, dass Elli lebend gefunden würde.

Sebastian

Sebastian tigerte in dem sterilen Krankenzimmer auf und ab. Das konstante Piepen von Julias Herzschlag hatte gleichzeitig etwas Aufreibendes und Beruhigendes. Seine Eltern hockten wie zusammengefallenes Laub zu beiden Seiten von Julias Bett und klammerten sich an die Hand ihrer Tochter. Julias Gesichtsfarbe erinnerte ihn an ein abheilendes Hämatom, das in fahlem Gelb durch die Haut schimmerte. Gelegentlich öffnete seine Schwester die Augen, starrte einen kurzen Moment mit leerem Blick vor sich hin und dämmerte im nächsten Augenblick weg, ehe er Gelegenheit hatte, ihr zu sagen, wie sehr er sie liebte. Am liebsten hätte er seinen Eltern einen Fußtritt verpasst. Was war nur los mit ihnen? Wieso unternahmen sie nichts?

„Ihr seid nicht Julias Eltern, nicht wahr?" Seine Worte rotierten ein paar Sekunden in der Luft wie ein Helikopter, ehe sie Sabrina und Christian mit voller Wucht trafen.

Sabrina hob das verheulte Gesicht von der weißen Bettdecke und starrte ihn an. Christians Stirn ruhte auf seinen verschränkten Armen. Er rührte sich nicht.
Sabrina richtete sich auf und reckte trotzig das Kinn nach vorn.

„Nein, Sebastian. Wir sind nicht die leiblichen Eltern deiner Schwester", erwiderte sie ruhig. „Julia ist todkrank. Denkst du wirklich, dass das jetzt von Belang ist?"

Sebastians Fingerspitzen kribbelten. Am liebsten hätte er seine Faust in die Wand gerammt.

„Es ist gerade jetzt von Belang, Mutter!", schrie er lauter als beabsichtigt. „Julia stirbt, wenn sie keine Leberspende eines Blutsverwandten erhält. Kapierst du das nicht?"
Er näherte sich seiner Mutter, bis sein Gesicht nur wenige Zentimeter von ihrem entfernt war.

„Wer ist die leibliche Mutter?"
Sabrina senkte den Blick. „Du kennst sie nicht", antwortete sie leise.

„Das ist keine Antwort auf meine Frage", herrschte er sie an.

Christian erwachte aus seiner Starre, ging auf Sebastian zu und legte ihm eine Hand auf die Schulter.

„Es ist eine Prostituierte", sagte er und zwang seinen Stiefsohn, ihn anzusehen. „Sie hat früher im *Baby Doll* gearbeitet, dem Bordell und Striplokal in der Nähe der ..."

„Wie du sehr gut weißt, kenne ich den Puff", unterbrach Sebastian ihn. Die Gedanken wirbelten durch seinen Kopf wie Gänsedaunen bei einer Kissenschlacht. Er erinnerte sich gut, seinem Vater einige Male im *Baby Doll* begegnet zu sein. Er war nicht nur einmal mit ihm aneinandergeraten. Damals hatte er Christians Besuche in dem Bordell als den ultimativen Betrug an seiner Mutter betrachtet. Was hatte der frühere Puff mit seiner Schwester zu tun? Wieso sollten seine Eltern das Kind einer Hure adoptieren?

„Das verstehe ich nicht", fügte Sebastian hinzu, nachdem sich die Gänsedaunen auf den ihnen angestammten Platz niedergelassen hatten.

Christian seufzte und warf seiner Frau einen Blick zu. Sabrina nickte. Sie hatte offensichtlich resigniert. Christian berichtete seinem Stiefsohn von seinen regelmäßigen Besuchen bei einer Prostituierten namens Kathrin, dem Versuch, mit ihr ein Kind zu zeugen, um es gemeinsam mit Sebastians Mutter großzuziehen, und dem Deal, den Kathrin mit Sabrina eingegangen war. Kathrin hatte Sabrina ihr eigenes Baby verkauft und sie in dem Glauben gelassen, Christian wäre der leibliche Vater.

Sebastian lauschte aufmerksam. In seinem Gesicht spiegelte sich das ganze Spektrum menschlicher Emotionen wider. Als Christian endete, taumelte Sebastian und suchte an einer Wand Halt.

„Ist diese Kathrin Julias leibliche Mutter?", fragte er schließlich.

Christian schüttelte den Kopf. „Das haben wir geglaubt. Wir hatten heute ein längeres Gespräch mit Inspektor Bergmann. Er hat uns glaubhaft versichert, dass sie nicht die leibliche Mutter deiner Schwester ist."

„Hattest du damals im *Baby Doll* mit irgendeiner anderen Prostituierten Sex?"

Christian starrte ihn entgeistert an. „Nein! Wieso fragst du?"

„Kanntest du dort eine Frau namens Elena?"

Christian zuckte zusammen.

„Also ja", stellte Sebastian fest und verzog den Mund.

„Nein", behauptete sein Stiefvater. „Aber komisch, dass du sie erwähnst ... der Inspektor hat von ihr gesprochen. Er meinte, sie wäre Julias Mutter."

Sebastian wurde bleich. Er presste eine Hand vor den Mund. „Oh, mein Gott!", murmelte er. „Es war alles eine riesengroße Lüge!", stieß er hervor.

Dann stürzte er zur Tür.

„Was ist los? Was hast du vor?", fragte Christian, der die Situation nicht verstand.

„Hoffen, dass es noch nicht zu spät ist!"

10. November 2000

Der Mann nannte sich Heinrich. Elli lebte bereits einige Monate bei ihm. Anfangs war alles ein Brei aus Schmerz, Angst und Orientierungslosigkeit. Ihre Erinnerung hatte dicke Risse. Es war, als zensierte ihr Unterbewusstsein die Bilder, in die sie Einsicht erlangen durfte. Gelegentlich wurde die Zensur an der einen oder anderen Stelle durchlässig und gewährte ihr einen Einblick in das, was geschehen war. Sie erinnerte sich vorwiegend an Gefühle, Gerüche und Dinge, die sie gehört hatte oder glaubte, gehört zu haben. Heinrich hörte ihr geduldig zu, tätschelte ihre Hand und reichte ihr Tee aus selbst gesammelter Goldrute, wenn sie sich verloren und ängstlich fühlte. Mit Johanniskraut versuchte er, ihre Stimmung aufzuhellen, so wie er mit einem Sud aus Schlangenkröterich ihre Wunden behandelt hatte. Heinrich war so etwas wie ein Hexer, ein Heiler. Er lebte von und mit der Natur in einem einfachen Haus am Waldrand.

„Wieso hast du mein Leben gerettet?", fragte Elli einmal, nachdem sie sich von ihrer Schusswunde weitgehend erholt hatte.

Heinrich lächelte. „Ich habe einen Deal mit Gott", erklärte er. „Vor vielen Jahren war ich ein erfolgreicher Tierarzt. Ich hatte eine große Praxis, einige Mitarbeiter, eine Frau und eine Tochter. Sogar einen Enkelsohn." Seine Augen blitzten. „Als meine Frau bei einem Unfall ums Leben kam, bin ich in ein tiefes Loch gefallen. So sehr ich mich auch bemühte, das Leben hatte mir nichts mehr zu bieten. Alles erschien mir sinnlos. Meine Tochter war erwachsen. Zudem war sie eine verwöhnte Zicke, die sich nur für Geld interessierte. Sie heiratete zu dieser Zeit einen wohlhabenden Mann. Ich wusste, dass sie versorgt war."

Elli betrachtete das Gesicht des älteren Mannes. Er wirkte so zufrieden, dass es ihr schwerfiel, seine früheren Selbstmordgedanken nachzuvollziehen.

„Ich hatte alles geplant. Mein Vermögen vererbte ich meinem Enkelsohn, der das Geld zu seinem achtzehnten Geburtstag erhalten sollte. Meine Tochter sollte ihren Pflichtteil bekommen. Ich wartete auf einen regnerischen Abend und fuhr mit dem Bus in die Stadt. Es waren nur wenige Menschen unterwegs. Die Luft war kalt und klar. Ich spazierte an der Salzach entlang, einfach dorthin, wo mich die Füße hintrugen."

Er lächelte. „Ich fühlte mich lebendig und war dennoch mehr als bereit zu sterben. Ich betrat den Makartsteg und überblickte die Lichter der Stadt, die Festung, die halb vom Nebel verschluckt wurde, und schwang meine Beine über das Geländer. Ich glaube, ich habe mich noch nie so frei gefühlt."

Elli starrte ihn an. „Hast du kalte Füße bekommen?"

Heinrich schüttelte den Kopf. „Nein. Mir ist eine Frau begegnet. Sie war viel jünger als ich. Sie versuchte nicht, mich vom Springen abzuhalten. Sie lehnte sich neben mich an das Geländer und blickte in die reißenden Fluten. Das Wasser der Salzach war an diesem Abend recht hoch."

„Was hat sie getan?"

Heinrich schmunzelte. „Sie hat ihre Beine ebenfalls über das Geländer geschwungen und gemeint, sie würde mit mir springen."

Elli riss die Augen auf. „Sie ist gesprungen?"

„Nein. Sie hat meinen Beschützerinstinkt aktiviert. In dem Augenblick merkte ich, dass ich nicht zulassen konnte, dass sie sich etwas antut."

„Die Frau war depressiv?"

Jetzt lachte Heinrich. „Ganz und gar nicht! Sie konnte in mir lesen wie in einem Buch."

„Was ist dann passiert?", fragte Elli.

„Wir sind beide auf die Brücke zurückgestiegen und haben im Café Bazar eine heiße Schokolade getrunken."

Elli hob eine Augenbraue. „Habt ihr es später wieder versucht?"

Heinrich schüttelte den Kopf. „Wir haben nie wieder davon gesprochen. Aber ich habe an diesem Abend verstanden, wie wertvoll das Leben ist, egal, was zuvor passiert ist. In dieser Nacht habe ich eine Vereinbarung mit dem lieben Gott getroffen: Wenn er mir die Chance dazu gäbe, würde ich einem Menschen das Leben retten, so, wie diese Frau meines gerettet hatte."

Elli hockte mit offenem Mund auf der Eckbank.

„Ich war dem Herrn etwas schuldig", erklärte Heinrich fröhlich.

„Hast du diese Frau je wieder gesehen?"

Heinrich lächelte, doch Elli sah den Schmerz in seinen Augen.

„Das hier ist ihr Haus", erzählte er. „Wir haben hier fünfzehn Jahre zusammen gelebt. Es war die schönste Zeit meines Lebens."

Elli schluckte. „Sie ist tot."

Heinrich antwortete nicht. Aber an der Art, wie er in die Ferne starrte, merkte sie, dass sie richtig lag.

„Du musst nach vorne schauen", erklärte Heinrich und stand auf.

Elli ballte die Hände zu Fäusten. „Wohin denn? Ich habe niemanden mehr. Keine Familie. Keine Freunde. Kein Zuhause. Was soll ich tun?"

Heinrich drückte ihre Schulter. „Was möchtest du gerne tun?"

Elli zuckte die Achseln. „Etwas lernen. Menschen helfen. Mein Baby finden."

Heinrich nickte. „Ich gehe die Hühner füttern."

An diesem Tag entschloss sich Elli, ihre Tochter wiederzufinden. Sie wusste, dass sie ihr nichts zu bieten hatte. Keine Wohnung. Keine Ausbildung. Keinen Job. Sie würde hart dafür arbeiten, damit ihre Tochter stolz auf sie war, wenn sie ihr eines Tages gegenüberstand. In den nächsten Wochen erholte Elli sich zusehends. Nach und nach kehrte ihre Erinnerung zurück. Manchmal wünschte sie sich, diese wieder in ihr Unterbewusstsein verbannen zu können, aber dann dachte sie an Lina, erinnerte sich an ihren Duft und die zarte Haut und lächelte.

„Ich möchte eine Ausbildung zur Altenpflegerin machen", verkündete Elli eines Tages.

„Dann solltest du das tun", erwiderte Heinrich. Aus seinem Schrank holte er ein dickes Kuvert. „Für deine Ausbildung", sagte er und überreichte ihr den Umschlag.

Elli fiel fast in Ohnmacht, als sie die vielen Scheine sah. „Das kann ich nicht ..."

„Ich brauche es nicht", entgegnete Heinrich.

Ellis Augen füllten sich mit Tränen. Niemand hatte je etwas Derartiges für sie getan.

„Du bist soweit", erklärte Heinrich und drückte Ellis Schulter. „Geh da raus und finde deinen Weg."

Eine Träne löste sich aus Ellis Augenwinkel und schlingerte orientierungslos über ihren Nasenrücken.

„Ich bin eine Prostituierte", schluchzte Elli.

„Nein", erwiderte Heinrich. „Das warst du." Er zwang Elli, ihm in die Augen zu sehen. „Du allein entscheidest, was du in Zukunft sein willst."

Ellis Mund öffnete sich und klappte zu. Heinrich drehte sich um und marschierte in seinen Kräutergarten. Elli beobachtete, wie seine Hände jede einzelne Pflanze berührten, wie er mit ihnen sprach und entschied, welche er brauchte und welche noch wachsen sollte.

Jedes Leben ist wertvoll. Sie wischte sich die Tränen aus dem Gesicht, schlüpfte in ihre Jacke und stopfte das Kuvert hinein. Sie schlich aus dem Haus, zog leise die Tür hinter sich zu und lief zu Fuß zur Straße, ohne sich noch einmal umzublicken. Später sollte sie alles, was nach ihrem Nahtoderlebnis geschehen war, vergessen. Ihr Psychotherapeut sprach von einer posttraumatischen Störung. Sie verabschiedete sich von Heinrich und ihr Unterbewusstsein verschluckte ihn und die Zeit, die sie bei ihm verbracht hatte, für die nächsten neunzehn Jahre.

Theo

Theo lief im Gang des Krankenhauses auf und ab. Julias Zustand verschlechterte sich zusehends. Seine Kollegen versuchten mit allen Mitteln, Elena, ihre leibliche Mutter, zu finden und herzuschaffen. Wahrscheinlich Julias einzige Chance zu überleben. Er hatte Sabrina Wurms Telefonat mitgehört. Offenbar stand sie in Kontakt mit der Entführerin, sonst hätte sie ihre Gesprächspartnerin nicht angeschrien, „sie sofort hierher zu schaffen". Nachdem Sabrina klar geworden war, dass ihre Tochter ohne die Hilfe ihrer leiblichen nicht überleben und sie selbst die nächsten Jahre hinter Gittern verbringen würde, hatte sie Theo die Mobilnummer gegeben. Paul hatte ihn zwar abgewürgt, sich dann aber doch für die Möglichkeit bedankt, die Entführerin orten zu können. Kathrin Froikner alias Lisi Kronreif. Theo schüttelte den Kopf. Was für ein Schlamassel! Er hoffte inständig, dass die Zeit reichen und es Paul und Alex gelingen würde, Elena rechtzeitig ins Krankenhaus zu bringen. Das Mädchen sah elend aus. So viel stand fest.

Peter Sturm, ein Kollege von der Dienststelle beim Rathaus, bewachte Julias Krankenzimmer, um sicherzustellen, dass Sabrina Wurm nicht entkam. Vera Habicht, die vor einer Stunde hier aufgetaucht war, wurde hingegen umgehend festgenommen und zum Verhör auf die Dienststelle gebracht. Sebastian hatte sie keines Blickes gewürdigt. Vera hatte ihn bekniet, sie zu verstehen.

„Julia ist Christians Adoptivtochter, verstehst du denn nicht?", hatte sie gebrüllt. „Sie wird eines Tages sein ganzes Vermögen erben. Und du gehst leer aus!"

Als Sebastian sie nur mit leeren Augen angeblickt hatte, hatte sie geschrien: „Du bist rechtlich gesehen nicht sein Sohn. Kapierst du das nicht?"

Theo hatte eine Streife verständigt und darum gebeten, Vera Habicht auf der Intensivstation abzuholen und vorläufig wegen des Verdachts auf Totschlag festzunehmen.

„Wir werden heiraten, Sebastian", hatte Vera weiter gekreischt. „Das ganze Vermögen deiner Familie könnte einmal uns gehören." Sie hatte ihren Verlobten sanft an der Schulter berührt. „Aber nur, wenn Julia uns nicht im Weg ist. Das verstehst du doch, nicht wahr?"

Veras Augen glänzten wie im Fieberwahn. Ihre Mundwinkel zuckten und brachten ein irres Lächeln zustande. „Liebster, ich habe das doch nur für uns getan!"

Sebastian löste sich aus seiner Starre. Eine Hand schoss vor und umklammerte Veras Hals. Seine Finger pressten sich in ihr Fleisch. Veras Mund klappte auf. Die Zunge quoll hervor wie ein Stück abgehangenes Fleisch, ihre Augen weiteten sich vor Schreck. Sie röchelte. Theo stürzte auf die beiden zu und löste Sebastians Hände gewaltsam vom Hals der jungen Frau. Sie sackte zusammen und rang nach Luft. Theos Kollegen stiegen aus dem Lift und eilten ihm zu Hilfe.

„Nehmt sie mit. Sofort!", wies Theo die beiden an.

Sebastian atmete schwer. „Wenn Julia stirbt, sorge ich dafür, dass du den Rest deines Lebens hinter Gittern verbringst."

Veras Augen quollen beinahe aus ihren Höhlen. Sie schimpfte über die Familie Wurm und dass sie Sebastian nur ausnutzten, während die beiden Beamten sie durch den Krankenhausgang Richtung Aufzug schleiften.

Theos Mobiltelefon klingelte. Es war Herr Bauz vom Altenheim, in dem Elli arbeitete.

„Inspektor Bergmann, bitte entschuldigen Sie, wenn ich Sie störe, aber ich erreiche Ihre Kollegin Alexandra Wild nicht."

„Meine Kollegin ist gerade bei einem dringenden Einsatz. Worum geht es?"

Der Mann am anderen Ende räusperte sich. „Um einen Patienten von Frau Ahrens, Herrn Moser. Er benimmt sich seit Tagen seltsam. Wir nehmen an, dass er nicht damit zurechtkommt, dass Elena Ahrens ihn zurzeit nicht betreut."

Theo runzelte die Stirn. „Herr Bauz, Ihnen ist schon klar, dass Frau Ahrens entführt wurde und deshalb nicht zum Dienst erscheint. Auch wenn ich Ihnen gerne helfen wollte, ich kann Frau Ahrens nicht herzaubern."

Der Mann lachte gekünstelt. „Das ist mir bewusst. Herr Moser ist ein Schlaganfallpatient. Er kann nicht sprechen und seine rechte Körperhälfte ist gelähmt. Normalerweise ist er ein wenig stur, aber recht umgänglich. Doch seit Frau Ahrens weg ist, führt er sich auf wie ein Wilder. Seine Enkelin Julia kommt seit ein paar Tagen nicht mehr vorbei. Das scheint ihm zusätzlich zu schaffen zu machen."

Theo stutzte. *Julia.* War das ein Zufall? „Herr Bauz, diese Enkelin. Julia? Und weiter? Moser?"

Herr Bauz wirkte irritiert. „Wurm. Julias Familienname lautet Wurm."

Theos Puls beschleunigte. „Was ist mit den anderen Familienmitgliedern?", fragte er. „Erhält Herr Moser regelmäßig Besuch von ihnen?"

Der Mann verneinte. „Soweit Julia mir erzählt hat, hat sich ihre Mutter schon vor Jahren mit ihrem Vater überworfen. Sabrina Wurm hat nur geduldet, dass Julia ihren Großvater besucht. Gutgeheißen hat sie das nicht. Soweit ich weiß, warf Frau Wurm ihrem Vater vor, er hätte sich nach dem Tod seiner Frau bald wieder um eine Lebensgefährtin umgesehen."

„Aber Julia und der alte Herr verstehen sich gut?"

„Prächtig. Die beiden sind ein Herz und eine Seele. Es besteht eine besondere Verbindung zwischen den beiden", erwiderte Herr Bauz.

Theo überlegte, was er dem Mann anvertrauen sollte. „Julia Wurm liegt im Krankenhaus", antwortete er schließlich. „Es sieht nicht gut aus."

Herr Bauz schluckte. „Mein Gott! Das ist wirklich tragisch!"

Theo stimmte ihm zu. „Kann ich sonst noch etwas für Sie tun?"

Herr Bauz schwieg einen Augenblick. „Ich denke nicht", erwiderte er langsam. „Aber ich glaube, ich kann etwas für Sie tun."

„Was meinen Sie?"

„Nachdem Herr Moser sich in den letzten Tagen unmöglich aufgeführt hat und wir den Eindruck hatten, dass er versuchte, uns etwas mitzuteilen, haben wir ihm einen Laptop besorgt."

Theo klopfte ungeduldig mit einer Schuhsohle auf das Linoleum.

„Ich weiß nicht, wie lange er gebraucht hat, das alles aufzuschreiben", fuhr der Mann fort, „aber Sie sollten sich das ansehen."

„Ist Herr Moser transportfähig?"

„Ich denke schon", antwortete der Mann.

„Bringen Sie ihn her! Mit dem, was er geschrieben hat. Falls Julia nicht überlebt, hat er wenigstens die Gelegenheit, sich von seiner Enkelin zu verabschieden."

Sebastian lehnte geistesabwesend an der kahlen Wand. Theo drückte seine Schulter. Eine junge Ärztin schlurfte aus einem Raum, über dem *Staff only* stand und kam auf Sebastian zu. Der hob den Blick. Seine Wimpern glänzten feucht.

„Sieht gut aus", sagte die Ärztin aufmunternd. „Wir machen noch einen Test, aber das könnte funktionieren."

Sebastian formte ein lautloses *Dankeschön* und folgte der jungen Frau.

„Herr Wurm?" Theo starrte den beiden verständnislos nach. „Was könnte klappen?"

Sebastian drehte sich kurz um. „Ich will nichts verschreien", erklärte er und lächelte das erste Mal an diesem Tag. „Drücken Sie uns einfach die Daumen!"

Alex

Alex starrte aus dem Fenster. Die Wolken hingen so tief, dass sie aussahen, als berührten sie am Horizont die Erde. Die ersten dicken Tropfen klatschten auf die Straße. Sie versuchte, etwas zu erkennen. Wo war der Sharan?

„Paul!", brüllte sie in ihr Funkgerät. „Siehst du den Wagen?"

Ein Rauschen. Dann ein abgehacktes „Negativ".

„Verdammt!"

Sie ließ ihren Oberkörper gegen den Sitz fallen. Sie waren so nah dran, Elli zu befreien. Sie durften jetzt nicht scheitern. Das Blut rauschte in ihren Ohren. Sie ertastete Ellis Ring in ihrer Jackentasche und schloss ihre Faust darum. Vielleicht war das Schmuckstück ein Glücksbringer. Sie betrachtete den Ring von allen Seiten und steckte ihn an ihren Finger. Es fühlte sich an, als wäre ein Teil von Elli ganz nah bei ihr. Ihre Großmutter hatte Recht. Sie sollte mit der Frau zusammen sein, die sie liebte. Sie sollte ihren verletzten Stolz und ihren Kinderwunsch hinunterschlucken und mit Elli glücklich sein. Warum hatte sie das nicht früher begriffen? So viel Zeit, die sie hatte verstreichen lassen. Sie hoffte inständig, dass es nicht zu spät war, Elli zu sagen, was sie fühlte. Sie in ihre Arme zu schließen. Alex´ Telefon summte. Es war Paul.

„Siehst du den Wagen?", rief sie lauter als beabsichtigt.

„Nein", erwiderte Paul, „aber Theo hat mir soeben die Nummer von Lisi Kronreif durchgegeben. Sabrina Wurm steht offenbar in Kontakt zu ihr."

„Kannst du sie orten?", brüllte Alex in das Mikrophon und fing einen genervten Blick des Fahrers im Spiegel ein.

„Schon geschehen. Der Wagen hat kaum Vorsprung. Müsste gerade an der Abfahrt Salzburg Nord vorbei sein."

Alex atmete geräuschvoll aus. Endlich gute Nachrichten. „Dann sehen wir zu, dass wir ihn einholen."

„Bleibt dicht hinter mir", wies Paul Alex an. „Ich werde versuchen, ein bisschen Abstand zwischen uns und dem Wagen zu lassen. Lisi Kronreif muss uns ja nicht sofort bemerken." Jetzt prasselte der Regen auf das Polizeifahrzeug. Alex presste ihre Nase gegen die Scheibe und versuchte, das graue Fahrzeug vor ihnen auszumachen. Von der Rückbank aus war durch den undurchdringlichen Regenschleier kaum etwas zu erkennen. Nur der Scheibenwischer fuhr in hektischen Bewegungen über die Frontscheibe und gab für einen Sekundenbruchteil den Blick auf die regennasse Straße frei.

Das Fahrzeug wurde langsamer. Alex streckte den Kopf in die Höhe.

„Was ist los?", fragte sie den Fahrer.

„Der Sharan ist in eine Hauseinfahrt abgebogen", antwortete der Fahrer.

Als Paul sein Fahrzeug am Straßenrand abstellte, bedeutete Alex dem Fahrer, anzuhalten. Sie sprang aus dem Auto und verfluchte den Regen, der ihr in den Nacken floss, noch ehe sie die Kapuze ihrer Jacke über den Kopf ziehen konnte. Paul schlich an der Hecke entlang, die die Sicht auf das Haus verdeckte. Als sie das Gartentor erreichten, zog Paul seine Glock und spähte vom Ende der Hecke hervor. Vor ihm lag ein schickes Einfamilienhaus, das von einem gepflegten Garten umgeben war. In der Einfahrt parkte der graue Sharan. Zwei Gestalten hasteten die Treppe zum

Hauseingang hinauf. Die Hintere der beiden trieb die andere vor sich her. Die Schreie eines Babys drangen zu ihnen herüber. Die Luft war schwül und hing schwer wie ein Samtvorhang über ihnen.

Alex pirschte sich an Paul heran und linste über seine Schulter. Sie erkannte Ellis Haar und ihre Statur, ehe sie im Inneren des Gebäudes verschwand. Ein Stich in ihrer Brust. Paul wartete eine Minute, bis drei weitere Streifenwagen ohne Blaulicht und Sirene ankamen und entlang der Straße hielten. Alex tänzelte auf und ab. Am liebsten hätte sie Paul einen Tritt verpasst, damit er endlich etwas unternahm. Ein Kollege sperrte die Straße. Wenn Paul etwas nicht brauchen konnte, war es ein Zivilist, der den Einsatz vermasselte.

Paul und Alex schlichen geduckt über den Kiesweg, der zur Treppe des Hauses führte. Zwei Kollegen folgten ihnen, den anderen bedeutete er, die Rückseite des Hauses zu sichern. Alex' Herz schlug so schnell, dass sie hyperventilierte. Sie hob ihre Hände vor den Mund und zwang sich, die ausgeatmete Luft wieder einzuatmen, um sich zu beruhigen. Als Paul neben der Haustür stehenblieb, drückte sie sich an ihm vorbei und schielte durch das Wohnzimmerfenster. Der Raum war leer. Wo waren sie? Paul zog sie vom Fenster weg und drückte sachte die Türklinke. In der Eile hatte Lisi Kronreif die Tür nicht abgeschlossen. Paul zog die Tür auf. Sie quietschte leicht. Alex hielt die Luft an. Sie warteten einen Moment, ehe sie das Vorhaus betraten. Sie bewegten sich an der Wand entlang. Alex war sicher, dass ihr Atem durch das ganze Haus zu hören war. Ihre Nerven waren so angespannt, dass sie fast losschrie, als ein Schatten im Gang auftauchte. Im letzten Moment bemerkte sie, dass es Paul war, der sich am Ende der Wand ruckartig in

Bewegung gesetzt hatte. Er legte einen Finger über seine Lippen. Alex nickte. Das Wohnzimmer lag im Halbdunkel. Unter einer geschlossenen Tür, die vom Gang abging, schimmerte ein Streifen Licht. Paul blieb stehen und zählte leise bis drei. Dann trat er mit einem kräftigen Stoß gegen die Tür. Eine moderne Küche mit Marmorarbeitsflächen erstreckte sich vor ihnen. Eine Mrcheninsel bildete das Zentrum des Raumes. Paul und Alex zielten mit ihrer Glock auf die Frau, die an der Insel lehnte und ein Baby fütterte. Sie wiegte das Kind, während sie dafür sorgte, dass der Sauger nicht aus dem Mund des Kindes glitt.

„Sie hätten läuten können", bemerkte Lisi Kronreif, ohne aufzublicken.

Paul starrte sie an. „Frau Kronreif, Sie sind verhaftet", erklärte er und bedeutete einem Beamten, sie abzuführen.

Lisi lachte. „Nun", erwiderte sie mit einem grausamen Lächeln auf den Lippen. „Das sollten wir noch einmal verhandeln."

„Das ist nicht verhandelbar", stellte Paul kühl fest und umfasste unsanft Lisis Handgelenk.

Alex schlug das Herz bis zum Hals. Ein unangenehmer Summton tönte in ihren Ohren.

„Paul", flüsterte sie und glaubte, ohnmächtig zu werden.

„Was?", brüllte er.

Sie machte eine Kopfbewegung in Richtung Esstisch. Dort stand ein Bildschirm. Er zeigte Elli. Sie lag mit verbundenen Augen und einem Klebeband über dem Mund auf einem Bett. Ihre Hände waren an das Kopfende gefesselt. Auf ihrer Stirn glitzerten Schweißtropfen. Sie warf den Kopf hin und her. Alex spürte ihre Angst. Sie fühlte sich, als presste jemand ihr Herz zusammen, bis es die Größe einer Murmel hatte. Ihr war übel. Pauls Blick folgte ihrem. Seine Hals-schlagader hüpfte wütend. Jemand schlich durch das Bild. Alex erstarrte. Der Mann befestigte einen Sprengstoffgürtel samt Zeitschaltuhr um Ellis Bauch. Sie versuchte, sein Gesicht zu erkennen. Vergeblich. Paul schluckte. In seinem Kopf ratterte es.

„Was wollen Sie?", knurrte er mühsam beherrscht.

Lisi lächelte. „Nicht viel, wenn man es genau betrachtet. Sie lassen meinen Partner, das Baby und mich gehen. Sie folgen uns nicht. Und dafür jagen wir die kleine Schlampe nicht in die Luft."

Paul ballte die Hände zu Fäusten.

„Ein fairer Deal, wenn man bedenkt, wie viel sie Ihnen bedeutet", sagte Lisi an Alex gewandt.

Alex brodelte innerlich. Sie fühlte sich, als hätte man ihr Blut erhitzt. Es kostete sie all ihre Beherrschung, Lisi nicht ins Gesicht zu spucken.

„Wer garantiert uns, dass ihr Elena nicht trotzdem in die Luft jagt?", fragte Paul.

Lisi setzte die Flasche ab und hob das Baby an ihre Schul-ter, damit es aufstoßen konnte. „Ich."

„Wie beruhigend, Frau Kronreif", erwiderte Paul.

„Das finde ich auch, Herr Wagner." Sie klopfte dem Säug-ling sacht auf den Rücken. „Sehen Sie es einmal so. Uns liegt daran, dass wir heil hier rauskommen. Ihnen liegt daran, Elena unbeschadet hier rauszuholen. Sie wollen schließlich, dass die kleine Julia eine Überlebenschance hat, nicht wahr?"

Alex' Blick schoss von Lisi zu Paul.

„Es ist doch so. Wenn wir hier rausspazieren und das Knöpfchen drücken, um Elena zu töten, dann haben sie keinen Grund mehr, uns nicht zu verfolgen. So aber ...". Lisi genoss ihren Auftritt sichtlich.

„Und dann? Was wollen Sie dann tun?", kreischte Alex. „Sie kommen ja ohnehin nicht weit."

„Abwarten. Es ist nicht das erste Mal, dass ich untergetaucht bin. Wir sind vorbereitet. Machen Sie sich um uns keine Sorgen."

Paul schätzte seine Möglichkeiten ab. Dann griff er zum Funkgerät. „Rückzug!", rief er in das Mikrophon.

„Sie fahren zurück zur Dienststelle, verstanden?", wies Lisi ihn an. „Wir haben im Haus und am Grundstück Kameras. Wenn wir auch nur ein Fahrzeug im Umkreis von einem Kilometer um unser Anwesen sehen, dann ..." Sie näherte sich Alex' Gesicht.

„... Bumm!!"

Alex presste die Lippen aufeinander. Sie fürchtete, dass sie sonst über diese Irre herfallen und sie zerfleischen würde. Paul zog sie sanft am Arm.

„Komm, wir verschwinden!"

Paul wies die Kollegen an, das Grundstück zu verlassen und Richtung Dienststelle zu fahren. Alex setzte sich neben Paul ins Fahrzeug.

„Bist du verrückt? Du kannst sie doch nicht einfach gehen lassen!", schrie sie ihn an.

„Was soll ich deiner Meinung nach tun? Zulassen, dass du Elli in Einzelteilen aufsammeln musst?"

Alex schluchzte. Ihre Faust knallte auf das Armaturenbrett. „Das ist so eine verdammte Scheiße!"

Paul schwieg. Sie erkannte, wie schwer ihm diese Entscheidung gefallen war. Sie wusste, dass er sie nur ihretwegen getroffen hatte. Paul wählte eine Nummer und verständigte das Bombenentschärfungskommando. Das Team sollte sich auf den Weg machen und bei der Abfahrt Nord warten, bis er ihnen den Einsatzbefehl erteilte. Dann rief er die Zentrale an, um eine Fahndung nach Lisi Kronreif und einem männlichen, bislang unbekannten Begleiter rauszugeben. Die beiden seien mit einem Neugeborenen unterwegs. Man solle alle Bahnhöfe, Busbetriebe, Autoverleiher und Flughäfen informieren.

„Denkst du, sie wird Elli töten?" Alex sah Paul durch einen dichten Tränenschleier.

„Daran darfst du nicht einmal denken."

„Haben wir eine Chance, die beiden aufzuhalten?"

Paul zuckte die Achseln. „Hast du eine Idee, wer der Mann war, der bei Elli war?"

Alex schüttelte den Kopf. „Ich hatte keine Ahnung, dass sie, außer Iwan einen Komplizen hat."

„Vielleicht haben wir Glück und einer unserer Streifenwagen entdeckt die beiden auf der Flucht", meinte Paul. Er klang wenig überzeugt.

Alex seufzte. „Du glaubst nicht im Ernst, dass die mit dem Sharan flüchten."

„Nein", gab Paul zu. „Hast du sonst noch eine Idee? Irgendetwas? Jetzt wäre der ideale Zeitpunkt, die anzubringen."

Alex lehnte sich zurück und schloss die Augen. Wohin würden die beiden flüchten? Gab es etwas, das Lisi erledigen musste, bevor sie Salzburg endgültig den Rücken kehrte? Was übersah sie? Sie atmete tief ein und aus. Bilder von Elli tauchten vor ihrem inneren Auge auf. Von früher. Von kurz nach dem Mord, als sie ihr Unterschlupf gewährt hatte. Von Elli mit dem Sprengstoffgürtel. Sie schauderte. Die Bilder mischten sich mit Lisi Kronreif. Iwan. Ihren Ermittlungen. Schwangere Frauen. Babys. Sie atmete scharf aus.

„Paul", rief sie unvermittelt. „Ich glaube, ich weiß, wo die zwei hinwollen."

Paul sah sie aus dem Augenwinkel an. „Woher weißt du das?"

„Es ist mehr ein Bauchgefühl", gab Alex zu. Den Begriff *Vorahnung* vermied sie bewusst. „Das habe ich oft. Meistens liege ich richtig."

„Okay", seufzte Paul, der ahnte, dass es wenig Sinn hatte, sich Alex zu widersetzen. „Sag mir einfach den Weg an."

„Und du schick das Bombenentschärfungsteam zu Lisis Haus."

„Bevor wir sicher sein können ...?"

Alex nickte bestimmt. „Ja. Jetzt gleich."

Die Sterneckstraße war wie meistens um diese Zeit verstopft. Fahrzeuge quälten sich im Schritttempo durch den belebten Stadtteil. Ein paar Sonntagsfahrer, die mitten in der Kreuzung zum Stehen kamen, taten ihr Übriges. Alex nibbelte nervös an ihren Fingernägeln.

„Das hat schon kannibalische Tendenzen", bemerkte Paul mit einem Seitenblick.

Alex fingierte ein Lächeln, obwohl ihr gar nicht danach zumute war. Von der McDonald's-Filiale wehte der Geruch von Fett und Pommes herüber. Wie auf Geheiß knurrte Alex' Magen. Paul warf ihr einen mitfühlenden Blick zu, wechselte auf die Busspur und bog rechts ab. Alex bedeutete ihm, den Streifenwagen abzustellen. Den Rest gingen sie zu Fuß. Die Wohnanlage vermittelte einen trostlosen Eindruck. Nicht zum ersten Mal fiel Alex auf, wie deplatziert der verwaiste

Spielplatz wirkte. Durch die Vorhänge einiger Wohnungen erkannte sie die Schatten der Bewohner, die ihr Abendessen zubereiteten oder bereits am Tisch saßen. In einigen Wohnzimmern flackerte der Bildschirm eines Fernsehers. Alex zeigte auf eine Erdgeschoßwohnung mit Garten. Auf einer Wäschespinne flatterten Stoffwindeln, Strampler und BHs. Paul und Alex näherten sich der Wohnung von der Seite. Alex spähte durch das Fenster neben der Eingangstür. Hatte sie sich geirrt? Im ersten Augenblick glaubte sie, niemand wäre zu Hause. Dann bemerkte sie das Maxi Cosi, das im Vorzimmer auf dem Boden stand. Das Baby schlief friedlich darin.

„Sie sind hier", flüsterte Alex und deutete auf die Babyschale.

„Vielleicht ist es das Kind der Bewohnerin?", fragte Paul.

Alex schüttelte den Kopf. „Das Kind, das Lisi bei sich hatte, hatte ein kleines Feuermal am Hals."

Paul linste durch die Scheibe und erkannte ein ovales, lilafarbenes Mal unter dem Kinn des Babys.

„In Ordnung. Wir gehen rein!"

Alex nickte. „Wir sollten Verstärkung anfordern."

„Schon geschehen." Paul deutete mit dem Kopf zur Straße, wo vier bewaffnete Beamte auf das Wohnhaus zueilten.

„Gibt es an der Rückseite des Hauses einen Ausgang?", fragte einer der Kollegen.

„Außer der Haustür gibt es nur die Balkontür, die zum Garten führt", erklärte Alex.

„Bringen Sie das Baby in Sicherheit", sagte Paul an eine zierliche Beamtin gewandt. „Ich will auf keinen Fall, dass das Kind in die Schusslinie gerät, verstanden?"

294

Die Frau nickte. Alex schätzte sie auf Anfang zwanzig. Vermutlich kam sie frisch von der Polizeischule. Sie wirkte eingeschüchtert. Ein gellender Schrei drang durchs Fenster. Paul bedeutete zwei Beamten, über den Garten in die Wohnung einzudringen. Die Haustür war verschlossen. Alex fischte ihre Kreditkarte aus der Geldtasche und schob sie zwischen Tür und Rahmen auf und ab, um den Zylinder niederzudrücken. Innerhalb von fünf Sekunden waren sie in der Wohnung.

„Die brauchen hier dringend neue Türen", flüsterte Paul, während sie in das Vorzimmer schlichen. Die junge Kollegin umklammerte den Griff des Maxi Cosis und hastete mit dem Baby zum Streifenwagen. Die Anspannung kroch ihr aus allen Poren.

Als sie die Küche erreichten, hielten sie inne. Stimmen. Jemand schrie. Eine Frau. Alex' Blut gefror. Die beiden Kollegen, die über den Garten eingestiegen waren, schlichen durch das Wohnzimmer. Ihre Schatten schlängelten sich über die Bücherwand wie graue Gespenster. Paul deutete auf die geschlossene Schlafzimmertür. Er postierte sich gemeinsam mit Alex auf der rechten, die anderen beiden Beamten auf der linken Seite. Paul stieß die Tür so fest auf, dass sie gegen die Wand krachte. Das Bild, das sich ihnen bot, war grotesk. Auf dem Bett lag eine hochschwangere Frau, die brüllte. Sie war an den Handgelenken und den Füßen ans Bett gefesselt. Eine grelle Stehlampe beleuchtete die grausamen Details der Szene. Lisi Kronreif schnitt der Schwangeren mit einem Skalpell in den Unterleib. Der nachfolgende Schrei erschütterte Alex bis ins Mark. Sie zitterte. Die Frau war kreidebleich. Auf ihrer Oberlippe tanzten Schweißtropfen. Der Mann kniete auf dem Bett und drückte

295

den Oberkörper der Frau ins Laken. Alex' Hirn brauchte einige Sekunden, um zu verarbeiten, was da geschah.

„Lassen Sie sofort das Messer fallen", brüllte Paul so laut, dass er die Schreie der Schwangeren übertönte.

Lisi Kronreif blickte auf. Ihre Augen blitzten.

„Ruf einen Krankenwagen!", rief Alex einem der Kollegen zu. Im selben Moment stürzte sie sich auf Lisi. Adrenalin flirrte durch ihren Körper. Ihre Hände legten sich um Lisis Arm wie eine Klammer. Doch diese wehrte sich nach Leibeskräften. Alex schnaufte, als sie sich hinter Lisi hievte und versuchte, ihre Arme auf den Rücken zu drehen. Paul zielte mit seiner Waffe auf Lisi Kronreif.

„Sofort fallen lassen!", schrie er.

Der Mann ließ von der schwangeren Frau ab und hob die Arme. Ein Kollege packte ihn und stieß ihn zu Boden. Handschellen klickten. Lisi kämpfte mit Alex. Im Wahn mobilisierte sie Kräfte, mit denen die Polizistin nicht gerechnet hatte. Paul näherte sich dem Bett langsam.

„Messer fallen lassen!", brüllte er.

Lisi warf ihren Kopf zurück und knallte gegen Alex' Schädel. Diese sank einen Moment benommen in das Kissen. Das Bett war weich und bot wenig Widerstand. Lisi wirbelte mit dem Skalpell durch die Luft und ließ es niedersausen. Alex kreischte. Die Klinge streifte Alex' Arm und tauchte danach tief in ihren Bauch. Im gleichen Moment krachte ein Schuss. Ein erstaunter Blick erschien auf Lisis Gesicht. Dann fiel sie vornüber auf die Matratze. Sie brüllte. Paul drehte die Frau auf die Seite.

„Keine Sorge! Das wird wieder", erklärte er kühl. „Sie werden sich den Rest Ihres Lebens für all das hier verantworten."

296

Lisi spuckte ihm ins Gesicht.

„Bist du in Ordnung?", fragte Paul an Alex gewandt.

„Bestens", stöhnte Alex und presste ein kleines Kissen gegen ihren Bauch. Der metallische Geruch von Blut erfüllte den Raum. Ihr war übel.

„Klingt nicht so", erwiderte Paul.

Alex schloss die Augen. Sie durfte nicht ohnmächtig werden. Sie zwang sich, die schwangere Frau anzusehen. Ihre Augen flackerten.

„Anastasia!", rief sie. „Hören Sie mich?"

Die Schwangere öffnete kurz die Augen. Ihre Lider zuckten. Dann verlor sie das Bewusstsein. Alex legte zwei Finger an ihren Hals.

„Sie hat Puls, aber sehr schwach."

„Die Rettung ist unterwegs", erwiderte Paul. „Schaffen Sie Frau Kronreif hier raus", sagte er an den Kollegen gewandt, der Lisi die Handschellen angelegt hatte. Lisis Komplize stand am Fenster. Er hatte die ganze Zeit geschwiegen und sich nicht gerührt. Die Hände hielt er hinter dem Kopf verschränkt. Alex musterte ihn.

„Ich kenne Sie", sagte sie schließlich.

Der Mann verzog keine Miene.

Paul zog die Handschellen von seinem Gürtel und legte sie dem Mann an. Dabei klärte er ihn über seine Rechte auf.

„Wusste ich doch, dass sie ein engeres Verhältnis zu Lisi Kronreif haben", erklärte Alex weiter, die am Kopfende des Bettes lehnte und gegen einen heftigen Schwindel kämpfte. Sie spürte die Wärme ihres Blutes auf ihrem Hemd. Es klebte feucht auf ihrer Haut.

Der Mann hob den Blick, schwieg aber weiterhin.

„Wer ist das?", fragte Paul Alex.

„Darf ich vorstellen?" Alex verzog das Gesicht zu einem gequälten Lächeln. „Jürgen Kaiser. Geschäftsführer von Welle Salzburg und Lisi Kronreifs Chef."

Paul pfiff leise durch die Zähne. „Da sieh einer an!", rief er. „Da hat sich jemand ein zweites recht lukratives Standbein geschaffen, was?"

Jürgen Kaiser schnaubte leise.

„Ist schon in Ordnung, Herr Kaiser. Es ist ihr gutes Recht, zu schweigen", beschwichtigte Paul und bugsierte ihn unsanft aus dem Zimmer.

Alex strich sacht über Anastasias Wange. Lebte das Baby noch? Die klaffende Wunde musste in jedem Fall dringend versorgt werden. Die Minuten zogen sich in die Länge. Endlich durchschnitten Sirenen die dichte Stille. Alex war müde. Die Erschöpfung der vergangenen Tage hüllte sie ein wie dicke Watte. Sie wollte nur die Augen schließen und schlafen. Sie hörte Schritte auf der Treppe. Füße trappelten über den Boden. Alex versuchte, sich zu konzentrieren. Das Kissen, das sie auf ihren Bauch gepresst hatte, war auf den Teppich gekullert. Warme Flüssigkeit sickerte aus der Wunde. Jemand hob Anastasia vom Bett auf eine Trage. Leute riefen Kommandos. Hände griffen nach ihr. Alex wollte fragen, wie es dem Baby ging. Ihre Lippen öffneten und schlossen sich, ohne ein Wort hervorzubringen. Sie fühlte sich wie ein Fisch, der an Land gespült worden war. Ein Gedanke tauchte an die Oberfläche. Elli. Mein Gott, Elli! Der Sprengstoff. War sie in Sicherheit? Jemand zerrte an ihr. Der Schmerz raubte ihr den Atem. Sie bäumte sich auf. Sie wurde nach unten gedrückt. Die Unterlage, auf der sie landete, war fester, härter. Sie stöhnte. Sie gurgelte. Ihre Gedanken blubberten. Wieso verstanden sie sie nicht?

„Ganz ruhig", sagte eine tiefe Stimme. „Wir kümmern uns um Sie."

Alles verschwamm um Alex. Die Farben glitten ineinander wie bei einem Aquarell. Gesichter verschmolzen. Helle Töne purzelten aus dem Bild und hinterließen Schattierungen von Grau. Elli, dachte sie. *Elli. Elli.* Dann wurde es schwarz um sie.

Elli

Elli lag in völliger Dunkelheit. Es war so still, dass sie ihr Blut durch die Adern rauschen hörte. Fast wie ein Déjà-vu. Die Situation erinnerte sie an den Tag, als man sie im Wald zum Sterben weggeworfen und mit Laub bedeckt hatte. Sie konnte die Erde immer noch riechen, die ihr in Mund und Nase gekrochen war. Hier roch es anders. Nach Bettwäsche, die gewechselt werden sollte, Mottenkugeln und altem Holz. Vor allem aber roch es nach Angst. Das einzige Geräusch, das sie vernahm, wer die Zeitschaltuhr, die mit dem Sprengsatz um ihren Bauch verbunden war. Der Mann, der sie wie ein Paket verschnürt hatte, hatte ihr ins Ohr geflüstert: „In dreißig Minuten bist du tot. Bumm!"

Elli zuckte zusammen. „Warum tun Sie das?" Ellis Lippen zitterten. Nicht weinen. Auf keinen Fall losheulen.

„Du weißt zu viel." Er lachte. „In unserem Geschäft sind Zeugen unerwünscht. Das verstehst du doch?"

Elli verstand gar nichts. Sie wusste nicht, wer dieser Mann war und warum er sie töten wollte.

„Was habe ich mit Ihren Geschäften zu tun?"

„Jede Menge", erwiderte er. „Das *Baby Doll*", zischte er. „Das war mein Bordell. Du warst eins meiner besten Pferde im Stall."

Das Gesicht des Mannes war ihrem ganz nahe. Sie drehte den Kopf zur Seite.

„Das *Baby Doll* gehörte Sergej", entgegnete Elli leise.

Der Mann lachte schallend. „Sergej ist ein Trottel. Ihm gehörte gar nichts. Er war ein Zuhälter, der Befehle ausführte. Mehr nicht. Ein ziemlicher Trottel, ehrlich gesagt."

Elli schluckte. „Kenne ich Sie?"

„Das glaube ich kaum", antwortete er. „Ich habe mich immer im Hintergrund gehalten. Mein Gesicht würde niemand mit dem Puff in Verbindung bringen."

„Und Lisi Kronreif?"

„Lisi ist recht brauchbar", gab der Mann zu. „Ich habe sie zu einer erstklassigen Prostituierten gemacht."

Er lachte kehlig. „Später hat sie die Geschäfte im *Baby Doll* für mich geführt. Dabei war es hilfreich, dass die Mädchen sie für eine von ihnen hielten. Sie glaubten, Lisi – oder sollte ich sagen, Kathrin – wäre eine Nutte und ebenso abhängig von ihrem Zuhälter wie der Rest von euch."

Elli fror. Sie hatte Kathrin vertraut. Sie war ihre einzige Freundin gewesen. Der unfassbare Verrat schmerzte.

„Was haben Sie heute mit ihr zu schaffen?"

Der Mann schnalzte mit der Zunge. „Sie ist nach wie vor gut zu vögeln", erklärte er. „Und es war nicht Sergej, der auf dich geschossen hat. Es war Kathrin."

Elli spürte, wie ein scharfer Schmerz durch ihre Brust fuhr. Sie fühlte sich so hilflos wie damals bei ihrem ersten Freier.

„Sie sind ein Paar?"

„So etwas in der Art."

„Aber ich verstehe nicht ...", setzte Elli an.

Der Mann presste ihr grob die Hand auf den Mund.

„Du stellst zu viele Fragen."

Er stellte die Zeitschaltuhr ein und erhob sich.

„Es wird ganz schnell gehen", versprach er, während er auf die Tür zusteuerte. „Du wirst nichts spüren. Bleibt nur zu hoffen, dass die Polizisten sich fernhalten, bis wir außer Reichweite sind, sonst ...", Er klatschte so laut in die Hände, dass Elli glaubte, von ihrer Liege abzuheben.

„... muss ich den Sprengsatz leider per Fernzünder auslösen." Er seufzte bedauernd. „Und dann sterben außer dir noch ein paar Polizeibeamte."

Elli zitterte. Ihre Zähne schlugen aufeinander. Sie presste die Lippen zusammen, damit das Klappern aufhörte. Ihr Herz schlug immer schneller, bis sie glaubte, es würde aus ihrer Brust bersten. Anfangs zählte sie die Sekunden, um zu wissen, wie viel Zeit ihr noch blieb. Nach rund zehn Minuten gab sie auf. Sie würde hier sterben. Wollte sie wirklich genau wissen, wann? Bumm.

Sie dachte an Alex. Wie sie ohne Zögern bei ihr aufgenommen wurde, obwohl sie eine Mordverdächtige war. Sie erinnerte sich an ihr Lachen, das spitzbübische Leuchten ihrer Augen und ihre weiche Haut. Elli schluckte. Sie war nicht bereit, diese Welt zu verlassen. Sie hatte Fragen. Dinge zu erledigen. Menschen, die sie umarmen und denen sie sagen wollte, was sie ihr bedeuteten. Lina. Ihre wunderschöne Lina. Sie hatte sich immer nur eins gewünscht: Ihre Tochter zu finden, ihre Hand zu halten und sie wissen zu lassen, dass sie sie immer geliebt hatte. Dass Lina das schönste Geschenk war, dass sie je erhalten hatte, wenn auch nur für einen winzigen, kostbaren Augenblick. Tränen strömten über Ellis Wangen. Die Trauer, ihre Tochter nie mehr sehen zu dürfen, erdrückte sie. In ihrer Vorstellung durchlebte sie den Moment, wo sie ihre Tochter wiedersah, hundertfach. In Gedanken wiederholte sie, wie leid es ihr täte, dass sie ihr keine Mutter hatte sein können. Irgendwann versiegten die Tränen. Ihr Herzschlag hatte sich beruhigt. Sie war soweit.

Ein Knall ertönte. Elli bebte. Sie wartete auf den Schmerz. Auf grelles Licht. Dunkelheit. Das allumfassende Nichts. Sie wand sich auf ihrer Liege hin und her. Sie spürte ihre Beine, Arme, Hände. Ihr Herz hämmerte. Sie atmete langsam ein und aus. Die Zeitschaltuhr piepte monoton. Dann hörte sie leise Stimmen. Schritte auf der Treppe. Das alte Holz knackte. Was passierte? Sie fühlte sich benommen. War sie tot? Sie grub ihre Fingernägel in die Handfläche, bis sie blutete. Das war real. Mit einem Krachen flog die Tür auf. Elli erstarrte. War der Mann zurückgekommen? Jemand kniete neben ihr. Es waren mehrere. Einer redete mir ihr. Dann schob man ihr die Augenbinde vom Gesicht. Sie kniff die Augen zusammen. Vier Gestalten wuselten durch den Raum. Sie trugen Schutzkleidung und einen Helm mit Sichtschutz. Elli zuckte.

„Ganz ruhig", sagte ein junger Mann, dessen blonde Locken unter dem Helm hervorlugten. Seine Augen strahlten Zuversicht aus. „Ich heiße Bernhard."

Elli schielte auf die Zeituhr an ihrem Bauch. Zwei Minuten fünfunddreißig Sekunden. Sie stöhnte.

Einer der Männer löste ihre Fesseln. Sie rieb sich ihre Handgelenke.

„Schön still halten, ja?" Bernhard inspizierte konzentriert die Zeitschaltuhr, die über drei Kabel mit dem Sprengsatz um Ellis Bauch verbunden war. Vorsichtig prüfte er, wo welches Kabel hinführte.

„Haben Sie so was schon mal gemacht?", fragte Elli, während Bernhard sich vergewisserte, dass er den Sprengsatz nicht auf anderem Wege von Ellis Körper lösen konnte.

„Ich hab mir schon ein paar Videos darüber auf YouTube angesehen", erwiderte er, ohne den Blick von dem Zünder zu nehmen.

Elli hob einen Mundwinkel. Zwei Minuten zehn. Ihre Hände waren eiskalt und schwitzten.

Ein Kollege machte ein Foto und schickte es mit seinem Handy an die Zentrale.

„Gib mir per Funk Bescheid, wenn du etwas hörst", fügte Bernhard hinzu. „Und ihr anderen, raus hier!"

Ellis Gesicht fühlte sich taub an. Ihre Ohren klingelten. Wurde sie etwa ohnmächtig?

„Wann gehen Sie?", fragte sie Bernhard, der eine kleine Zange in der rechten Hand hielt.

Bernhard blickte ihr einen Moment fest in die Augen. „Wenn wir das Ding hier entschärft haben."

Elli starrte auf die Uhr, deren Ziffern erbarmungslos die Null ansteuerten. „Dafür haben Sie nur etwas mehr als eine Minute Zeit", flüsterte sie.

„Dann sollte ich mich besser ranhalten."

Das Funkgerät an Bernhards Schutzanzug rauschte. „Hast du was?", fragte er seinen Kollegen.

„Negativ", erwiderte eine männliche Stimme.

Elli zitterte. Sie presste eine Hand gegen den Mund, um nicht laut loszuschreien.

Vierzig Sekunden.

„Sie machen das prima", ermunterte Bernhard sie. „Ehrlich!"

Elli lief der Schweiß in kleinen Bächen an der Schläfe hinunter. Dabei war ihr eiskalt. Dreißig Sekunden trennten sie von einem sicheren Tod.

„Sie sollten gehen", forderte sie Bernhard auf.

Der schüttelte energisch den Kopf.

„Es gibt keinen Grund, warum wir hier beide draufgehen müssen", meinte Elli.

„Das werden wir nicht, verstanden?"

Elli nahm einen tiefen Atemzug. „Worauf warten Sie?"

Bernhard nahm Ellis Hand und drückte sie. „Auf meinen Kollegen. Er wird mir die Information liefern, die ich brauche."

Elli keuchte. Wo nahm dieser Typ seine Zuversicht her?

„Toni!", rief Bernhard ins Funkgerät. Fünfzehn Sekunden. Vierzehn.

„Scheiße, Bernie! Es tut mir leid. Wir finden nichts", rauschte eine zerknirschte Stimme durch den Äther.

Elli warf einen letzten Blick auf die Uhr. Neun Sekunden. Acht. Sie wollte mit Linas Bild vor Augen sterben. Sie rief sich das Polaroidfoto in Erinnerung, das Kathrin kurz nach der Geburt von ihnen gemacht hatte. Der Duft von Linas Köpfchen erfüllte den Raum. Sie spürte die kleinen Finger an ihrem Daumen. Sie lächelte.

Fünf. Lina. Ihre bezaubernde kleine Tochter. Vier. Inzwischen war sie eine erwachsene junge Frau. Drei. Elli schloss die Augen. Zwei.

„Jaaaaa!!!!" Bernhard gluckste und ließ sich keuchend auf den Allerwertesten fallen. Elli öffnete ein Auge und spähte auf den Mann vom Entschärfungsdienst. Der rollte wie auf Ecstasy auf dem Rücken, reckte eine Faust in die Luft und schrie immer wieder: „Geschafft! Elli, wir haben es geschafft! Heute wird nicht gestorben."

Die Uhr war bei zwei Sekunden stehengeblieben. Das rote Kabel lag durchtrennt auf Ellis Bauch wie ein Regenwurm, den man in zwei Teile geschnitten hatte.

Sie brauchte einen Moment, bis sie begriff. Eine Träne sammelte sich in ihrem Augenwinkel und schlich über ihre Wange. Bernhard sprang vom Boden auf und umarmte sie.

„Sie brauchen das, oder?", fragte Elli.

Er lächelte, während er den Sprengstoffgürtel sacht von ihrem Bauch löste.

„Was?"

„Den Adrenalinkick. Sie brauchen das."

„Ach, ich weiß nicht. Vielleicht. Aber so knapp hätte es jetzt nicht sein müssen."

Die Kollegen strömten ins Zimmer, schlugen Bernhard auf die Schulter, lachten und halfen Elli auf die Beine. Zwischen den Männern ertönte eine Stimme, die Elli kannte.

„Meine Herren", rief Paul Wagner. „Ich hasse es, die Party zu sprengen, aber die junge Frau hier wird dringend erwartet."

„Danke", flüsterte sie Bernhard zu und umarmte ihn heftig, als sie mit Paul an ihm vorbeischritt.

„Ich werde erwartet?", fragte Elli, als sie mit wackligen Beinen zu Paul ins Polizeifahrzeug stieg.

Paul nickte. Seine Miene war versteinert.

„Paul, was ist los?"

„Es geht um deine Tochter", erklärte er leise. „Sie ist im Krankenhaus. Es ist ernst."

Theo

Theo hockte auf einem billigen Plastikstuhl, der bei jeder Bewegung auseinanderzufallen drohte. Die Stationsleitung der Chirurgie hatte ihm einen kleinen Wartebereich zur Verfügung gestellt, um sich dort ungestört mit Herrn Bauz, dem Leiter der Seniorenresidenz, zu unterhalten. Herr Moser kauerte zusammengesunken in seinem Rollstuhl. Über seinen mageren Beinen lag eine beige Decke, die Theo schon beim bloßen Anblick Juckreiz verursachte. Ein Auge und ein Mundwinkel hingen unnatürlich herunter, als wollten sie aus seinem Gesicht fliehen. Theo las zum wiederholten Mal die Aufzeichnungen des alten Mannes.

„Herr Moser, Sie haben diese Notizen angefertigt?", fragte Theo, um sich zu versichern, dass er keinem Irrtum erlag.

Der alte Mann nickte heftig.

„Sie sind Sabrina Wurms Vater."

Nicken.

„Und Julia Wurm ist Ihre Enkelin."

Der Mann nickte. Sein Finger wackelte in Richtung des Notebooks, das Theo auf dem Schoß hielt. Theo folgte seinem Blick.

„Julia ist nicht das leibliche Kind Ihrer Tochter. Wollen Sie das damit sagen?"

Herr Moser nickte.

„Herr Moser und Julia haben ein sehr enges Verhältnis", klärte Herr Bauz auf. „Sie hat ihn mehrmals die Woche besucht."

„Ja", erwiderte Theo. „Wussten Sie, Herr Moser, unter welchen Umständen Ihre Tochter Julia adoptiert hatte?"

Der alte Mann zögerte. Dann fuhr seine Hand zum Laptop. Theo hielt ihm das Gerät entgegen. Herr Mosers Finger zitterte über einem Absatz.

Ich habe immer vermutet, dass etwas mit Julias Adoption nicht stimmte. Sabrina hatte noch wenige Monate zuvor behauptet, dass die Wartelisten für ein Baby endlos wären und sie aufgrund ihres Alters praktisch nicht mehr in Frage käme. Ich war misstrauisch. Als ich sie damit konfrontierte, wie die Adoption nun doch zustande gekommen sei, hatten wir einen riesigen Streit. Kurze Zeit später kam es zum Bruch. Wir hatten praktisch keinen Kontakt mehr.

„Wieso hat Ihre Tochter Julia dann gestattet, Sie kennenzulernen? Offenbar hatte sie doch Kontakt zu Ihnen", bemerkte Theo verwundert.

Herr Mosers Finger wackelte durch die Luft. Theo überflog die nächste Passage:

Wahrscheinlich hätte ich meine Enkeltochter nie kennengelernt, wäre Christian nicht gewesen. Er war der Meinung, Julia hätte ein Recht, ihren Großvater kennenzulernen. Und so habe ich viel Zeit mit der Kleinen verbracht, während ihre Eltern arbeiteten.

„Trotzdem ist es verwunderlich, dass Sie eine so enge Beziehung zu einem Mädchen entwickelt haben, das nicht ihre Enkeltochter ist und von dem sie ahnten, dass Ihre

Tochter es unter unlauteren Umständen aufgenommen hatte", erwiderte Theo.

Herr Moser rutschte aufgeregt in seinem Rollstuhl hin und her. Seine knochige Hand schwebte in der Luft.

„Sie haben das zweite Dokument gelesen, nehme ich an?", fragte Herr Bauz und hob die Decke auf, die von den Knien seines Patienten gerutscht war.

Theo hob eine Augenbraue, schloss die geöffnete Datei und entdeckte einen zweiten Ordner mit dem Titel *Die Frau im Wald*. Theo begann zu lesen:

Es war Ende August 2000. Beim abendlichen Spaziergang mit meinem Hund entdeckte ich eine Frau im Wald. Erst dachte ich, sie sei tot. Sie rührte sich nicht und ihre Haut fühlte sich kalt an. Man hatte sie angeschossen und mit Laub und Erde bedeckt. Jemand hatte sie zum Sterben zurückgelassen. Die Frau hatte viel Blut verloren. Ich schaffte sie in mein Haus, das am Waldrand lag. Ich hatte dort einige Jahre mit meiner zweiten Frau gelebt, mit ein Grund, der dazu führte, dass ich kaum noch Kontakt zu meiner Tochter hatte. Ich war früher Tierarzt. Nach meiner Pensionierung habe ich gemeinsam mit meiner Frau die heilende Wirkung von Pflanzen und Kräutern erforscht und genutzt. Mir war klar, dass die Frau in einem Krankenhaus effektiver behandelt werden könnte, aber mir war ebenso bewusst, dass jemand von ihrem Tod überzeugt war. Ich war sicher, dass es für die Frau lebensnotwendig war, diesen Jemand in dem Glauben zu lassen. Also operierte ich die Kugel, die zwischen Schulter und Brust steckte, aus ihrem Körper. Sie hatte viel Blut verloren und war sehr geschwächt. Es dauerte viele Wochen, bis sie wieder auf die Beine kam. Aber schließlich wurde sie wieder ganz gesund. Nun ... jedenfalls nahezu. Als ich sie fand, war leicht zu erkennen, dass sie eben erst entbunden hatte. Sie blutete aus dem Unterleib und ihre Brüste sonderten Milch ab. Sie konnte den Verlust ihres Kindes, eines Mädchens, nicht verwinden. Je kräftiger sie wurde, desto entschlossener wurde sie, ihre Tochter zu suchen. Ich gab ihr Geld für einen Neustart. Sie wollte eine Ausbildung zur Altenpflegerin machen. Die Vorstellung gefiel mir. Das Geld war gut investiert und ich brauchte es nicht. Sie verließ mein Haus.

Wenige Tage später tauchte Christian an meiner Tür auf. Auf dem Arm hielt er ein Neugeborenes. Es hieß Julia. Er erzählte mir, Sabrina hätte eine Familie aufgetan, die ihr Kind rasch zur Adoption freigeben wollte. Offenbar wurden erblich bedingte Krankheiten bei dem Baby vermutet, weshalb das Kind schwer zu vermitteln wäre. Ich wusste sofort, dass etwas nicht stimmte. Binnen kürzester Zeit war ich von der Kleinen verzaubert. Ich ignorierte meine Zweifel und genoss die Zeit, die ich mit ihr verbrachte. Doch je älter Julia wurde, umso unverkennbarer wurde auch die Ähnlichkeit zu ihrer Mutter. Die Art, wie sie sprach, ihre Mimik, ihre Gesten, ihr Lachen. Irgendwann war ich sicher, dass ich Julias leibliche Mutter kannte. Es war Elli, die Frau, die ich halbtot im Wald gefunden hatte.

Theo hob den Blick. Seine Lippen bebten.

„Sie haben Elli gerettet?"

Herr Moser nickte. Seine Augen wirkten traurig.

„Aber Elli war doch Ihre Altenpflegerin. Hätte sie Sie nicht erkannt?"

Herr Moser schüttelte den Kopf. Er bedeutete Herrn Bauz, ihm seine Geldbörse zu geben. Der Heimleiter zog ein leicht vergilbtes Bild aus dem Portemonnaie. Es zeigte einen Mann, der fast doppelt so kräftig war wie Herr Moser. Er trug eine Lederhose und ein kariertes Kurzarmhemd, unter dem kräftige Muskeln hervorlugten. Sein Gesicht war symmetrisch und voll, sein Haar fast schulterlang.

Theo starrte erst das Bild und dann den Mann im Rollstuhl an. „Das auf dem Foto sind Sie?"

Herr Moser nickte.

Theo sank in seinem Stuhl zurück. Er hatte stets gedacht, er würde Gesichter auch nach Jahrzehnten wiedererkennen, aber hier hätte er zweifellos kläglich versagt. Kein Wunder, dass Elli ihren Patienten nicht erkannt hatte.

„Und Sie haben Elli nie erzählt, wer Sie sind?"

Herr Moser schüttelte den Kopf. Er griff nach dem Notebook und tippte so langsam, dass es Theo nahezu schmerzte, in die Tastatur. Dann reichte er ihm den Laptop zurück.

Ich habe mich geschämt, dass meine Tochter Elli das Kind genommen hatte. Julia hat Sabrina, aber auch mir, so viel Freude und Glück geschenkt, und dabei Elli fast zerstört. Wie hätte ich ihr das sagen können?

„Es war nicht Ihre Schuld, Herr Moser", erklärte Theo und stand auf. „Danke, dass Sie sich Zeit genommen haben."

Herr Bauz erhob sich ebenfalls. „Herr Moser möchte seine Enkelin sehen."

„Das verstehe ich." Theo drückte mitfühlend die Schulter des alten Mannes. „Sie wird gerade operiert."

„Wie stehen ihre Chancen?", fragte Herr Bauz.

Theo zuckte die Achseln. „Am besten sprechen Sie mit dem behandelnden Arzt. Ich weiß nur, dass ihr Zustand sehr ernst ist."

Elli

Während der gesamten Fahrt zum Krankenhaus schnürte die Angst Ellis Kehle zu. Die Furcht, die sie empfunden hatte, als sie dachte, sie würde jeden Moment in die Luft gesprengt, war nichts im Vergleich dazu, was sie jetzt fühlte, da ihr Kind in Lebensgefahr schwebte. Paul erzählte ihr von Julias Vergiftung, die zu Leberversagen geführt hatte und eine Transplantation erforderlich gemacht hatte. Dafür war, so erklärte er ihr, ein Blutsverwandter nötig, und sie sei nun einmal die Einzige, die in Frage käme.

„Fahr schneller, Paul", forderte sie ihn auf. „Bitte! Ich kann sie nicht verlieren. Nicht jetzt, wo ich sie nach all den Jahren gefunden habe."

Paul schaltete das Blaulicht ein und schlängelte sich am dichten Verkehr vorbei, hupte gelegentlich ein bockiges Fahrzeug an, das nicht ausweichen wollte, und erreichte endlich den Müllner Hügel. Aus dem Salzachgässchen bog ein Radfahrer, der dem Polizeifahrzeug im letzten Augenblick auswich.

„Wir sind gleich da!", versprach er, als er links in die Zufahrt zu den Landeskrankenanstalten einbog.

Elli nickte. Sie fühlte sich wie erstarrt, eingefroren zwischen Vorfreude und Todesangst. Sie versuchte, in den Bauch zu atmen, aber die Luft schien im Brustbereich steckenzubleiben. Paul düste mit hohem Tempo durch die Anlage des Krankenhauses. Ein paar Fußgänger blieben stehen und starrten dem Wagen ungläubig nach. Vor der Chirurgie West stellte er das Fahrzeug mit Warnblinkanlage ab. Er zog Elli aus dem Wagen, die wie im Schock auf das Armaturenbrett stierte.

„Ich weiß, dass du viel durchgemacht hast", versicherte er, während er sie durch die gläserne Eingangstür zerrte. „Aber es geht um das Leben deiner Tochter. Du musst dich zusammenreißen!"

Elli starrte durch ihn hindurch, bewegte sich aber wie in Trance Richtung Aufzug. Die Fahrt in den zweiten Stock schien eine Ewigkeit zu dauern. Gleich würde Elli ihrer Tochter begegnen, ihre Hand halten, ihr übers Haar streichen. Die Tür des Aufzugs öffnete sich. Elli nahm helle Neonleuchten, weiße Wände und Desinfektionsmittel wahr. Paul zog sie zu einer Tür, an der *Stationsleitung* stand und klopfte energisch. Eine Frau Ende dreißig in babyblauer Uniform und mit hochgestecktem Haar öffnete ihm.

„Paul Wagner, Leiter der Mordkommission", erklärte er ohne lange Umschweife. „Das ist Elena Ahrens. Sie ist die leibliche Mutter von Julia Wurm und wird dringend erwartet."

„Paula Martens", erwiderte die Frau und streckte Paul eine Hand entgegen. „Bitte kommen Sie doch herein!"

„Dafür ist keine Zeit!", widersprach Paul ungeduldig.

„Doch", versicherte die Leiterin. „Bitte, lassen Sie mich die Umstände erklären."

Elli presste eine Hand vor den Mund und schluchzte. „Oh, mein Gott! Wir kommen zu spät, nicht wahr?"

Frau Martens beäugte Elli verständnislos.

„Meine Tochter ist tot. Ist es nicht so?"

Frau Martens griff lächelnd nach Ellis Hand. „Nein, Frau Ahrens. Julia Wurm lebt. Sie ist gerade im OP."

Paul hob fragend eine Augenbraue. „Gab es Komplikationen? Wir sollten doch ihre einzige bekannte Blutsverwandte herbringen, um ihr eine neue Leber zu ermöglichen."

Frau Martens wies den beiden einen Stuhl in der Ecke des Raumes zu. „Bitte setzen Sie sich!"

Paul und Elli folgten der Aufforderung zögernd.

„Was ist hier los?", fragte Elli, die vor Aufregung nicht still sitzen konnte.

„Julia Wurm erhält in diesem Augenblick eine Lebendtransplantation. Ihre alte, kaputte Leber wird entnommen und durch einen Teil einer gesunden, funktionsfähigen Leber ersetzt. Wenn alles gut verläuft, wird Julia wieder vollständig gesund."

„Das verstehe ich nicht", meinte Paul. „Wie haben Sie in der kurzen Zeit einen Spender aufgetrieben? Es ist doch sehr unwahrscheinlich, dass ein Fremder sich bereiterklärt, einen Teil seiner Leber zu spenden!"

Frau Martens lächelte gütig. Sie erinnerte Elli an die Psychologin, bei der sie einmal eine Therapie gemacht hatte. Die Frau vermittelte das Gefühl, alle Zeit der Welt zu haben, während Elli glaubte, gleich zu zerspringen.

„Da haben Sie Recht, Herr Wagner. Ein Fremder würde das kaum auf sich nehmen. Es hat sich ein weiterer Blutsverwandter gemeldet, der bereit war, Julia zu helfen."

Elli blinzelte. In ihren Ohren schrillte es. Wie ein Tinnitus, nur viel lauter. Ihr Kopf fühlte sich an wie ein Luftballon, den man weit über das verträgliche Maß vollgepumpt hatte. *Du wirst jetzt nicht ohnmächtig!*, ermahnte sie sich, als sie glaubte, vom Stuhl zu kippen.

Paul starrte erst Elli, dann Frau Martens an. „Entschuldigen Sie, wenn ich schwer von Begriff bin", stieß er hervor. „Wer sollte das bitteschön sein?"

Elli packte Pauls Unterarm. „Mein Prinz", flüsterte sie.

Paul sah sie an, als wäre sie verrückt. „Was?"

„Der Mann, den ich geliebt habe", setzte sie nach. „Linas Vater."

Alex

Als Alex erwachte, fühlte sie sich, als wäre ein Traktor über sie gerollt. Ihr Arm war dick verbunden und ihr Bauch brannte, als hätte jemand Säure darauf verschüttet.

Ihr Herzschlag piepte sekündlich, während eine durchsichtige Infusion in ihren gesunden Arm tropfte. Ihre Lider waren so schwer, dass sie glaubte, jemand hätte diese zugeklebt. Sie war nicht allein im Raum. Sie schielte zwischen den halb geöffneten Lidern hindurch und erkannte Paul. Ihre Mundwinkel zuckten.

„Du solltest dringend an deinem Lächeln arbeiten", stellte Paul fest und rückte den Stuhl näher an ihr Bett.

Alex kicherte. Der Schmerz schoss in ihren Bauch und ließ sie verstummen.

„Du hast mir einen ordentlichen Schrecken eingejagt."

Alex fuhr sich mit der Zunge über die Lippen. Sie fühlten sich trocken wie Brennholz an. Paul reichte ihr ein Glas Wasser.

„Was ist passiert?", fragte Alex.

„Wir haben Lisi Kronreif und Jürgen Kaiser überwältigt, als sie dabei waren, Anastasias Baby aus ihrem Bauch zu schneiden. Erinnerst du dich?"

Alex nickte. Bilder fluteten ihren Kopf, als die Szene in Anastasias Wohnung wie ein Film ablief, der sich nicht abstellen ließ.

„Das Skalpell", flüsterte sie heiser. „Lisi hat mich doch schlimmer erwischt, als ich dachte."

Paul drückte ihre Hand. „Du bist bald wieder topfit", erwiderte er. „Und das ist alles, was zählt."

„Habe ich viel Blut verloren?"

„Einiges." Er zögerte. „Und noch etwas mehr. Sie haben deine Milz entfernt. Das Skalpell hat das Organ schwer verletzt."

Alex seufzte. „Berufsrisiko."

Sie schloss für einen Augenblick die Augen, riss sie aber Sekunden später wieder auf. „Elli!", schrie sie. „Was ist mit Elli?" Der Monitor piepste in doppelter Geschwindigkeit.

Paul nahm beschwichtigend ihre Hand in seine.

„Alles in Ordnung. Das Bombenentschärfungsteam hat sie da rausgeholt."

Alex entspannte sich. „Gott sei Dank!"

Paul lächelte.

„Ist sie im OP?"

Paul schüttelte den Kopf. „Ich hab dir doch gesagt, es geht ihr gut."

„Aber Julia braucht einen Teil ihrer Leber. Hat man sie nicht gleich …" Alex' Hand schoss an ihre Lippen. „Ist ihre Tochter tot?"

Sie war totenbleich.

„Nein. Julia lebt. Die Operation ist gut verlaufen. Sie ist bereits im Aufwachraum."

Alex' Augen brannten. Sie war so müde. Was für Zeug gab man ihr da? Sie fühlte sich, als hätte sie tagelang nicht geschlafen. „War ich so lange weg?"

Paul grinste. „Du warst zwölf Stunden wie im Koma."

„War Elli hier?"

Paul nickte. „Was denkst du denn? Als sie gehört hat, dass du verletzt worden bist, musste sie sich mit eigenen Augen davon überzeugen, dass du wieder wirst."

Alex versuchte zu lächeln.

„Dann ist sie wohl jetzt selbst im Aufwachraum. So eine OP dauert eine Weile. Das ist anstrengend für den Körper."

„Nein", erwiderte Paul. „Elli sitzt an Julias Bett. Sie will da sein, wenn sie aufwacht."

Er wollte ihr den Rest erzählen, wagte es aber nicht. Es war nicht sein Part, ihr mitzuteilen, dass Ellis alte Liebe aufgetaucht war.

Alex runzelte die Stirn. „Natürlich will sie das", murmelte sie schläfrig.

Irgendwie passte die Vorstellung, dass Elli an Julias Bett wachte, nicht zu der Geschichte. Alex' Gedanken fegten durch ihren Kopf wie Schneeflocken im Sturm. Elli war doch operiert worden. Wieso war sie nicht selbst im Aufwachraum und schlief die Narkose aus? Alex schnappte nach einem Gedanken, doch der wehte durch ihre Gehirnwindungen wie Laub im Oktober. Bevor sie sich einen Reim darauf machen konnte, war sie eingeschlafen.

Elli

Elli war, über Julias Bett gelehnt, eingeschlafen. Dabei hatte sie sich fest vorgenommen, keinen Augenblick mit ihrer Tochter zu verpassen. Sie wollte sie nur ansehen. Ihr bezauberndes Kind, das zu einer bildhübschen Frau herangewachsen war. Ihr blondes Haar umrahmte ihre feinen Gesichtszüge. Die geschwungen Augenbrauen gaben ihrem Antlitz einen perfekten Rahmen. Sie nahm die Hand ihrer Tochter und drückte sie sanft. Sie tastete instinktiv nach der Kette, die sie um ihren Hals trug, und bekam den Ring zu fassen. Sie hatte ihn auf Alex´ Nachttisch entdeckt, als sie sie zuvor besucht hatte, und ihn an ihre Kette gehängt.

Als Elli sich aufrichtete, spürte sie die schmerzenden Muskeln in ihrer Schulter. Und eine Anwesenheit. Die Präsenz war so greifbar, dass sie einen Moment lang das Gefühl hatte, nicht atmen zu können. Ihr Puls beschleunigte. Ihr Mund war ausgedörrt. Was war los mit ihr? Die Anwesenheit dehnte sich im gesamten Raum aus. Langsam drehte Elli sich um. Der Mann lag in einem Krankenhausbett. Ein Pfleger schob ihn zur Tür herein. Der Mann war blass. Seine Augen waren geschlossen. Sein Brustkorb hob und senkte sich.

„Er wird bald aufwachen", erklärte der Pfleger, bevor der den Raum verließ.

Elli nickte. Ihre Erinnerungen schlugen Purzelbäume. Er hatte sich verändert. Und war doch derselbe. Sie betrachtete das dunkle Haar, das sich an den Schläfen lichtete und von feinen Silberstreifen durchzogen war. Um seine Augen blitzten Fältchen. Eine Woge der Zärtlichkeit überschwemmte sie. Dann der Schmerz, als sie an den Tag in ihrem Zimmer im *Baby Doll* dachte, der Tag, der angefüllt war mit Sehnsucht, Liebe und Hoffnung und der mit Verzweiflung, Schmerz und grenzenloser Enttäuschung geendet hatte. Die gegensätzlichen Empfindungen schienen sie innerlich zu zerreißen. Warum kümmerte es sie? Er hatte sie verlassen. Sie im Stich gelassen. Sie und ihr gemeinsames Kind. Es war neunzehn Jahre her. Vergangenheit. Ein anderes Leben. Sie blickte auf Julia und seufzte. Sie vergrub das Gesicht in ihren Händen und weinte. Es tat gut, ihren Tränen freien Lauf zu lassen. Eine Bewegung ließ sie hochfahren. Ihr Prinz schob sich das Kissen im Rücken zurecht. Er stöhnte leise.

„Was machen Sie hier?", fragte er.

Elli drehte sich in seine Richtung. Sie sagte kein Wort. Sie konnte sehen, wie er ansetzte, seine Frage zu wiederholen, als sein Blick auf ihre Kette fiel. Mit dem Ring. Er hob den Kopf, starrte sie an. Die Sekunden verstrichen. Das Schweigen lag schwer in der Luft. Elli hielt seinem Blick stand.

„Elli", flüsterte er und seine Stimme klang wie an dem Abend, als er ihr den Mond und die Sterne versprochen und gelobt hatte, immer für sie und das Baby da zu sein.

Ihre Lippen zitterten. Wie oft hatte sie diesen Moment in Gedanken durchgespielt, durchlebt, was sie sagen, tun würde, wenn sie jemals die Chance haben sollte, ihm gegenüberzutreten. Ihr Herz fühlte sich an wie ein Anti-Stress-Ball, den man mit der Hand zusammendrückte, bis seine Enden oben und unten aus der Faust quollen.

„Sebastian", erwiderte sie leise. Durch den Tränenschleier erkannte sie nur die verwaschenen Umrisse ihres früheren Verlobten.

„Mein Gott, Elli", stieß er hervor. „Es … es tut mir so unglaublich leid."

Sie wischte sich mit dem Handrücken die Tränen aus dem Gesicht und schnäuzte sich.

„Ja", entgegnete sie. „Ja, mir auch."

Sebastian stöhnte unter Schmerzen, als er sich im Bett aufrichtete und seine Hände Elli entgegenstreckte. Sie wich zurück.

„Nicht", bat sie, als könnte er mit einer Berührung ein Feuer entzünden, das sie lange Zeit erstickt hatte. Sebastian biss sich auf die Lippe.

„Sie ist wunderschön, nicht wahr?", fragte er mit einem Blick auf Julia.

Elli nickte. Ihre Hände zitterten unkontrolliert in ihrem Schoß.

„All die Jahre dachte ich, sie wäre meine Schwester", erzählte er und seine Stimme brach. „Dabei ist sie meine Tochter." Er sah Elli eindringlich an. „Unsere Tochter."

Elli schluckte. Ihr Ausdruck verhärtete sich. „Sie haben sie mir unmittelbar nach der Geburt weggenommen. Wusstest du das? Kathrin hat auf mich geschossen und Sergej hat mich im Wald entsorgt." Jetzt schluchzte sie. „Wie Dreck. Ein Stück Müll. Sie haben mich zum Sterben zurückgelassen."

Ellis Stimme erstarb. Sebastians Augen waren vor Schreck geweitet.

„Das wusste ich nicht. Es ist alles meine Schuld. Ich hätte dich nicht …"

„Sei still", fuhr sie ihn an. „Es ist zu spät für Entschuldigungen."

Sebastian fuhr sich durch das Haar. Auf seinen Wangen hatten sich nervöse Flecken gebildet.

„Nachdem du wohl hierbleiben wirst, bis Julia aufwacht, wäre es zu viel verlangt, dich zu bitten, mir einige Minuten zuzuhören?"

Elli erwiderte nichts. Und so erzählte Sebastian, was dazu geführt hatte, dass er sie im Stich gelassen hatte.

„Du erinnerst dich an den Mann, den du ein paar Mal im *Baby Doll* gesehen hast? Der, mit dem ich in Streit geraten bin. Auf der Treppe des Bordells. Du hast mich damals nach ihm gefragt."

Elli nickte kaum merklich.

„Das war Christian, mein Stiefvater. Ich war schrecklich wütend, dass er ins Bordell ging und meine Mutter betrog. Ich habe ihm gedroht, dass ich Sabrina erzählen würde, was er trieb." Sebastian rieb sich die Schläfen. „Doch er hat nur gelacht."

„Er kam einmal in mein Zimmer, nachdem du gegangen warst", erinnerte Elli sich. „Sergej hat ihn zu mir gebracht und mir gesagt, ich müsste mich um ihn kümmern. Dabei hattest du für die ganze Nacht gezahlt."

Sebastian lachte freudlos. „Leider habe ich das mitbekommen. Das war der Grund, weshalb ich Sergej später geglaubt habe."

„Dieser Mann, dein Stiefvater, er wollte eigentlich zu Kathrin. Offenbar hatten die beiden einen Deal. Mehr wollte Kathrin mir damals nicht sagen", erzählte Elli weiter. „Sergej hatte ihm vorgemacht, sie wäre nicht da, aber das stimmte nicht. Also habe ich bei Kathrin geklopft und den Mann zu ihr gebracht."

Sebastian nickte traurig.

„Ich verstehe nicht, was dein Stiefvater mit unserer Trennung zu tun hatte?"

„An dem Abend, als ich versprochen hatte, dich am nächsten Tag abzuholen und du ganz aus dem Häuschen warst, hat Sergej mich beiseitegenommen, bevor ich das Bordell verließ." Sebastian presste die Fäuste an die Stirn. „Er hat mir versichert, dass Christian der Vater deines Kindes sei. Er sei öfters dein Kunde gewesen und hätte auf Verkehr ohne Kondom bestanden."

Sebastian hob den Kopf. Tränen glitzerten in seinen Augen.

„Und das hast du geglaubt?" Elli war fassungslos.

„Du warst damals eine Prostituierte, Elli. Mir war klar, dass du nicht nur mit mir Sex hattest."

Ellis Mund klappte auf und wieder zu.

„Ich habe einen Riesenfehler gemacht", erklärte Sebastian. „Es tut mir so leid."

Elli schwieg. Zu viele Gedanken rasten durch ihren Kopf und gönnten ihr nicht einmal eine Sekunde zum Verschnaufen. Sie wünschte, sie könnte einen Hebel betätigen und die Gedanken abstellen.

„Mir ist trotzdem nicht klar, wie unsere Tochter deine Halbschwester wurde", brachte sie endlich hervor.

„Das ist eine lange Geschichte", sagte Sebastian zögernd.

„Ich habe Zeit", erwiderte Elli.

Also erzählte er von seiner Mutter Sabrina, die vor Jahren die Adoptionsbehörde geleitet hatte. Von Kathrin, die sich mit ihren illegalen Geschäften an Sabrina gewandt hatte, nachdem Christian nicht länger daran interessiert gewesen war, ein Kind mit ihr zu zeugen. Von den Kindern der Prostituierten des *Baby Doll*, deren Babys nach der Entbindung allesamt über die Adoptionsstelle an wohlhabende Paare verkauft worden waren. Und von ihrem gemeinsamen Kind, das Kathrin an Sabrina verkaufte, die händeringend ein gemeinsames Kind mit Christian haben wollte.

Als er schloss, schwieg Elli fassungslos.

„Wo ist deine Mutter jetzt?", fragte sie und ihre Stimme klang scharf.

„Keine Angst. Sie ist in Untersuchungshaft. Du musst dir keine Sorgen machen, dass sie hier auftaucht. Ebenso wie meine Verlobte. Sie hat Julia vergiftet."

Elli riss die Augen auf. „Was zum Teufel?"

Sebastian erzählte ihr knapp von Vera, die aus Habgier versucht hatte, seine „Schwester" zu töten, damit er und dadurch auch sie das gesamte Vermögen der Familie Wurm erben würden.

Elli schlug die Hände vors Gesicht. Das alles war zu viel für sie.

„Hast du manchmal das Gefühl, die Menschen sind allesamt schlecht?", fragte sie.

Sebastian nickte. „Ich gebe zu, der Gedanke ist mir schon öfters gekommen."

Elli schlang die Arme um ihren Oberkörper.

„Denkst du manchmal noch an uns?" Sebastian hatte die Beine über den Bettrand geschwungen und eine Hand auf Ellis Schulter gelegt. Sie brauchte einen Augenblick, um ihn ansehen zu können.

„Ich ..."

Ein leises Stöhnen unterbrach die angespannte Situation. Julia öffnete die Augen. Ellis Körper spannte sich an. Sebastian erhob sich unter Schmerzen und beugte sich über Julias Bett.

„Hey!", rief er. „Willkommen zurück! Wie fühlst du dich?"

„Als hätte man mich irrtümlich in einer Waschmaschine geschleudert", presste sie leise hervor.

Sebastian lachte.

Julia blickte von ihm zu Elli. „Frau Ahrens", flüsterte sie. „Was machen Sie denn hier?"

Elli knetete die Hände in ihrem Schoß.

„Ist etwas mit Opa nicht in Ordnung?" Ein panischer Ausdruck schlich sich in ihre Züge.

„Nein, alles in Ordnung", erwiderte Elli.

Julia entspannte sich und ließ sich zurück ins Kissen sinken.

„Weißt du noch, warum du hier bist?", fragte Sebastian.

Julia kniff die Augen zusammen. „Meine Leber hat versagt. Ich konnte euch reden hören." Sie schluckte. „Der Arzt hat gesagt, ich bräuchte eine neue Leber."

Sie spähte unter die Decke. Ein dicker Verband lugte auf der rechten Seite unter ihrem Nachthemd hervor.

„Offenbar hat man einen Spender gefunden", erklärte sie mehr zu sich selbst.

Sebastian schwieg. Elli wagte nicht, zu atmen.

„Dann hat man meine leibliche Mutter gefunden?"

Ein Schluchzen löste sich aus Ellis Mund. Sie presste eine Hand auf die Lippen, um ihren Gefühlsausbruch zu stoppen.

Julias Augen weiteten sich. „Sie?" In ihrem Gesicht spiegelte sich eine Vielzahl von Emotionen wider: Erstaunen, Unglauben, Freude.

Elli senkte den Kopf. Sie war auf diesen Augenblick nicht vorbereitet, obwohl sie ihr Leben lang darauf gewartet hatte.

„Es tut mir so leid", flüsterte sie schließlich.

Julias kühle Finger schlossen sich um ihre. Sie strahlte. Elli fühlte sich zurückversetzt zu dem Augenblick nach der Geburt ihrer Tochter, als für einen kurzen Moment die Zeit vor Glück stillstand.

„Ich freue mich, dich endlich kennenzulernen."

Elli lachte und weinte gleichzeitig. Sie stand vom Besucherstuhl auf und umarmte ihr Kind. Zum ersten Mal seit sehr langer Zeit fühlte sie sich ganz.

Julia löste sich langsam aus der Umarmung.

„Eines verstehe ich nicht", erklärte sie. „Warum liegst du nicht mit einer Kanüle im Arm neben mir, sondern Sebastian?"

Elli errötete. Hilfesuchend sah sie zu Sebastian.

„Das ist eine sehr lange Geschichte. Heben wir uns ein paar Antworten für später auf, in Ordnung?", kam er Elli zu Hilfe.

Julia runzelte die Stirn. Elli konnte förmlich sehen, wie sich Fragen, Annahmen und Hypothesen in Julias Großhirnrinde bildeten. Ehe sie die Gelegenheit hatte, weiter zu bohren, betrat Herr Bauz den Raum. Der Leiter der Seniorenresidenz schob einen Rollstuhl ins Zimmer. Julias Augen leuchteten.

„Opa!", rief sie und streckte Herrn Moser die Hände entgegen.

Der alte Herr lächelte schief und tastete mit seiner gesunden Hand nach seiner Enkelin. Er nickte Elli zum Gruß zu. Elli beobachtete ihn. Irgendetwas war da, was sie an eine frühere Begebenheit erinnerte. Sie bekam es nicht zu fassen.

„Opa, stell dir vor, was ich eben erfahren habe", brach es aus Julia hervor. „Elena Ahrens ist meine Mutter! Schon

327

verrückt, oder?" Julias Blick huschte zwischen ihrem Groß-vater und Elli hin und her.

Herr Moser schaute zu Elli und nickte. Täuschte sie sich oder war der alte Mann keineswegs überrascht? Elli stutzte. Sie musste sich täuschen. Woher sollte Herr Moser wissen, dass sie Julias leibliche Mutter war? Wie eine Sturzflut donnerten Gefühle auf Elli herein, die sie nicht einordnen konnte. Sie fühlte sich, als würde sie davon geschwemmt. Ins offene Meer. Um zu ertrinken. Sie sprang auf.

„Ich hole mir einen Kaffee", sagte sie an Julia gewandt und huschte aus dem Zimmer. Auf dem Gang stieß sie mit einem grauhaarigen Mann zusammen, der sich mehrfach entschul-digte. Sie kannte den Mann. Sie hatte sein Foto in dem Bürogebäude gesehen, in dem Kathrin sie mit der Pistole bedroht hatte. Es hatte auf einem der Schreibtische gestan-den. Es war derselbe Mann, den sie vor vielen Jahren im Streit mit Sebastian im *Baby Doll* beobachtet hatte. Der Mann, der sich regelmäßig mit Kathrin getroffen hatte, um mit ihr ein Kind zu zeugen. Der Mann, von dem Sebastian ihr gerade erzählt hatte, es wäre sein Stiefvater. Christian Wurm. Julias vermeintlicher Vater. Elli lehnte sich gegen eine Wand. Die Lichter der Neonleuchten tanzten vor ihren Augen. Alles verschwamm. Sie suchte Halt und fand keinen. Sie rutschte an der Wand hinunter. Heiße Tränen liefen ihr übers Gesicht. Eine Frau schrie. Sie schrie, als könnte sie nie wieder aufhören. Elli forderte sich selbst auf, zu atmen. Stattdessen schrie sie immer weiter.

Epilog

Alex bog in die Auffahrt ihrer Oma. Sie bremste so heftig, dass die Buttercroissants, die sie gekauft hatte, vom Beifahrersitz rutschten. Alex klopfte, bevor sie ihren Schlüssel aus der Jacke zog und sich selbst ins Haus ließ.

„Oma!", rief sie, als sie im Vorhaus aus ihren Sneakers schlüpfte. „Oma, bist du da?"

Keine Antwort. Elli spähte in die Küche, dann ins Wohnzimmer. Von ihrer Großmutter keine Spur. Sie ging ins Schlafzimmer und inspizierte den Garten. Nichts. Als sie ihre Oma gerade anrufen wollte, hörte sie ein leises Stöhnen. Alex spitzte die Ohren. Es kam von unten. Alex riss die Tür zum Keller auf. Die Treppe verschwand schwach beleuchtet in der Dunkelheit.

„Oma!"

„Lexi!", hallte es zurück. „Ein Glück, dass du da bist!"

Alex drückte den Lichtschalter neben der Tür. Offenbar war die Glühbirne ausgebrannt. Sie sprintete die Treppe zwei Stufen auf einmal nehmend in die Finsternis. Sie fischte ihr Mobiltelefon aus ihrer Hosentasche und schaltete die integrierte Taschenlampe ein. Am Ende der Treppe lag ihre Oma. An ihrer Stirn klaffte eine Platzwunde.

„Himmel, Oma! Was ist passiert?"

„Diese verfluchte Lampe funktioniert schon wieder nicht. Ich wollte Kartoffeln für das Abendessen holen und bin über eine Stufe gestolpert."

„Und hast dir den Kopf angeschlagen", fügte Alex hinzu.

„Ja, aber das ist nicht das Problem. Ich hab mir den Fuß verstaucht und kann nicht aufstehen."

Alex seufzte. Nicht zum ersten Mal dachte sie, dass sie der Bitte ihrer Oma nachkommen und mit ihr in das Haus ziehen sollte. Sie wurde allmählich gebrechlich und den ganzen Haushalt bewältigte sie alleine auch nicht mehr. Das Haus bot mehr als genug Platz für zwei und ihre Oma hätte nichts dagegen, wenn sie ein paar der Räume modernisierte und nach ihrem persönlichen Geschmack einrichtete.

Sie fasste ihre Oma unter der Achsel und zog sie auf den unverletzten Fuß. Sie war leicht wie ein Volksschulkind.

„Leg deinen Arm um mich."

Gemeinsam humpelten sie die Treppe hoch. Als sie oben ankamen, waren sie beide außer Atem.

„Jetzt haben wir uns aber einen Kaffee verdient", keuchte Oma.

„Zuerst sehe ich mir deinen Fuß an und verbinde die Wunde an der Stirn. Wo ist dein Verbandszeug?"

„In der Abstellkammer. Dort hängt ein Erste-Hilfe-Kasten."

Alex säuberte die Verletzung und versorgte sie mit einer Mullbinde. Der Knöchel war geschwollen. Alex schob ihre Oma sanft auf die Eckbank und wies sie an, den Fuß hochzulegen. Sie wickelte eine Packung Tiefkühlerbsen in ein Geschirrtuch und legte sie um den verletzten Knöchel.

„Wer ist dein Hausarzt? Er sollte sich das unbedingt ansehen."

„Schmarrn, Lexi! Das ist eine Verstauchung. In zwei Tagen ist der Spuk vorbei."

Alex verdrehte die Augen, aber gegen die Sturheit ihrer Oma war mit Vernunft nicht beizukommen.

Noch vor wenigen Wochen hätte ihr die Vorstellung, bei ihrer Oma einzuziehen, gefallen. Sie hätte ihr unter die Arme greifen und dabei Kosten für ihre eigene Wohnung sparen können. Eine klare Win-Win-Situation. Beide profitierten. In den letzten Wochen hatte sich einiges verändert. Sie hatte Elli beinahe für immer verloren. Erst als Elli des Mordes verdächtigt und danach entführt worden war, war ihr klar geworden, wie sehr sie ihre Ex-Freundin vermisste. Wie viel sie ihr bedeutete.

Alex stellte zwei Tassen dampfenden Kaffees auf den Küchentisch und legte je ein Croissant auf einen Dessertteller.

„Wie geht es Elli?", fragte ihre Großmutter, als könnte sie Alex' Gedanken lesen.

„Besser", erklärte Alex. „Sie wird morgen entlassen."

Nach Ellis Nervenzusammenbruch im Krankenhaus hatte man sie auf eine vierwöchige Erholung nach Großgmain geschickt. Die Psychiater waren der Meinung, dass sie an einer posttraumatischen Belastungsstörung litt. Die Entführung, die Tage in Gefangenschaft und die Aufregung um ihre Tochter waren zu viel für sie gewesen. Alex hatte sie ein paar Mal besucht und freute sich, dass Elli laufend stabiler und ausgeglichener wirkte. Sie konnte nicht leugnen, dass Gefühle für Elli aufkeimten, die sie längst verloren geglaubt hatte.

„Dann steht einer gemeinsamen Zukunft nichts im Weg", stellte ihre Oma fest und grinste verschmitzt. Alex verkniff sich eine Erwiderung. Sie hatte einen Ring anfertigen lassen, schlicht, in Weißgold mit drei kleinen Diamanten. Ganz nach Ellis Geschmack. Alex würde sie heute fragen, ob sie ihre

Frau werden wollte. Sie hatten genug Zeit verschwendet. Es gab keinen Grund, länger zu warten.

„Du weißt, dass hier im Haus genug Platz für drei ist", warf ihre Oma ein und bemühte sich um einen arglosen Tonfall. „Falls du mit Elli gemeinsam zu mir ziehen möchtest."

Alex küsste ihre Oma sanft auf die Wange. Die Haut fühlte sich an wie ein schrumpeliger Pfirsich. Sie wünschte, sie könnte dem Wunsch ihrer Großmutter nachkommen und mit Elli zu ihr ziehen, aber sie wusste, dass ein Liebespaar seine eigenen vier Wände brauchte.

„Das ist lieb von dir, Oma, aber Elli und ich brauchen erst mal Zeit für uns." Alex wandte sich zum Gehen.

„Das verstehe ich. Du bist jederzeit willkommen", entgegnete ihre Oma und lächelte tapfer. „Und Elli ebenso."

Alex zwinkerte ihr zu und lief zum Wagen. Bis nach Großgmain war es eine knappe halbe Stunde Fahrt. Zeit, um die letzten Tage Revue passieren zu lassen.

Ellis Suche nach ihrer leiblichen Tochter hatte eine Kette von Ereignissen ausgelöst. Im Zuge der Befragungen von Lisi Kronreif, Jürgen Kaiser und Sabrina Wurm konnten einige offenen Fragen geklärt werden.

Lisi Kronreif, die gemeinsam mit Sergej mehrere Jahre in Russland untergetaucht war, hatte Elli, als sie sie per Zufall in ihrem Yogakurs traf, im ersten Augenblick für einen Geist gehalten. Es erschien ihr unmöglich, dass Elli sich mit dieser Schusswunde alleine aus dem Grab im Wald befreit haben konnte. Sergej und Lisi hatten keinen Puls gespürt, als sie Elli Jahre am Waldrand abgeladen hatten. Zudem hatte sie viel Blut verloren. Jürgen Kaiser, der Besitzer des

Baby Doll und Lisis langjähriger Lebenspartner, hatte den beiden aufgetragen, noch einmal zu der Stelle im Wald zurückzukehren, um die Leiche fortzuschaffen. Sergej hatte versprochen, sich darum zu kümmern. Offenbar hatte er beide belogen, als er behauptete, die Leiche tief im Wald vergraben zu haben.

Lisi informierte Iwan und ihren Lebensgefährten Jürgen Kaiser, dass Elena Ahrens lebte und ein Problem darstellte. Um Elli keinen Anlass zu liefern, misstrauisch zu werden, nahmen sie das Interview für ihre Sendung *Vermisst – ohne jede Spur* auf.

Sie hatte Elli getroffen, um ihr den Mitschnitt der Sendung vorab zu geben. Man hätte ihr den USB-Stick wieder abgenommen, sobald sie tot war. Stefan Vogt hatte als Lockvogel fungiert und Elli ein Bier spendiert, während Lisi vorgab, die Toilette aufzusuchen. Sobald die K.o.-Tropfen Wirkung zeigten, schafften Lisi und Stefan die angetrunken wirkende Elli aus der Bar. Iwan wartete in einem SUV vor der Tür. Lisi ermahnte Stefan, seine Rolle zu Ende zu spielen, wenn er verhindern wollte, dass Christian Wurm von der Affäre mit Sabrina erfuhr. Lisi reichte Stefan ein Fläschen Jägermeister, das sie mit einer geringen Menge Liquid Ecstasy versehen hatte, und forderte ihn auf, es zu leeren. Es wäre gut für die Nerven. Stefan kippte den Inhalt gehorsam hinunter. Damit war sein Schicksal besiegelt.

Lisi wartete derweil in ihrem Haus am Stadtrand auf Iwans Anruf, dass alles nach Plan verlaufen war. Während sie in ihrer Handtasche nach ihrem Mobiltelefon kramte, stieß sie auf einen USB-Stick. Lisi steckte ihn an ihren Laptop. Sie musste die Dateien der Hurenkinder vernichten. Als sie merkte, dass der Stick die fingierte Aufzeichnung der

333

Radiosendung *Vermisst – ohne jede Spur* enthielt, schwankte sie. Sie hatte Elli irrtümlich den falschen Stick überlassen, der all ihre illegalen Aktivitäten klar dokumentierte. Ein weiteres Beweisstück war das Polaroidfoto, das Lisi neunzehn Jahre zuvor von Elli und ihrem Baby gemacht hatte. Es brachte sie und Jürgen mit dem Mord an Stefan Vogt in Verbindung. Zum einen zeigte es die Mordwaffe, zum anderen eine Radierung von Bernhard Albrecht, ein Original, das sich leicht zu Jürgen Kaiser zurückverfolgen ließ. Sie hatten das Gemälde zwar mittlerweile verschwinden lassen, aber dennoch war das Bild ordnungsgemäß erworben worden. Lisi und Jürgen war klar, dass es ein Leichtes wäre, den ursprünglichen Besitzer festzustellen.

Iwan hatte sich darum kümmern sollen, die kleine Metallstatue verschwinden zu lassen. Sie besaß zwar kaum einen Wert und man würde die Besitzverhältnisse nicht nachvollziehen können, aber die Statue war auf dem Foto zu erkennen und solange sie das Bild nicht hatten, war die Statue eine potenzielle Gefahr. Lisi ahnte nicht, dass Iwan die Statue an jenem Abend in seiner Jacke bei sich trug und sie im Eifer des Gefechts benutzte, um Stefan Vogt tot zu prügeln. Als der Zimmernachbar Iwan informierte, dass die Polizei unterwegs wäre, verließ dieser fluchtartig über den Hinterausgang die Pension. Die Tatwaffe und der USB-Stick in Ellis Jacke blieben zurück. Als Iwan Lisi anrief, dass ihr Plan gründlich schief gegangen war, befahl sie ihm, Elli zu entführen. Christian hatte vor einigen Jahren auf Stefans Anraten ein altes Bürogebäude in Bergheim gekauft. Die Räumlichkeiten im Erdgeschoss hatte er renovieren lassen und zu modernen Büros umfunktioniert. Das gesamte Gebäude war unterkellert und bot mit einer dicken Eingangstür aus Stahl ein ideales Versteck für die schwangeren Mädchen, die für Jürgen und Kathrin arbeiteten.

Das Wohnhaus in Schallmoos war zur Gänze an Iwan Wolkow vermietet, der sein Geschäft mit jungen Mädchen – vorwiegend aus Osteuropa – dort weiterbetrieb. Das Gebäude war ein Bordell, nur dass die Behörden keine Ahnung hatten, dass diese Immobilie ausschließlich an Mädchen und Frauen vermietet wurde und Herr Kaiser im Hintergrund die Fäden zog. Jürgen Kaiser und Lisi Kronreifs Namen tauchten nirgends auf. Sollte auffliegen, dass sie Mädchen aus osteuropäischen Ländern auf den Strich schickten und ihnen im Fall einer Schwangerschaft die Kinder wegnahmen, so war es Iwan, der sich zu verantworten hatte. Kurz vor dem Geburtstermin wurde ein Mädchen in den schalldichten Teil des Kellers verschleppt, wo es bis nach der Geburt des Kindes blieb. Das Bürogebäude hatte einen Hintereingang, der durch einige Thujen versteckt war. Wenn das kriminelle Trio nach Büroschluss kam, war die Gefahr, bemerkt zu werden, äußerst gering.

Alina war eins von Iwans Lieblingsmädchen. Er hatte sie vor Jahren aus der Ukraine nach Salzburg gebracht. Wie Elli hatte sie sich anfangs in ihn verliebt, nur um später festzustellen, dass sie in eine Falle aus Abhängigkeit, Gewalt und Hoffnungslosigkeit geraten war. Die Kinder, die sie zur Welt brachte, stammten allesamt von Iwan. Nachdem er beschlossen hatte, Alina mit niemandem zu teilen, sperrte er sie in den Bunker, wo sie mehrere Jahre in Gefangenschaft lebte.

Sabrina Wurm vermittelte Iwans Nachkommen an wohlhabende Familien. Obwohl sie ihren Posten als Leiterin der Adoptionsbehörde vor vielen Jahren aufgegeben hatte, verfügte sie nach wie vor über ein ausgezeichnetes Netzwerk.

Sabrina vermittelte die Kinder der Prostituierten über eine Plattform im Darknet. Während Alex sich im Krankenhaus von ihrer schweren Verletzung erholte, beschlagnahmten Paul und Theo Sabrina Wurms PC und Laptop. Die Dateien, die sie sicherstellten, belasteten Sabrina schwer und führten zu einem Ring von Menschenhändlern, der sich auf die Vermittlung von Kindern von Prostituierten spezialisiert hatte. Das Risiko, dass die Mütter gegen ihre Peiniger vorgingen, war gering. In vielen Fällen wurden die Frauen in Einrichtungen wie dem *Baby Doll* in einer Form moderner Sklaverei gehalten oder nach der Entbindung ermordet. Niemand scherte sich darum, ob es eine Hure mehr oder weniger gab. Die Frauen stammten großteils aus osteuropäischen Ländern und hatten außerhalb ihres „Arbeitsbereichs" kein Netzwerk. Wer hätte ihr Verschwinden anzeigen sollen?

Vera Habicht hatte eine kleine Chance, nie ein Gefängnis von innen zu sehen. Die Gerichtspsychiaterin hatte Zweifel an Veras Geisteszustand geäußert. Paul war überzeugt, dass Veras Anwältin versuchen würde, eine drohende Haftstrafe abzuwenden und ihre Klientin in eine Anstalt für geistig abnorme Rechtsbrecher einweisen zu lassen.

Auf Alex' Bitte hin hatte Paul versucht, herauszufinden, was mit Annika und Svetlana geschehen war. Die beiden Frauen hatten vor neunzehn Jahren gemeinsam mit Elli im *Baby Doll* gearbeitet und waren ebenfalls schwanger gewesen. Nach der Geburt ihrer Kinder waren beide verschwunden. Elli hatte damals geglaubt, Sergej hätte für die Frauen gesorgt, damit sie nicht länger im Rotlichtmilieu arbeiten mussten. Pauls Kollegen gelang es, die Familien ausfindig zu machen, an die die beiden Babys vermittelt worden waren. Von Svetlana und Annika fehlte weiterhin jede Spur. Paul glaubte nicht, dass auch nur eine der beiden noch lebte. Wahrscheinlich hatte sie ein ähnliches Schicksal ereilt, wie es Elli bestimmt gewesen war. Nur war den beiden kein Heinrich zu Hilfe gekommen.

Alex hatte damit gerechnet, dass Paul sie nach ihren Alleingängen suspendieren würde. Umso überraschter war sie, als sie eine Nachricht von ihrem Chef erhielt. *Erwarte dich am Montag zur Teambesprechung. Paul.*
Nur Sekunden später kündigte das Piepsen den Empfang einer weiteren SMS an: Du kannst dich übrigens bei Theo bedanken. *Er ist der Meinung, wir könnten es uns nicht leisten, unsere beste Ermittlerin zu verlieren.*

Alex lächelte. Theo war gar kein so übler Kerl, wenn man es genau betrachtete. Sie atmete tief ein. Sie fühlte sich seit Tagen das erste Mal leicht und klar. Sie hatte ein Ziel vor Augen: ein Leben mit Elli. Sie lächelte. Bäume und Häuser zogen an ihr vorüber, während ihr Wagen sich die Straße am Fuße des Untersbergs entlang schlängelte. Alex summte die Songs im Radio mit und warf gelegentlich einen verstohlenen Blick auf die mit Samt bezogene Schmuckschatulle, die neben ihr auf dem Beifahrersitz hin und her schaukelte. Sie parkte den Wagen bewusst ein Stück vom Rehabilitationszentrum entfernt, um den Rest zu Fuß zurückzulegen. Die Sonne tauchte die Landschaft in bunte Farben. Der Himmel leuchtete in einem klaren Blau, nur von ein paar weißen Wattetupfern gesprenkelt. Die Bäume auf dem Gelände zeigten sich in einem saftigen Grün und die Parkanlage erblühte in sanftem Rosa und Fuchsia.

337

Alex nahm sich einen Moment für einen tiefen Atemzug. In der rechten Hand hielt sie die Schmuckschatulle. In Gedanken ging sie noch einmal ihren Antrag durch. Ihr Herz schlug bis zum Hals. Wie würde Elli reagieren? Sie schlenderte über den Kiesweg und bemerkte Patienten, die mit Nordic-Walking-Stöcken durch die Anlage spazierten oder am Arm einer Pflegekraft dahin humpelten. Auf einer großen Wiese fand ein Yogakurs statt. Ein Mann in Pluderhose und Tanktop führte den Sonnengruß vor und beendete die Position, indem er im aufrechten Stand die Hände vor seiner Brust zusammenführte. Die Gruppe folgte seinen Bewegungen mehr oder weniger synchron. Der Kiesweg endete an einem riesigen Kastanienbaum. Von dort führte eine asphaltierte Straße zum Haupteingang des Gebäudes. Alex wollte gerade auf den Eingang zusteuern, als sie Elli bemerkte, die auf einer Holzbank rechts vom Gebäude saß. Julia war bei ihr. Alex lächelte. Sie war erleichtert, dass Julia die Vergiftung überlebt und ihr Körper die neue Leber so gut angenommen hatte. Sie freute sich, dass Elli und ihre Tochter Kontakt hatten und Julia offenbar bereit war, ihre leibliche Mutter besser kennenzulernen. Alex wusste, wie sehr Elli sich immer gewünscht hatte, ihre Tochter wiederzufinden. Sie blieb an der Kastanie stehen und spähte, halb hinter dem dicken Stamm verborgen, hervor. Die Szene hatte etwas Friedliches, Intimes, das sie nicht stören wollte, indem sie plötzlich auftauchte. Sie würde den beiden noch ein, zwei Minuten für sich geben. Erst da fiel ihr ein Mann auf, der aus dem Gebäude huschte und auf die beiden Frauen zulief. In einer Hand hielt er einen Strauß Gerbera. Ellis Lieblingsblumen. Alex kniff die Augen zusammen. Das grelle Licht der Sonne blendete sie. Die Leichtigkeit, die sie

338

eben im Auto verspürt hatte, verflüchtigte sich. Sie spürte einen Kloß im Hals. Der Mann erreichte die beiden Frauen. Er drückte Julia an sich und vergrub sein Gesicht in ihrem Haar. Es war Sebastian Wurm. Er ließ Julia los und drückte Elli die Blumen in die Hand. Elli strahlte über das ganze Gesicht. Sebastian umarmte sie. Alex schluckte. Er löste sich von Elli und nahm ihr Gesicht in beide Hände. Sie schauten sich kurz an. Dann küsste er Elli. Alex wandte sich ab. Ihre Brust schien unter den harten Schlägen ihres Herzens zu bersten. Ihr Körper vibrierte. Sie stützte sich am Stamm der Kastanie ab und stolperte zurück auf den Kiesweg. In ihren Ohren rauschte es. Die bunten Farben der Landschaft verschwammen zu einem farbenfrohen See. Die Tränen verschleierten ihre Sicht. Sie rannte. Ihre Füße berührten den Boden kaum. Als sie den Wagen erreichte, zitterte sie so sehr, dass ihr der Schlüsselbund zweimal hinunterfiel. Sie schwang sich hinters Steuer und gab Gas. Die Schatulle mit dem Ring knallte sie auf die Rückbank. In der ersten Kurve kullerte das Kästchen mit dem Schmuck zu Boden und rollte unter den Beifahrersitz.

***

Am nächsten Tag rollte Alex mit ihrem vollbepackten Seat in die Auffahrt ihrer Oma. Theo folgte ihr mit seinem Wagen, um ihr beim Ausladen zu helfen.

„Danke, Theo", rief Alex, deren Gesicht hinter zwei riesigen Umzugskartons versteckt war. „Ohne dich hätte ich es nicht geschafft, so schnell alles zu packen."

„Tja, du sollst nicht vergessen, dass Männer in dieser Welt eine wichtige Rolle spielen", zog Theo sie auf. „Obwohl ich nicht ganz verstehe, warum du so eine Eile hast. Du musst die Miete für deine Wohnung sowieso die nächsten drei Monate zahlen."

Alex seufzte. Sie hatte keine Lust, Theo oder ihrer Oma zu erzählen, dass sie es keine Sekunde länger in ihrer Wohnung aushielt, dass Elli kein Teil ihres Lebens mehr war und sie dringend neu anfangen musste.

„Meine Oma braucht mich", erklärte Alex. „Sie hat so viel für mich getan. Jetzt ist es an der Zeit, etwas zurückzugeben."

Theo stellte zwei Kartons im Vorhaus ab und betrachtete Alex von der Seite. „Nobel von dir."

Alex' Oma huschte aus der Küche. An ihrer Schürze klebte Mehl. Sie roch nach Zimt. „Ich freue mich so, dass du bei mir einziehst", erklärte die alte Dame und strahlte von einem Ohr bis zum anderen. „Hast du Elli doch überzeugen können, dass hier genug Platz für drei ist?"

Theo räusperte sich. „Ich hole die restlichen Kartons aus dem Auto."

Oma inspizierte ihre Enkelin eingehend. Alex starrte zu Boden, ehe sie energisch einen der Kartons packte und in das Gästezimmer schleppte. Oma blickte ihr ratlos hinterher. Theo kam mit weiteren Umzugskartons ins Haus.

„Was ist passiert?"

Theo schüttelte den Kopf. „Keine Ahnung, aber ich habe das hier unter dem Beifahrersitz gefunden." Er hielt das samtene Kästchen in die Höhe.

Oma nahm es in ihre Hände, setzte ihre Lesebrille auf, die an einer goldenen Kette um ihren Hals baumelte und öffnete das Kästchen.

„Das erklärt einiges", meinte sie und presste die Lippen aufeinander.

„Wie ich Alex einschätze, hat es sie all ihren Mut gekostet, diesen Schritt zu machen."

Oma nickte. Als sie Alex auf der Treppe hörte, zog sie rasch die oberste Schublade der Kommode auf und ließ die Schatulle hineingleiten. Wenn ihre Enkelin eins nicht wollte, war es, bemitleidet zu werden.

„Ich bin dann mal weg", erklärte Theo an Alex gewandt. „Wir sehen uns morgen im Dienst."

„Klar, danke dir!" Alex strich sich eine widerspenstige Haarsträhne aus der Stirn.

„Willst du darüber reden?", fragte Oma, als die Haustür hinter Theo ins Schloss fiel.

„Worüber denn?" Alex hatte ein kampflustiges Gesicht aufgesetzt.

Oma lächelte. „Na schön, wie wäre es dann mit einem Stück frisch gebackenen Apfelkuchen?"

„Wenn du noch eine Tasse Kaffee drauf setzt, bin ich dabei!"

***

Elli versuchte seit Tagen, Alex zu erreichen. Sie las ihre Nachrichten nicht und beantwortete keine Telefonate. Sie verstand nicht, was passiert war. Während ihres Aufenthalts im Rehabilitationszentrum hatte Alex sie mehrmals besucht. Sie hatte den Eindruck gehabt, dass die Gefühle füreinander wieder aufgeflammt waren. Alex hatte angedeutet, dass sie sich eine gemeinsame Zukunft vorstellen konnte. Sie hatte vorgeschlagen, zusammenzuziehen. Hatte sie sie völlig miss-verstanden?

Elli freute sich, dass Julia und sie sich besser kennenlern-ten. Die junge Frau besuchte sie regelmäßig und Elli war ein ums andere Mal erstaunt, wie viele Gemeinsamkeiten sie verbanden und wie sehr Julia sie an sich selbst erinnerte, als sie in ihrem Alter war. Es gab auch Barrieren zwischen ihnen. Elli spürte, dass es Julia schwerfiel, zu akzeptieren, dass ihre leibliche Mutter als Prostituierte gearbeitet hatte und dass ihr vermeintlicher Stiefbruder ihr Vater war. Die ersten Tage nach ihrer Gefangenschaft hatte Elli sich völlig verloren gefühlt. Neben der Angst um Julia war da ihr Prinz, Sebastian, der unerwartet aufgetaucht war. Er hatte sich verändert, war erwachsen geworden, seriös, aber anderer-seits war ein Teil von ihm noch der Alte. Sie hatte tagelang den Atem angehalten, weil sie nicht sicher war, was sie fühlte. Sie hatte erwartet, dass die alten Gefühle sie über-schwemmen würden, dass sie sich danach sehnen würde, von ihm berührt, geküsst zu werden. Als es dann geschah, während sie im Rehabilitationszentrum war, sprach ihr Körper eine so deutliche Sprache, dass sie vor Erleichterung fast geweint hätte. Sie fühlte nichts. Keine Erregung. Keine Freude. Kein Glücksgefühl. Auch keinen Ekel. Oder Enttäu-schung. Einfach nichts. Sie würde den Ausdruck auf Sebas-tians Gesicht nie vergessen. Er wusste es. Vielleicht fühlte er dasselbe Nichts wie sie.

„Leb wohl, Elli!", flüsterte er. „Ich werde dich nie ver-gessen."

Elli lächelte. Die Sonne wärmte ihr Gesicht. „Das werde ich auch nicht", erwiderte sie, als er längst außer Hörweite war. „Du bist der Vater meines Kindes. Du hast meine Tochter gerettet."

Julia hatte sie mit Tränen in den Augen umarmt.

„Du hast dich entschieden", bemerkte ihre Tochter.

„Was meinst du?", fragte Elli.

„Das fragst du noch? Wohin dein Herz gehört."

Elli nickte. Das hatte sie.

„Ich hole dich morgen ab, wenn du entlassen wirst", erklärte Julia und erhob sich von der Bank.

„Wenn es dir nichts ausmacht", begann Elli.

„Ich freue mich!", versicherte die junge Frau. „Außerdem will ich sichergehen, dass du mit Alex sprichst."

Elli lachte. Julia war genauso hartnäckig wie sie selbst. „In Ordnung."

„Fast hätte ich es vergessen", rief Julia und zog einen weißen Umschlag aus ihrer Handtasche. „Von meinem Großvater. Er wollte unbedingt, dass ich ihn dir gebe."

Elli nahm das Kuvert entgegen. „Wie geht es ihm?"

Julia schüttelte den Kopf. „Nicht besonders. Er hatte einen weiteren Schlaganfall. Die Ärzte meinen, dass es zu Ende geht."

Elli griff nach Julias Händen. „Das tut mir sehr leid. Dein Großvater ist ein besonderer Mensch."

Julia blinzelte ein paar Tränen weg und küsste Elli auf die Wange. „Bis morgen!"

Elli winkte zum Abschied. Dann öffnete sie den Umschlag. Wieso sollte Herr Moser ihr einen Brief schicken? Hatte er Sorge, dass sie sich nicht gut um Julia kümmern würde? Sie nahm ein Schreiben aus dem Kuvert. Es war maschinengetippt, was Elli nicht weiter überraschte. Es kostete Herrn

Moser unglaubliche Anstrengung, mit der Hand zu schreiben.

Liebe Elli!

Ich werde den Tag nie vergessen, als ich in die Seniorenresidenz gebracht wurde. Ich war wütend, dass ich mein Zuhause verlassen musste und wollte nicht einsehen, dass ich alleine nicht mehr zurechtkam. Wieder einmal fühlte ich mich vom Schicksal betrogen. Und dann sah ich dich. Ich kann dir meine Freude nicht beschreiben, als ich begriff, dass du deinen Weg gegangen warst und deinen Traum verwirklicht hattest. Welche Ironie des Schicksals, dass wir uns nun unter diesen Umständen wieder trafen.

Elli runzelte die Stirn. Herr Moser schien verwirrt. Hatte die Belegschaft der Seniorenresidenz am Ende Recht und der alte Herr litt unter massiver Demenz? Elli hatte den Mann vor seiner Zeit im Seniorenheim nie getroffen. Oder etwa doch?

Ich merkte schnell, dass du mich nicht erkanntest. Durch den Schlaganfall und den nachfolgenden massiven Gewichtsverlust hatte ich mich sehr verändert. Selbst Julia tat sich schwer, zu verbergen, dass meine Veränderung sie schockierte. Ich beschloss, es dabei zu belassen. Ich genoss es, in deiner Nähe zu sein, zu beobachten, wie du dich zu einer starken, unabhängigen Frau entwickelt hattest. Du kannst dir nicht vorstellen, wie sehr ich mit mir gerungen habe, dir die Wahrheit zu sagen, aber ich habe gelernt, dass das Leben seinen eigenen Gesetzmäßigkeiten folgt. Ich war überzeugt, dass alles ans Licht käme, wenn die Zeit dafür reif wäre. Elli, ich schäme mich, dass Julia viele Jahre mein größtes Glück war, während du ihretwegen leiden musstest. Als mein Schwiegersohn kurz nachdem du mein Haus verlassen hattest, mit einem Baby an meiner Türschwelle auftauchte, hatte ich das Gefühl, dass etwas nicht stimmte. Ich wusste nicht, dass es sich um deine Tochter handelte, aber ich ahnte, dass Sabrina mit unlauteren Mitteln an dieses Kind gekommen war. Je mehr Zeit ich mit der kleinen Prinzessin verbrachte, umso weniger kümmerten mich die Zweifel. Dabei wurde sie dir im Laufe der Jahre immer ähnlicher. Irgendwann war ich vollkommen sicher, dass Julia deine gestohlene Tochter sein musste.

Als ich in das Heim kam und dich erkannte, überlegte ich, wie ich dir und Julia klarmachen konnte, dass ihr Mutter und Tochter wart. Ich musste einsehen, dass es keinen Weg gab, der nicht unweigerlich zu einem Bruch zwischen Julia und mir sowie zwischen dir und mir führen würde. Also schwieg ich. Meine Zeit ist gekommen und ich kann diese Welt nicht verlassen, ohne dir zu gestehen, was ich getan habe. Es tut mir leid! Ich habe einen unverzeihlichen Fehler gemacht. Ich bitte dich nicht, mir zu vergehen. Ich wünsche mir nur, dass du weiterhin deinen Weg gehst und dass Julia ein Teil davon sein darf.

Dein H.

Elli schluckte. Sie hatte das Gefühl, als wirbelten tausend Puzzleteile durch ihren Kopf, die verzweifelt versuchten, den ihnen zugedachten Platz zu finden. Woher kannte sie Herrn Moser? Warum wusste er all das über sie? Sie legte den Brief in ihren Schoß und starrte in die Ferne. Ein Windstoß fegte das Schreiben samt dem Kuvert zu Boden. Elli beugte sich nach vorne und hob beides auf. Da bemerkte sie, dass etwas Dunkles aus dem Umschlag hervorlugte. Sie zog es aus dem Kuvert. Es war ein abgegriffenes Foto, dem eine Ecke fehlte. Sie drehte das Bild um. Es zeigte einen älteren Mann in einem Holzfällerhemd, das er bis zu den Ellbogen hochgekrempelt hatte. Die Unterarme waren muskulös und gebräunt. Sein Haar reichte bis auf seine Schultern. Seine Augen leuchteten warm. In einer Hand hielt er einen kleinen Weidenkorb voller Eier. Rechts im Bild stoben ein paar Hühner davon. Elli schloss die Augen. Sie sah das Haus im Hintergrund vor sich. Den Kamin. Die kleine Stube. Den Kräutergarten. Unzählige Details fluteten ihre Erinnerung. Dinge, die sie längst vergessen geglaubt hatte. Links von dem Mann bellte Bruno, eine Promenadenmischung mit gutmütigen Augen und fleischigen Falten. Elli spürte, wie sich sein glattes braunes Fell anfühlte. Der Hund war nicht auf dem Foto. Er war in ihrer Erinnerung. Wie so viele Einzelheiten dieser Zeit, als sie sich von ihrer schweren Verletzung erholt hatte. Als der Mann sie gerettet hatte. Eine leichte Gänsehaut überzog ihre Unterarme, obwohl sie nicht fror. Ihr Therapeut meinte, ihr Unterbewusstsein hätte diese Erinnerungen für immer in sich begraben. Er hatte sich geirrt. Heinrich. Elli öffnete die Augen. Es war Zeit, ihre Vergangenheit loszulassen. Zeit, sich um ihre Zukunft zu kümmern. Um Alex. Die Vorfreude regte sich in ihrem Magen und schwärmte in ihre Eingeweide aus. Ihr Herz schlug schneller. Sie würde Julia bitten, auf dem Heimweg bei Alex Wohnung zu halten. Es gab so vieles, was sie ihrer Ex-Freundin sagen wollte.

Der Wind frischte auf. Sie stand auf und schlenderte auf das Gebäude zu. Ein Windstoß fuhr durch die Bäume und wirbelte durch das Laub. Elli schirmte ihre Augen gegen die Sonne ab und linste zurück zu der Bank, auf der sie gesessen hatte. Der Brief und das Foto waren verschwunden.

–ENDE-

Danke!!

Ein Buch schreibt sich nicht einfach so. Es braucht Tage, Wochen, Monate, bis aus einer ersten Idee ein Konzept und schließlich ein fertiger Roman wird. Das bedeutet viele Stunden am Schreibtisch. Ein riesiges Dankeschön an dieser Stelle an meinen Mann und meine Kinder, die hier viel Geduld mit mir haben und mich immer unterstützen. DANKE!

Es gibt eine Vielzahl an Menschen, die mich inspirieren mit kleinen Gesten, Worten oder Taten. Die Ähnlichkeit zu lebenden Personen ist rein zufällig. Dass ich aber den einen oder anderen „Sager" einer der vielen wunderbaren Menschen in meinem Umfeld geklaut haben könnte, werde ich keinesfalls leugnen. Vielen Dank dafür, dass jeder von euch so besonders ist, dass ich manchmal nicht umhinkann, etwas von euch in meine Geschichten einfließen zu lassen!

Und ein großes Dankeschön an meine Leser! Ohne euch wäre die ganze Arbeit sinnlos, denn ein Buch will gelesen werden. Vielen lieben Dank, dass ihr genau das tut! Wenn euch mein neuer Krimi „Hurenkinder" gefällt, so schreibt doch bitte eine Rezension, damit auch andere Leser Lust bekommen, mein Buch zu lesen!

Außerdem freue ich mich jederzeit über Post von euch:
lilly-frost@gmx.at

Oder besucht mich auf meiner Website: https://www.lilly-frost.at, auf Facebook
https://www.facebook.com/lillyfrostautorin/
 oder Instagram
https://www.instagram.com/lillyfrostautorin/.

Ich wünsche euch spannende Lesestunden!

Eure Lilly